AF178743

Das Buch

Ein verzwickter Fall wartet auf Kommissar Dimpfelmoser: In der Donau wurde ein Toter gefunden. Und damit nicht genug: Ganz in der Nähe der Leiche ziehen Dimpfelmosers Kollegen ein Luxusauto aus dem Fluss. Am Steuer sitzt ein weiterer Toter, im Kofferraum liegen Unmengen geschmuggelter Zigaretten aus Tschechien. Dimpfelmoser und seine Kollegen beginnen auf Hochtouren zu ermitteln.

Auch privat kommt der Hauptkommissar nicht zur Ruhe: Eva, seine langjährige Haushälterin, Mitbewohnerin und Freundin aus Kindheitstagen, will endlich heiraten, auch seine Großeltern drängen ihn zur Eheschließung.

Dimpfelmoser muss alle Register ziehen, damit die Lage ermittlungstechnisch wie auch privat nicht gänzlich außer Kontrolle gerät.

Der Autor

Stefan Limmer ist verheiratet und hat vier Kinder. Er wohnt zwischen Regensburg und Cham, in der Gegend, in der auch der Kommissar Dimpfelmoser ermittelt. Hauptberuflich ist er als Heilpraktiker, Seminarleiter und Dozent tätig.

Von Stefan Limmer sind in unserem Hause bereits erschienen:
Mordswatschn
Die Maß ist voll

Stefan LIMMER

Mords Grantler

Kriminalroman

Ullstein

Besuchen Sie uns im Internet:
www.ullstein-buchverlage.de

Originalausgabe im Ullstein Taschenbuch
1. Auflage Februar 2019
2. Auflage 2020
© Ullstein Buchverlage GmbH, Berlin 2019
Umschlaggestaltung: zero-media.net, München
Titelabbildung: © FinePic®, München;
Getty Images / © Ragnar Schmuck (Hut)
Getty Images / © Foodcollection RF (Ketchup)
Getty Images / © Gandee Vasan (Dackel)
Gesetzt aus der Quadraat Pro powered by pepyrus.com
Druck und Bindearbeiten: CPI books GmbH, Leck
ISBN 978-3-548-29125-3

Kapitel 1

»Jetzt bin ich aber mal gespannt, was ihr mir so Wichtiges zu sagen habts. Ich hab Bereitschaft, und überhaupt ist heute Sonntag.«

»Dein heiliges Ritual beim Schorsch-Wirt, mia wissen des schon, Xaver«, grinst mir der Opa her, während die Oma nervös um die Eva und mich herumtänzelt.

Es muss was wirklich Wichtiges sein, was sie uns sagen wollen. In all den Jahren, seit ich das Polizeirevier in Wörth an der Donau leite, hat es das noch nie gegeben, dass sie mich am Sonntagmittag herbestellen. Normalerweise lasse ich mich da auf nichts ein. Der Sonntag ist mir heilig, und da will ich beim Schorsch-Wirt meine Bratwürste mit Sauerkraut und ein paar Halbe Bier ungestört und in Ruhe genießen. Die Eva schaut ebenfalls so komisch, sie weiß auch nicht, was die zwei von uns wollen. Die Oma hat tatsächlich Bratwürste mit Sauerkraut aufgetischt und mir ein Bier hergestellt. Da kenne ich dann nichts, also essen wir zunächst einmal, und ich lasse es mir schmecken.

»Mia gehen ins Seniorenheim«, platzt es da plötzlich aus dem Opa heraus.

»Aha!« Mehr fällt mir dazu erst einmal nicht ein. »Wieso des, ihr seids doch noch fit wie ein Turnschuh?«

Deswegen hätten sie uns aber nicht unbedingt am Sonntag herbestellen müssen, denk ich mir, aber ich lasse mir natürlich nichts anmerken, sondern schaufle weiter das Kraut in mich hinein.

»Mia ham uns da was überlegt, Xaver.«

Die Oma schaut mich lauernd an, das verheißt nichts Gutes, dieser Blick. Ich stopfe mir vorsichtshalber noch eine ganze Bratwurst rein und kaue wie wild darauf herum.

»Von hier aus sind es ja nur ein paar Minuten zu Fuß bis zu deiner Dienststelle in der Ludwigstraße. Wennst wieder hier wohnen würdest, dann könntest weiter zu Fuß zur Arbeit gehen.«

»Oma, ich hab eine Wohnung gegenüber von meinem Polizeirevier, warum sollt' ich wieder hier wohnen?«, frage ich erstaunt mit vollem Mund.

»Mia überschreiben dir und der Eva unser Anwesen. Die einzige Bedingung dafür ist, dass ihr zwei endlich heiratet.«

Mir fällt die Gabel aus der Hand, und ich verschlucke mich an der Bratwurst, sodass ich einen fürchterlichen Hustenanfall bekomme und die Bratwurstbröckerl nur so über den Tisch spritzen. Auch der Eva entgleisen die Gesichtszüge, und sie starrt die Oma und den Opa fassungslos an.

»Heiraten? Der Xaver und ich? Da kannst eher darauf warten, dass die Welt untergeht, bevor mich der Xaver heiratet«, flüstert die Eva und schielt nervös zu mir rüber.

Da ist die Eva jetzt aber nicht ganz sachlich mit ihrer

Behauptung. Ich lebe seit Jahren mit ihr in einer Wohngemeinschaft in Wörth an der Donau, fast gegenüber von meinem Polizeirevier. Die Eva kümmert sich um den Haushalt, und manchmal kommen wir uns schon näher, aber das langt dann auch wieder. Man muss es ja nicht gleich übertreiben. Nicht dass ich die Eva nicht gernhabe, im Gegenteil. Es gibt keinen anderen Menschen auf der Welt, den ich lieber mag, außer der Oma und dem Opa. Aber mit Beziehungen und dem weiblichen Geschlecht hab ich halt so meine Probleme. Der Psychologenheini, bei dem ich einmal war, hat behauptet, ich hätte eine posttraumatische Belastungsstörung und sei deshalb beziehungsunfähig, weil meine Bindungsangst so groß ist. Soll er ruhig seinen Psychologenquatsch daherreden, ich bin jedenfalls ganz zufrieden, so wie es ist. Heiraten wäre da wohl das Letzte, was mir derzeit einfallen würde.

»Mia ham uns schon einen Platz zum Probewohnen reserviert«, erklärt der Opa. »Wir ziehen am Dienstag in das Wörther Seniorenheim unterhalb vom Schloss.«

»In den Luxusschuppen wollts ihr ziehen? Ihr wissts schon, was des kostet«, wirft die Eva ein, während ich immer noch am Husten und Würgen bin.

Ich muss erst einmal Zeit gewinnen, weil – was soll ich da jetzt sagen? Heiraten werde ich keinesfalls, und die sollen ihr Anwesen ruhig behalten, ich fühle mich ganz wohl in meiner Wohngemeinschaft mit der Eva.

»Was sagst, Xaver?«, will die Oma wissen. »Des geht doch eh nicht so weiter mit dir und der Eva. Ihr müssts endlich heiraten, die Eva mag doch auch irgendwann Kinder, und ihr seids nicht mehr die Jüngsten.«

Ja jetzt wird es hinten höher wie vorne. Kinder? Ja spinnt denn die Oma total?

»Da hat die Oma schon recht«, mischt sich auch noch der Opa ein, und zu meinem Entsetzen sehe ich, dass die Eva zustimmend nickt und ihr eine Träne über die Backe kullert.

Zum Glück röhrt mein Diensthandy los. Es ist der Kollege Reindl, der mit mir Bereitschaftsdienst hat und der die Stellung in der Dienststelle hält.

»Dimpfelmoser«, kräht er ganz aufgeregt, »du musst sofort kommen. Wir haben eine Leiche.«

»Eine Leiche, ich bin in fünf Minuten da«, sag ich so laut, dass es alle hören können, und lege auf. »Ich muss los, mia reden ein anderes Mal über euren Vorschlag, aber ich heirate eh nicht, also vergessts den ganzen Schmarrn am besten gleich wieder«, rufe ich noch und renne zu meinem Dienstwagen.

Den Schock muss ich erst einmal verdauen. Heiraten, Kinder – ja sind die völlig deppert geworden. Nicht dass ich das Anwesen von meinen Großeltern nicht mag, ich habe da schließlich viele Jahre meiner Jugend verbracht. Mein Großvater war damals der Dorfpolizist, und von ihm habe ich alles gelernt, was einen guten Polizisten ausmacht. Mein Opa war es auch, der meine Schwester, die Eva und mich aus dem Keller geholt hat, in dem wir mit einer Leiche eingesperrt waren. Unsere Eltern waren damals in einer Sekte, und nachdem es einen Toten gegeben hat, sind sie mit ihrem Guru ins Ausland geflohen und haben uns einfach zurückgelassen. Das Anwesen meiner Großeltern am Stadtrand von Wörth ist wirklich schön, aber lieber bleibe ich bis zum Ende meiner Tage in meiner Wohnung, bevor ich mich so erpressen lasse. Mit heulendem Motor, quietschenden Reifen, dem Blaulicht und dem Martinshorn rausche ich davon, aber es kommt bei mir nach dem Schock gerade eben keine richtige Stimmung auf. Über den Polizeifunk lotst mich der Reindl zur Fundstelle der Leiche, die nur wenige Minuten entfernt am Ufer der Donau ist.

Kapitel 2

»Dimpfelmoser, das ist immer dasselbe mit dir«, schimpft gleich der Kreithmeier, seines Zeichens Pathologe und Leichenfledderer. »Immer wenn du Bereitschaftsdienst am Sonntag hast, gibt es eine Häufung von Toten in deinem Revier. Da solltest dir einmal Gedanken machen, warum du die Leichen so anziehst wie die Motten das Licht.«

»Ja, ich bring sie ja nicht selber um, und dass sich die immer die Sonntage aussuchen, dafür kann ich nix. Warum bist du überhaupt schon da, ich hab die Meldung grad erst bekommen?«

»Ich war nur ein paar Hundert Meter weiter spazieren, aber mir ist anscheinend überhaupt kein Privatleben vergönnt.«

Ich folge seinem verklärten Blick und sehe am Rand der Absperrung, die der Reindl schon eingerichtet hat, eine Frau stehen. Da bleibt dir gleich die Luft weg, so rattenscharf ist die, dass mir fast die Augen aus dem Kopf fallen.

»Seit wann hast du ein Privatleben, des ist ja ganz was Neues. Ich hab immer gedacht, dass die Frauen nix für dich sind, bisher hast jedenfalls noch keine dabeigehabt.«

»Der Reindl war so nett und hat mir ein paar Tipps gegeben. Der kennt sich ja so gut aus mit den Online-Partnervermittlungsportalen, und da hab ich doch gleich die Gerlinde kennengelernt.«

»Zefix, stehts ihr schon wieder alle in meinem Tatort rum«, schreit mich da von hinten einer an.

Natürlich ist es der Mühlbauer, unser Spurensicherer. Ich werfe noch schnell einen Blick auf den Toten, bevor ich mich zurückziehe. Mit dem Mühlbauer ist nicht zu spaßen, wenn es um seine Tatorte geht. Der ist da richtig fanatisch und wird schon mal handgreiflich, wenn nicht alle nach seiner Pfeife tanzen. Nur den Kreithmeier lässt er seine Arbeit machen, ohne dass er gleich einen cholerischen Tobsuchtsanfall bekommt. Beim Blick auf die Leiche reißt es mich dann doch etwas. Es handelt sich um einen alten Mann, der dürfte in etwa so alt gewesen sein wie mein Opa. Da muss ich mich richtig zusammenreißen, damit sich nicht wieder das leidige Gespräch von vorhin in meine Hirnwindungen schiebt.

»Und?«, frage ich vorsichtig.

»Auf den ersten Blick scheint er ertrunken zu sein, aber du weißt ja, Genaueres kann ich dir erst nach der Obduktion sagen«, leiert der Kreithmeier seinen Standardsatz herunter. »Papiere oder andere persönliche Gegenstände hat er nicht dabei.«

»Meldest dich halt einfach bei mir, wennst was weißt, gell, aber dass du nicht wieder so lange trödelst«, kann ich mir dann doch nicht verkneifen, weil ich weiß, dass er da ganz narrisch wird.

Wie zu erwarten, bekommt er gleich einen Tobsuchtsanfall, und weil der Mühlbauer auch schon wieder rumbrüllt wegen seines Tatortes, wäre es jetzt doch noch ganz zünftig, wenn da nicht mitten zwischen uns die Leiche des alten Mannes liegen würde.

»Reindl, lass uns fahren«, kommandiere ich, und dann machen wir uns auf den Weg in die Dienststelle, weil es hier vorerst nichts mehr für uns zu tun gibt.

»Ich schaue gleich in der Vermisstendatei nach, vielleicht haben wir Glück«, sagt der Reindl und verschwindet hinter seinem überdimensionalen Bildschirm, den er sich von seinem Privatgeld gekauft hat. Da kann er einfach besser arbeiten als mit dem Schrott, den uns der Staat zur Verfügung stellt, hat er gesagt. Mir soll es recht sein, Hauptsache, er nutzt den Computer nicht mehr für seine Privatangelegenheiten, so wie er es ewig gemacht hat, als er noch auf Frauensuche war. Aber das hat sich zum Glück erledigt, seit er während unseres letzten großen Falles endlich mit meiner Hilfe die Richtige gefunden hat. Ich verziehe mich in mein Zimmer und lege mich auf das Sofa, um in Ruhe über das unerfreuliche Gespräch mit der Oma und dem Opa nachzudenken. Bei dem Gedanken an Heirat und Kinder schüttelt es mich richtig. Irgendwann schlafe ich dann wohl ein. In meinen Träumen zerquetscht mich gerade die Eva, die einen riesigen Ehering am Finger trägt, der so schwer ist, dass sie das Gewicht nicht mehr halten kann. Sie kippt einfach um und begräbt mich unter dem unsäglichen Ring. Ich bekomme keine Luft mehr, und kurz bevor es aus ist mit mir, rüttelt und schüttelt uns jemand, und ich kann mich gerade noch rechtzeitig von der Last des Ringes befreien.

»Dimpfelmoser, das kann doch nicht wahr sein! Während ich arbeite, machst du hier ein kleines Schläfchen.«

Die vorwurfsvolle Stimme vom Reindl reißt mich aus meinem Albtraum.

»Nix schlafen, Reindl, ich habe ein Riesenproblem am Arsch, ich soll die Eva heiraten«, platzt es unvermittelt aus mir heraus.

»Das wäre für uns alle sicherlich eine sehr gute Lösung«, doziert der Reindl in seinem überheblichen Ton, den er zum Glück nur noch selten an den Tag legt.

Ich überlege, ob ich ihm eine reinhauen soll, lasse es dann aber doch lieber.

»Wie meinst des jetzt?«

»Vielleicht würde das dein cholerisches, unausgeglichenes Temperament etwas zügeln, wenn du endlich in festen Händen wärst, mein Lieber. In letzter Zeit kann man ja keinen vernünftigen Satz mehr mit dir reden, weil du immer gleich wie eine Rakete hochgehst.«

Oha, der Reindl, das alte Weichei, der Preiß, ist anscheinend mal wieder etwas übersensibel.

»Da brauchst du mir gar nicht mit deinen blöden Sprüchen kommen, Dimpfelmoser, von wegen meiner Befindlichkeit. Nicht nur ich leide unter deiner Unbeherrschtheit und deinen Launen. Auch die Kollegen haben sich schon über dich beschwert.«

»Ja Zefix, seids alle deppert, oder was«, brülle ich dann doch noch los. »In Bayern gehts halt etwas derber zu.«

»Frag den Oberberger und den Viereck, die werden dir bestätigen, dass es immer schlimmer mit dir wird.«

Irgendwie geht mir plötzlich die Luft aus. Vielleicht hat der Reindl wirklich recht, und ich merke gar nicht mehr, dass ich alle nerve. Ich nehme mir vor, heute Abend die Eva zu fragen, ob da was dran ist. Die Kollegen frage ich lieber nicht, die sind doch selber so launisch und cholerisch, von denen kriege ich sicherlich keine objektive Meinung.

»Hast was rausgefunden über unsere Wasserleiche?«, lenke ich das Gespräch wieder in professionelle Bahnen.

»Wir haben Glück, Dimpfelmoser. Der Mann ist seit gestern vermisst gemeldet. Es handelt sich um einen Herrn Antonicek, derzeitige Meldeadresse im Wörther Seniorenheim.«

Ja da legst dich nieder. Schon wieder das blöde Seniorenheim. Das scheint mich heute zu verfolgen. Aber dann packe ich die Gelegenheit eben gleich beim Schopf. Das ist die Chance, um mich vor Ort umzuschauen, was das überhaupt für ein Laden ist, in den die Oma und der Opa da gehen wollen.

»Reindl, auf geht's. Dann lass uns die im Heim einmal aufmischen.«

Der Reindl schaut mich an, als wäre ich vom Mars oder so.

»Dimpfelmoser, ich habe jetzt Dienstschluss, und überhaupt bin ich gleich mit der Rosalie verabredet.«

»Da muss dein Dienstschluss und deine Rosalie halt noch eine Stunde warten, Zefix«, brülle ich schon wieder unvermittelt los. »Wir ham eine Leiche, und des klären mia jetzt noch. Seit wann machen mia hier Feierabend, wenn es einen Toten gibt?«

Der Reindl schaut mich nur mitleidig an und geht dann nach draußen zum Dienstwagen. Ich fühle mich für einen kleinen Moment ganz schlecht, weil der Reindl kann ja nichts dafür, dass ich so blöde Probleme am Hals habe, aber es hilft ja nichts. Er wird es schon aushalten, schließlich arbeiten wir inzwischen lange genug zusammen, und er kennt mich gut genug, dass er weiß, dass ich das nicht persönlich meine. Ich gehe also auch zum Wagen und steige ein. Zum Seniorenheim sind es nur zwei Minuten. Der Reindl schmollt und spricht kein Wort mit mir. Ich schalte das Blaulicht und das Martinshorn ein, damit auch jeder gleich weiß, dass hier die Polizei kommt und es ernst ist. Der Reindl schüttelt nur den Kopf. Wie erwartet erregen wir mit unserem pfundigen Auftritt sofort Aufmerksamkeit, allerdings nicht ganz so, wie ich es mir erhofft habe. Neben ein paar neugierigen älteren Herrschaften rast eine keifende männliche Furie auf uns zu und trommelt auf den Dienstwagen. Ich verstehe überhaupt kein Wort, also mache ich zunächst die Sirene aus, springe aus dem Wagen und packe den Randalierer, der immer noch wie besessen auf die Motorhaube eindrischt.

»So, Bürscherl, des ist eine Sachbeschädigung von Staatseigentum, was du da gerade machst, da versteh ich ja überhaupt keinen Spaß.«

Anstatt sich zu beruhigen, schlägt der Berserker jetzt auf mich ein. Ich habe richtig Mühe, den Irren zu bändigen, so wie der sich aufführt. Inzwischen hat sich eine beachtliche Menge Schaulustiger eingefunden, und auch der Reindl schaut feixend zu, anstatt mir zu helfen. Endlich erwische ich den Arm des Wüterichs und drehe ihn nach hinten, sodass er kurz von mir ablässt. Ich nutze den Augenblick gekonnt aus und lege ihm die Handschellen an. Aber anstatt endlich Ruhe zu geben, tritt er jetzt weiter nach mir, und zu allem Überfluss beißt er mich auch noch in die Hand.

»Reindl, hilf mir halt auch mal!«, rufe ich den Kollegen, der sich so wie die anderen Zuschauer auch auf meine Kosten köstlich amüsiert.

Endlich habe ich den Knilch gebändigt, und er liegt schwer atmend und gefesselt auf dem Boden. Anscheinend sind die Bewohner des Seniorenheims froh, dass ich ihnen etwas Abwechslung beschert habe, jedenfalls klatschen sie Beifall und gratulieren mir alle zu meinem Erfolg.

»So jetzt beruhigen mia uns erst amal alle. Die Show ist vorbei. Kann mir jemand sagen, um wen es sich bei dem Irren hier eigentlich handelt?«

»Ja das ist der Herr Mergele, der Leiter von der Seniorenresidenz«, erklärt mir ein Mann, der besonders laut Beifall geklatscht hat. »Der hat schon lange mal eine Abreibung verdient.«

Alle Anwesenden stimmen dem Redner zu, nicken und gestikulieren und sind anscheinend sehr zufrieden mit der Situation, in der sich ihr Heimleiter gerade befindet.

»Besonders beliebt ist der wohl nicht«, kommentiert der Reindl überflüssigerweise.

»Reindl, du befragst die Bewohner hier«, weise ich den Kollegen an.

Ich schiebe den Mergele, der sich inzwischen wieder aufgerappelt hat, vor mir her und folge den Schildern, die den Weg zum Büro der Heimleitung weisen. Unterwegs begegnen uns ein paar Pflegerinnen und Pfleger, aber keiner scheint sich wirklich dafür zu interessieren, dass ihr Chef in einer derartig misslichen Lage ist.

Irgendwas stimmt hier nicht, kombiniere ich. Da ist doch etwas oberfaul in dem Laden hier. Da können die Oma und der Opa keinesfalls her, da scheint das Betriebsklima irgendwie nicht optimal zu sein.

Im Büro setze ich den Mergele auf einen Stuhl und schaue ihn böse an.

»Also pass auf, du Irrer! Wennst noch einmal losschreist und dich so aufführst, wie gerade eben draußen, dann nehm ich dich mit und sperre dich erst einmal in eine Zelle. Hast des verstanden?«

Er nickt wie verrückt, und tatsächlich hält er erst einmal sein Maul. Vielleicht können wir dann mit einer vernünftigen Befragung beginnen.

»Also, warum hast dich so aufgeführt eben? Mia kommen da friedlich angefahren, und du drehst völlig durch, des musst mir erst einmal erklären.«

»Ich lasse mich hier nicht rausschmeißen. Das ist mein Heim, und da kann der Leinbach so viel klagen, wie er will. Mich kriegt er hier nicht raus, da muss er mich schon umbringen.«

Ich verstehe irgendwie gar nichts. Von was faselt der Mergele überhaupt?

»Wir sind hier wegen Mord, Mergele, nicht wegen einer Räumungsklage.«

»Mord? Von was reden Sie? Ich habe niemand ermordet. Sie kommen doch wegen der Vollstreckung der Räumungsklage.«

Der Mergele schwitzt inzwischen wie ein Schwein, und seine Augenlider zucken nervös.

»Einer von deinen Heimbewohnern ist tot. Wir haben seine Leiche heute aus der Donau gefischt.«

»Der Herr Antonicek? Haben Sie ihn gefunden?«

»Das sag ich doch, Mergele. Den haben wir aus der Donau gezogen.«

»Das haben Sie zu verantworten«, schreit der Mergele völlig unvermittelt los und will sich schon wieder auf mich stürzen. Leider hat er vergessen, dass er immer noch die Fußfesseln und Handschellen angelegt hat, weshalb er zunächst der Länge nach auf den Boden kracht. Er täte mir fast ein bisserl leid, aber der Mergele ist ein unbeherrschtes Arschloch, so viel ist jetzt schon klar, so wie der sich bisher benimmt. Aber ich bin ja kein Unmensch, also helfe ich ihm wieder auf die Beine und setze ihn wieder auf seinen Stuhl.

»Mergele, wennst dich nicht sofort beruhigst, dann nehm ich dich wirklich mit und sperre dich in eine von meinen schönen Zellen. Da kannst dann so viel toben, wie du willst. Grund dazu hast mir inzwischen genug geliefert. Sachbeschädigung von Staatseigentum und tätlicher Angriff auf einen Polizisten. Da bist dann gleich einmal vorbestraft, und dann kannst deine Heimleitung hier vergessen.«

»Die kann ich wahrscheinlich eh vergessen«, murmelt er

mehr zu sich selbst und hat dabei so einen irren Blick, da könntest richtig Angst kriegen.

Plötzlich schaut er mich an, als hätte ich ihm den Schädel abgerissen, dann heult er unvermittelt los und kriegt Schaum vor dem Mund.

»Ich zeig Sie an, Dimpfelmoser. Das ist Folter und Freiheitsberaubung, was Sie da mit mir machen«, flennt er.

Vor lauter Schreck greife ich zunächst nach meiner Pistole im Halfter und fuchtle damit herum, aber dann erinnere ich mich an das Gespräch mit dem Reindl. Vielleicht habe ich ihn tatsächlich zu grob behandelt, und ganz gegen meine Art entschuldige ich mich bei ihm, nicht dass der mir jetzt auch noch Schwierigkeiten macht. Aber mit so viel Stress im Kreuz, da kannst schon einmal die Beherrschung verlieren. »Mergele, es tut mir leid, und jetzt reiß dich am Riemen! Lass uns halt endlich wie zwei erwachsene Männer reden und nicht wie im Kindergarten rumtun.«

Tatsächlich hört er auf mit seinem Gerotze.

»Binden Sie mich los, dann erzähle ich alles«, lenkt er ein, und weil er ganz ruhig wirkt, löse ich ihm halt zumindest die Fußfesseln.

»Mia san eigentlich hier wegen der Leiche«, werde ich wieder sachlich. Auch der Mergele schaut für seine Verhältnisse wieder ganz normal, nur seine Augenlider zucken weiter nervös, aber das ist bei ihm anscheinend immer so.

»Also, erzähl einmal der Reihe nach. Der Tote ist der Herr Antonicek, und der wohnt bei dir in diesem Heim?«

»Ja, der Herr Antonicek wohnt schon seit vielen Jahren bei uns. Wir sind ja auch etwas ganz Besonderes. Wir bieten den alten Herrschaften komplette Wohnungen an, gutes Essen, ein abwechslungsreiches Tagesprogramm und bei Bedarf hervorragende Pflege.«

»Geh, Mergele, bei mir brauchst keinen Werbevortrag für dein Heim machen, ich will etwas über den Toten wissen. Und warum hast vorhin gesagt, dass wir schuld sind an dem seinen Tod?«

»Nun, ich hatte Anzeige erstattet, weil sich hier seit Tagen nachts ein Unbekannter, vielleicht sogar ein Gespenst rumtreibt. Er hat mehrmals den Herrn Antonicek bedroht, und das kann ich keinesfalls tolerieren in meinem Haus. Das schadet ja unserem guten Ruf, wenn sich so etwas rumspricht. Auf den werten Herrn Antonicek ist der Unbekannte richtig losgegangen und hat ihn mit einer Waffe bedroht.«

Dass dem sein guter Ruf anscheinend eh nicht den Tatsachen entspricht, hat die vorherige Szene schon gezeigt, aber vielleicht ist ihm das gar nicht bewusst? Vielleicht ist der ja wirklich total deppert, so wie der seinen Zustand von einem Moment auf den nächsten wechselt. Da muss ich mich genau umschauen, und für meine Großeltern ist das jedenfalls kein geeigneter Ort, um ihren Lebensabend zu verbringen, so viel ist klar. Das muss ich ihnen hernach gleich mitteilen, dann ist hoffentlich das ganze leidige Thema vom Tisch, von wegen heiraten und Hof überschreiben. Alleine bei dem Gedanken daran bekomme ich sofort eine Gänsehaut. Jetzt muss ich mich aber auf den Fall konzentrieren, auch wenn es mir gerade schwerfällt, sachlich zu bleiben. Aber das mit dem nächtlichen Besucher könnte ja zumindest eine Spur sein, wenn der Mergele mich nicht anlügt.

»Also, wie war des mit deinem Unbekannten in der Nacht?«

»Vor einer Woche ist er zum ersten Mal aufgetaucht, soweit ich das mitbekommen habe. Ich bin aufgewacht, weil ich Stimmen gehört habe. Da haben sich welche lautstark gestritten. Also habe ich nachgesehen, was los ist. Da steht doch dieser Fremde im Zimmer vom Herrn Antonicek, und die beiden schreien sich an. Ich bin sofort eingeschritten, und der ist gleich davongelaufen, als er mich gesehen hat.«

»Kannst den also beschreiben, wennst ihn öfter gesehen hast?«

»Leider nein. Der Mann hatte immer eine Kutte an mit so einer überdimensional großen Kapuze, da konnte ich sein Gesicht überhaupt nicht erkennen.«

»Wie, eine Kutte?«, frage ich irritiert. »So wie ein Mönch, oder wie meinst des?«

»Ja genau«, ereifert sich der Mergele, »so eine braune Kutte, die hat er mit einer Kordel zusammengebunden. Der Herr Antonicek hat ja behauptet, er kennt den Mann auch nicht, und er hat vermutet, dass es sich um ein Gespenst handelt. Aber ich glaube eher, dass es doch ein echter Mensch war, wobei man ja nie wissen kann, ob nicht vielleicht doch ein Geist sein Unwesen getrieben hat.«

Ja da legst dich nieder. Der glaubt doch nicht allen Ernstes an Gespenster? Irgendwie bin ich mir bei dem Mergele überhaupt nicht sicher, wie ich den einschätzen soll. Verarscht der mich, glaubt der das vielleicht wirklich, oder ist er doch völlig verrückt in seiner Birne?

»Und in den folgenden Nächten ist dein Gespenst wieder aufgetaucht?«, frage ich weiter.

»Zweimal war der noch da, jedes Mal im selben Aufzug. Immer in der Nacht zwischen zwölf und eins, darum habe ich die Behauptung vom Herrn Antonicek nicht gänzlich als abwegig betrachtet, es könnte sich doch um ein Gespenst handeln.«

Mein Blick fällt in den Mülleimer vom Mergele, und da sehe ich einige verdächtige Flaschenhälse rausschauen. Aha, daher weht also der Wind. Der Mergele säuft, und anscheinend nur Hochprozentiges.

»Wie viel trinkst von dem Zeug am Tag?«, frage ich und deute zu seinem Abfalleimer.

Das ist ihm nicht einmal peinlich, dass ich seine leeren Flaschen gesehen habe.

»Nur manchmal zur Beruhigung, müssen Sie wissen«, erklärt er mir seelenruhig.

Da frage ich mich aber schon, wie oft der sich beruhigen muss, immerhin zähle ich sieben Flaschenhälse von hochprozentigem Waldlerschnaps.

»Hast dich in den Nächten, in denen du den Mann in der Kutte gesehen hast, auch beruhigen müssen?«, will ich wissen.

»Sie haben doch keine Ahnung, wie stressig es ist, so ein Heim zu leiten mit all den alten und kranken Leuten. Da kann man zwischendurch nicht so leicht abschalten wie andere Menschen. Mir geht das Schicksal der mir anvertrauten

Leute jedenfalls sehr nahe, müssen Sie wissen. Und dann habe ich ja auch noch die Räumungsklage am Hals.«

Aha, ich glaub ihm irgendwie kein Wort. Da muss der Reindl hernach am Computer recherchieren, was mit dem Mergele los ist. Vielleicht finden wir ja irgendwas, jedenfalls ist der nicht ganz zurechnungsfähig.

»Und in der letzten Nacht, bevor der Herr Antonicek verschwunden ist, hat der Mann dann mit einer Pistole rumgefuchtelt und zunächst den Herrn Antonicek und dann mich bedroht, als ich dazwischengehen wollte. Er ist dann wieder davongerannt, wie in den Nächten zuvor auch schon.«

»Und was hat der Antonicek zu den Vorfällen gesagt?«, will ich wissen.

»Das war ja das Seltsame«, ereifert sich der Mergele. »Der hat mich immer nur beruhigt und gesagt, ich soll mich nicht so aufregen. Er wüsste gar nicht, von was ich rede und ich würde mir das alles nur einbilden. Deshalb habe ich Anzeige erstattet, weil mir das komisch vorgekommen ist. Ich bin ja nicht verrückt, müssen Sie wissen.«

Das weiß ich definitiv noch nicht, denke ich mir, lasse ihn aber weitererzählen, nicht dass sein schöner Redefluss wieder versiegt.

»Und dann waren zwei von Ihren Kollegen da, aber die haben mir nur gesagt, wenn ich sie noch einmal mit so einem Unsinn störe, dann verhaften sie mich, stellen Sie sich diese Unverschämtheit einmal vor.«

Das kann ich mir sogar sehr gut vorstellen, dass der Viereck und der Oberberger den Mergele nicht ernst genommen haben.

»Und der Antonicek, was hat der zu den Kollegen gesagt?«

»Gar nichts. Er redet nicht mit Polizisten, hat er gesagt und dann behauptet, dass kein Fremder hier war. Aber da hat der Herr Antonicek gelogen. Er ist halt auch nicht mehr der Jüngste gewesen, und die geistigen Kräfte waren am Schwinden. Wahrscheinlich hat er die nächtlichen Ereignisse einfach vergessen.«

»Aha«, sage ich, weil mir gerade nichts mehr einfällt.

Das ist schon eine seltsame Geschichte, die der Mergele mir da erzählt. Aber mein untrüglicher Polizisteninstinkt sagt mir, dass da irgendetwas dran ist.

»Hat außer dir und dem Antonicek noch jemand den Mann gesehen?«, will ich wissen.

Der Mergele überlegt lange und schaut mich dann irritiert an.

»Das weiß ich nicht, ich habe bisher mit niemandem darüber gesprochen.«

»Da schleicht einer nachts umher, streitet mit einem der Bewohner und fuchtelt mit einer Pistole herum, und du redest mit niemandem darüber? Du warnst nicht die anderen Bewohner oder das Personal?«

»Nun ja«, druckst er herum. »Ich wollte niemanden unnötig beunruhigen. Die alten Leute sind doch so ängstlich, und wenn die mitkriegen, dass vielleicht sogar ein Gespenst hier unterwegs ist, was glauben Sie, was dann hier los ist? Da kann ich mein Heim gleich zusperren.«

Das wäre wahrscheinlich das Beste, so wie der Mergele drauf ist, denke ich mir, halte aber meinen Mund. Ich stelle noch ein paar Fragen, doch aus dem Mergele ist einfach nichts Vernünftiges rauszukriegen. Also lasse ich ihn stehen und mache mich auf die Suche nach dem Reindl. Nach einiger Zeit finde ich ihn in einem Aufenthaltsraum im Kreise einiger älterer Damen. Sie lachen und gackern alle durcheinander und lauschen immer wieder gebannt dem Reindl, der ihnen ein paar Witze erzählt.

»Reindl, ist des deine Art zu arbeiten!«, schreie ich ihn an, sodass er gleich halb von seinem Stuhl fliegt.

»Was fällt Ihnen ein, Sie Unhold«, keift mich eine von den Damen an, dann schreien sie alle durcheinander und gehen auf mich los.

Ich gebe es auf, das ist ein Irrenhaus. Unter Beschimpfungen trete ich den Rückzug nach draußen an, während der Reindl wieder genüsslich grinsend dem Treiben zuschaut. Draußen rette ich mich in meinen Dienstwagen. Als die Damen sehen, dass es sich um ein Polizeiauto handelt, sind sie doch etwas verunsichert und verschwinden im Gebäude. Der Reindl steigt zu mir in den Wagen, und schweigend fahren wir zurück in unser Polizeirevier. Aus den Augenwinkeln sehe ich, dass dem Reindl sein blödes Grinsen richtig festgewachsen ist in seinem dummen Gesicht. Erst im Revier finde ich wieder zurück zu meiner Souveränität.

»Hast du ein paar brauchbare Informationen, oder hast nur Witze erzählt, Reindl?«

»Dimpfelmoser, natürlich habe ich die anwesenden Senioren befragt.«

»War was Interessantes dabei?«

»Nicht wirklich. Alle sind sich einig, dass der Herr Mergele ein Arschloch ist. Er ist launisch und sprunghaft und geht mit den Heimbewohnern wohl nicht gerade zimperlich um. Mit dem Personal übrigens auch nicht. Jedenfalls kann ihn keiner wirklich gut leiden, und alle beschreiben ihn als unsympathischen Choleriker.«

»Von Wahnvorstellungen hat keiner etwas gesagt?«, frage ich vorsichtshalber.

»Nein, da hat niemand etwas erwähnt. Der Herr Antonicek dagegen, der war bei allen richtig beliebt, vor allem bei den Damen des Heims. Deshalb bin ich auch noch mit einigen von ihnen zusammengesessen. Er war wohl so eine Art Witwentröster, was ich gehört habe.«

»Vielleicht war es einfach ein Mord aus Eifersucht«, spekuliere ich. »Vielleicht hat sich eine der Damen mehr erwartet und ist dann durchgedreht, als sie gemerkt hat, dass sie nicht die Einzige ist, die er tröstet.«

»Das ist zumindest eine Spur, die wir berücksichtigen sollten bei unseren Ermittlungen. Ansonsten wusste niemand etwas Wichtiges zu berichten, was mit unserem Fall zu tun haben könnte.«

»Da müssen mia morgen noch einmal alle systematisch befragen, Reindl. Der Mergele behauptet, dass seit Tagen ein Unbekannter oder ein Gespenst rumschleicht. Vielleicht hat den ja auch noch jemand anders gesehen.«

»Hä, ein Gespenst? Erzählst du mir Märchen? Das hat der Herr Mergele nicht ernsthaft gesagt, oder?«

»Doch, genau so. Drum glaube ich, dass der spinnt. Aber da fragen mia morgen erst einmal den Oberberger und den Viereck, weil die beiden haben die Anzeige aufgenommen, die der Mergele wegen seines Geistes aufgegeben hat.«

Der Reindl schaut mich so lauernd an, ich weiß schon, dass er hofft, dass er jetzt gehen kann. Ich überlege, ob ich ihn noch ärgern soll, lasse es dann aber bleiben.

»Machen mia morgen weiter, Reindl. Heute kriegen mia keine Ergebnisse mehr von der Spusi und aus der Pathologie wahrscheinlich auch nicht mehr, außer mia bleiben die halbe Nacht sitzen. Machst dir halt einen schönen Abend mit deiner Rosalie, gell.«

Der Reindl springt auf, und schon ist er draußen. Der ist tatsächlich immer noch so richtig glücklich mit der Rosalie. Seit ich die beiden während unseres letzten großen Falls verkuppelt habe, hält das Glück an, wer hätte das gedacht? Da fällt mir wieder ein, dass ich noch dringend mit der Eva reden muss, und nachdem es schon Abend ist, gehe ich auch nach Hause.

Kapitel 3

Sonntag, 20.00 Uhr

Kurz vor meiner Haustüre überlege ich es mir dann doch noch anders und mache einen Schwenker zum Schorsch-Wirt rüber. Zum Glück ist der Gastraum fast leer und mein Stammplatz im hintersten Eck frei. Ich lasse mich auf die Bank fallen, und schon steht die Amira vor mir, die neue Bedienung vom Schorsch. Ein wahrer Augenschmaus, wie alle bisherigen Bedienungen vom Schorsch, da lässt er sich nicht lumpen. Ohne zu fragen, stellt sie mir eine halbe Bier her.

»Wo warst denn heute Mittag?«, will sie gleich wissen und setzt sich zu mir her. »Ich bin jetzt seit einem halben Jahr hier, und du hast noch kein einziges Mal deine Sonntagsbratwürste ausgelassen, Xaver. Da muss schon was wirklich Wichtiges vorgefallen sein, oder?«

Ich überlege kurz, ob ich ihr mein Dilemma erzählen soll, und entschließe mich dann, sie einzuweihen. Vielleicht fällt der Amira was ein, wie ich aus dem ganzen Schlamassel heil rauskomme, ohne die Eva und die Oma und den Opa zu verprellen. Also erzähle ich ihr von Omas und Opas Angebot. Die Amira hört aufmerksam zu, ohne mich zu unterbrechen, und schaut mich nur so wissend an.

»Und was soll ich jetzt machen?«, frage ich sie schließlich. »Wenn ich das Angebot ausschlage, dann sind mir alle drei beleidigt bis an das Ende meiner Tage. Und die Eva, die sucht sich irgendwann einen anderen. Aber ich will einfach, dass alles so bleibt, wie es ist.«

»Xaver, du bist der größte Depp, der mir jemals über den Weg gelaufen ist«, sagt die Amira. »Warum lässt du dich nicht einfach einmal auf einen anderen Menschen und eine Veränderung ein? Das Leben bleibt nie stehen, es verändert sich andauernd. Und wenn du dich nicht mit veränderst und auch einmal was Neues wagst, dann bist irgendwann auf dem Abstellgleis, Xaver. Das ist doch die Chance für dich. Dass die Eva das überhaupt bis jetzt mitmacht mit dir, das grenzt doch eh an ein Wunder. Die Eva liebt dich, obwohl du so verschroben und launisch bist, da wirst keine Bessere mehr finden, das kannst du mir glauben.«

Jetzt fängt die auch noch an und behauptet, dass ich launisch wär. Mir ist jedenfalls die Lust auf eine weitere Halbe vergangen, also zahle ich und gehe doch nach Hause. Wie ich befürchtet habe, sitzt die Eva in unserer Küche und wartet auf mich.

»Xaver, da bist ja endlich«, flötet sie und stellt mir noch einen Schweinebraten mit Knödel her, den ich gleich in mich reinschaufle. Sie schaut mir zu und blinkert die ganze Zeit mit ihren Wimpern, da wird mir gleich ganz anders, und in mir regt sich die vage Hoffnung, dass ich dem befürchteten Gespräch doch noch entkomme.

»Hast über das Angebot nachgedacht, Xaver?«, fängt sie dann aber doch noch an.

»Du Eva, ich habe da ein echtes Problem mit dem Angebot von der Oma und dem Opa. Die können nicht einfach uns beiden ihr Anwesen überschreiben und meiner Schwester, der Marianne, damit nix von ihrem Besitz abgeben.«

Meine Schwester, die Marianne, die ist ja leider aus der Entzugsklinik verschwunden, in der sie vor einem Jahr behandelt worden ist, und seitdem ist sie unauffindbar. Sie hat die ganzen unseligen Geschehnisse als Kind in der Sekte nie wirklich verkraftet und ist später drogenabhängig geworden. Vor einem Jahr ist sie plötzlich mit gestohlenem Heroin in Wörth aufgetaucht. Der Frankfurter Dealerring, dem sie die Drogen gestohlen hatte, war hinter ihr her, und es gab mehrere Tote.

»Da musst halt noch einmal mit deinen Großeltern reden. Ich bin mir sicher, dass die die Marianne nicht einfach enterben, sondern dafür eine Lösung haben«, erklärt mir die Eva.

»Du, und ich war heut in dem Seniorenheim am Schlossberg. Wir haben da einen Toten. Und da hab ich den Leiter, den Mergele, getroffen. Der ist dermaßen bescheuert, und keiner kann den leiden, da brauchen die Oma und der Opa gar nicht erst zum Probewohnen hingehen, weil da ziehen die nur über meine Leiche ein.«

»Des musst schon den beiden selber überlassen, Xaver. Die wissen schon, was sie wollen. Aber bei dir bin ich mir da nicht so sicher.«

»Wie meinst des jetzt?«

»Ja glaubst nicht, dass die recht haben, was unser Verhältnis angeht, Xaver? Du weißt, dass ich dich narrisch gerne mag und dass mir unser komisches WG-Leben auf Dauer zu wenig ist. Da musst dich langsam mal entscheiden, was du willst, Xaver. Weil lange mache ich das nicht mehr so mit.«

Au weh, jetzt hat sie es endlich ausgesprochen, die Eva. Darauf habe ich schon lange gewartet und immer gehofft, dass es nie so weit kommt.

»Eva, ich kann nicht heiraten, des weißt du ganz genau. Ich kann so was einfach nicht. Des hat nix mit dir zu tun, weil ich dich auch narrisch gerne mag, aber mia haben es doch gut, so wie es ist.«

»Also willst wieder kneifen, Xaver?«

»Des hat nix mit kneifen zu tun, du kennst meine Vorgeschichte.«

»Ja Zefix, des ist doch auch meine Vorgeschichte, hast des schon vergessen, du Depp, du blöder«, schreit die Eva völlig unvermittelt los. »Nur bleib ich nicht in den alten Geschichten aus unserer Kindheit stecken im Gegensatz zu dir. Du hast einfach keine Eier in der Hose und bist einfach nur feig, sonst würdest dich nicht so stur weigern, dich auch nur einen Millimeter aus deiner Vergangenheit rauszubewegen.«

Sie schreit und weint gleichzeitig, und die Tränen laufen ihr nur so über ihr schönes Gesicht. Da bin ich dann völlig hilflos und ergreife doch lieber die Flucht in mein Zimmer. Ganz gegen ihre sonstige Gewohnheit flippt die Eva nicht aus. Ich lausche durch die Türe, aber sie ist mir nicht nachgelaufen und drischt auch nicht gegen die Türe. Ich höre sie nur leise schluchzen und rumräumen. Vielleicht beruhigt sie sich ja wieder, wenn sie die Küche aufräumt, denke ich mir noch und gehe ins Bett. Aber dann höre ich die Haustüre, wie sie mit lautem Krach in das Schloss fällt. Also stehe ich noch einmal auf, um nachzuschauen. Die Eva hat nicht die Küche aufgeräumt, sondern ist in die Nacht verschwunden. Zunächst bin ich richtig erleichtert, dann brauche ich mich zumindest heute nicht mehr mit dem leidigen Thema auseinanderzusetzen. Also mache ich mir noch ein Bier auf, um über den Antonicek, den Mergele und das Gespenst nachzudenken, aber irgendwie kann ich mich gar nicht auf den Fall konzentrieren, weil mir die ganze Zeit so Horrorbilder von der Eva im weißen Kleid und mir im Anzug in den Sinn kommen, wie wir uns vom Pfarrer Eberdinger trauen lassen. Noch viel schlimmer geht es wirklich nimmer.

Nach zwei weiteren Halben ist es Mitternacht und die Eva immer noch nicht zu Hause. So langsam beginne ich, mir ernsthaft Sorgen zu machen. Dass die Eva wütend abrauscht, das passiert öfter, aber normalerweise ist sie spätestens ein bis zwei Stunden später wieder da. Jetzt ist sie schon fast vier Stunden weg. Vorsichtshalber schaue ich in ihrem Zimmer nach, und da sehe ich, dass sie den halben Inhalt ihres Kleiderschrankes mitgenommen hat. Das hat sie bisher noch nie gemacht, da muss ich doch was unternehmen. Ich versuche zunächst, sie auf ihrem Handy zu erreichen, aber das hat sie anscheinend ausgeschaltet. Ich will gerade bei den zuständigen Kollegen in Regensburg anrufen, um die Eva als vermisst zu melden, da läutet wieder einmal mein blödes Diensthandy. Es ist ein Kollege von der Wasserschutzpolizei. Die haben keine hundert Meter entfernt vom Fundort unserer Leiche ein Auto in der Donau entdeckt, und da sitzt doch tatsächlich schon wieder ein Toter hinter dem Steuer.

Ich rufe also die Feuerwehr an, den Kreithmeier, unseren Pathologen, und den Reindl, aber der geht natürlich nicht an sein Handy. Der ist sicher gerade mit anderen Dingen beschäftigt. Also probiere ich es bei den Kollegen Oberberger und Viereck, aber wie zu erwarten sind auch die zwei Nasen nicht erreichbar. Also muss ich halt alleine runter zur Donau. Auf dem Weg dorthin fährt die Feuerwehr mit Blaulicht und Sirene an mir vorbei. Ich sehe, dass der Langeder am Steuer sitzt und über das ganze Gesicht grinst. Der Depp hat einen Mordsspaß und weckt die halbe Stadt auf, aber das ist dem Langeder ziemlich egal. An der Donau trifft gleichzeitig der Kreithmeier ein.

»Dimpfelmoser, jetzt überbietest dich aber selber«, raunzt er. »Zwei Leichen innerhalb von zwölf Stunden, das ist sogar für dich ungewöhnlich.«

»Ich hab's dir heute schon mal gesagt, ich bestell die ja nicht, und umbringen tue ich die auch nicht. Also was maulst rum. Mach einfach deine Arbeit, ich würde auch lieber schlafen.«

Der Langeder mit seinen Leuten hat den Wagen, der nahe am Ufer noch halb aus dem Wasser schaut, bereits am Haken und zieht ihn aus den Fluten der Donau. Dabei schreit und kommandiert er rum, als ginge es um Leben und Tod.

»Langeder, warum machst mitten in der Nacht einen solchen Krach?«, frage ich ihn. »Bist nicht ausgelastet, oder warum willst unbedingt die ganze Stadt aufwecken?«

»Dimpfelmoser, du brauchst grad reden. Wer fährt denn immer mit der Sirene zu sämtlichen Tages- und Nachtzeiten durch Wörth? Das bist doch normalerweise du. Also beschwer dich nicht, wenn ich auch einmal meinen Spaß habe.«

Der Langeder lässt es sich nicht nehmen, die Leiche persönlich aus dem Fahrzeug zu zerren. Aber plötzlich wird er kreidebleich und lässt den Toten einfach fallen.

»Langeder? Ist dir schlecht, oder kriegst einen Herzinfarkt?«, fragt der Kreithmeier besorgt, weil der Langeder jetzt auch noch so schnauft und röchelt, dass du meinst, der legt sich gleich dazu zu dem Toten.

»Nein, nein«, stammelt der los. »Es ist nur das Loch da in seinem Kopf. Da rinnt grad das Flusswasser raus, aber es geht schon wieder.«

Aha, ein Loch im Kopf, das muss ich mir dann doch genauer anschauen.

»Weg da, langts bloß nix mehr an«, schreit da der Kreithmeier los und schubst mich auf die Seite, bevor ich überhaupt reagieren kann.

Jetzt ist er halt wieder in seinem Element und untersucht den Toten im Scheinwerferlicht.

»Eindeutig eine großkalibrige Waffe«, doziert er, »der ist klar erschossen worden, bevor er mit seinem Auto in der Donau versunken ist.«

»Also Mord? Dann muss die Spusi her, das hilft alles nix.«

»Du, Dimpfelmoser, da machst dir jetzt aber richtig Feinde, weil der Mühlbauer hat immer noch Rufbereitschaft, und ich weiß aus sicherer Quelle, dass der gerade mit schöneren Dingen beschäftigt ist«, erklärt der Kreithmeier grinsend.

»Ist also was dran an den Gerüchten? Hat der sich tatsächlich aus seinem Einsiedlerleben mit seinen Toten verabschiedet?«

»Ja da schaust, Dimpfelmoser. Nur du alter Sack hängst immer noch alleine rum, anstatt endlich die Eva zu heiraten«, tut er mir auch noch blöd her und sticht damit in meine Wunde, die ich gerade vergessen hatte.

»Dimpfelmoser, des musst dir anschauen!«, schreit da der Langeder, der inzwischen das Auto in sichere Entfernung zur Donau geschleppt hat.

»Oha, da legst dich nieder!« Ich starre in den offenen Kofferraum, und der ist vollgestopft mit Zigaretten und Zigarren, alle mit tschechischer Aufschrift.

»Schmugglerware, würd ich vermuten«, sagt der Langeder und grinst, während er sich eine anzündet.

Dabei fummelt er mir umständlich mit seiner Zigarettenschachtel vor der Nase herum.

»Die hast jetzt aber nicht aus dem Kofferraum raus, oder?« Hat der doch tatsächlich die gleiche tschechische Schachtel in der Hand wie die im Kofferraum.

»Nein, ich vergreife mich doch nicht an Beweismitteln«, tut er ganz schlau. »Die habe ich natürlich gekauft, alles ganz legal.«

»In Tschechien hast die gekauft?«

»Bist narrisch, dafür musst doch heute nicht mehr nach Tschechien fahren, die kriegst doch an jeder Straßenecke bei uns zu kaufen. Und die sind halt viel billiger als die deutschen Zigaretten, da kannst schon einiges sparen, Dimpfelmoser.«

»Du kaufst also illegal Schmuggelware, Langeder. Wer verkauft so was in meiner Stadt?«

Jetzt merkt der Depp langsam, dass er mit einem Polizisten redet und wird plötzlich ganz einsilbig. Angeblich kennt er die Zigarettendealer nicht und sagt, ich soll doch den Viereck und den Oberberger fragen, die wüssten da eher Bescheid.

»Weg vom Wagen!«, brüllt da der Mühlbauer, unser Spurensicherer, und rennt an uns vorbei, mit dem Flatterband in der Hand. So schnell schaust gar nicht, da ist der Platz um den Wagen mitsamt der Fundstelle abgesperrt, und der Mühlbauer brüllt alle an, dass es ja keiner mehr wagen soll, in seine Absperrung zu gehen.

»Hast schlechte Laune?«, frage ich ihn.

»Dimpfelmoser, die Liebe ist einfach wichtiger als diese profanen Morde in dieser kalten Welt«, brüllt er und schreit weiter in der Gegend herum.

Jetzt der also auch noch, mir langt es für heute. Ich lass die ganze Bande einfach stehen und gehe nach Hause. Leider ist die Eva immer noch nicht zurück. Ich versuche es wieder auf ihrem Handy, das jedoch immer noch ausgeschaltet ist. Kurzzeitig steigt Panik in mir auf, aber die wird schon wieder auftauchen, wenn sie sich beruhigt hat. Die Eva ist halt etwas cholerisch veranlagt und weiß dann manchmal nicht mehr, was sie tut, aber das legt sich wieder. Ich bin hundemüde und gehe ins Bett. Im Schlaf verfolgt mich wieder der Traum von der Hochzeit beim Eberdinger, wie sollst dich da wirklich erholen?

Kapitel 4

Die Eva ist tatsächlich die ganze Nacht nicht nach Hause gekommen und auch weiter nicht über ihr Handy zu erreichen. Ich versuche es immer wieder, aber ohne Erfolg. Langsam mache ich mir wirklich Sorgen, nicht dass der Eva etwas passiert ist. Weder die Oma noch der Opa wissen etwas, und bei unseren Bekannten ist sie auch nicht aufgetaucht. Als ich schlecht gelaunt und unausgeschlafen in die Dienststelle komme, ist tatsächlich meine ganze Mannschaft bereits da.

Im Gegensatz zu mir sind sie alle bestens gelaunt.

»Habts ein schönes Wochenende gehabt?«, frage ich sie und werfe mich in meinen Stuhl hinter meinem Schreibtisch. »Mia machen gleich eine Dienstbesprechung, weil mia san ja nicht zum Vergnügen hier, dass des klar ist«, raunze ich sie noch an, was aber ihrer guten Laune keinen Abbruch tut.

Der Reindl, der Oberberger und der Viereck versammeln sich feixend im Besprechungsraum. Das ist nicht zum Aushalten mit denen, da muss ich einmal wieder klarstellen, dass wir hier im Dienst sind und nicht in einem Kasperletheater.

»Ruhe!«, brülle ich also unvermittelt los, sodass es alle reißt.

Zumindest verfehlt mein Manöver nicht die Wirkung, jedenfalls schauen sie alle ganz ernst.

»Mia ham zwei Leichen, da gibt's nix mehr zu lachen, Männer. Da erwarte ich von euch, dass ihr mit dem notwendigen Ernst bei der Sache seids.«

»Dimpfelmoser, wennst so weiter mit uns umspringst, dann kannst dir ein paar andere Deppen suchen, die deine Launen aushalten«, platzt es unvermittelt aus dem Oberberger raus. »Uns reicht's nämlich.«

»Ja Zefix ...«, brülle ich los, aber der Viereck ist noch lauter.

»Eine Dienstaufsichtsbeschwerde reichen wir ein, und zwar beim Huber, bloß dass du Bescheid weißt und dich nicht wunderst, wennst dann auch einmal Ärger kriegst.«

Mir fehlen tatsächlich die Worte. Diesmal ist es mein Mund, der einfach aufklappt, sodass der Speichel herausrinnt. So haben die noch nie mit mir geredet. Irgendwie ist schon wieder bei mir die ganze Luft raus, und meine Wut ist verraucht. Stattdessen spüre ich ein Gefühl, das ich seit meiner Kindheit gut versteckt habe. Ich bin irgendwie völlig leer, nur so eine Traurigkeit breitet sich in mir aus und hindert mich daran, klar zu denken. Am liebsten würde ich einfach aufstehen und davonlaufen, aber das geht leider nicht, weil wir die zwei Morde aufklären müssen. Also hole ich tief Luft, schlucke alles erst einmal runter und versuche, so sachlich wie möglich die Ereignisse der letzten Nacht zusammenzufassen.

»Reindl, du machst eine Halterabfrage, damit mia wissen, wem das Auto gehört. Und dann überprüfst, ob unsere Leiche irgendwo als vermisst gemeldet ist. Das Bild von dem Toten hab ich auf meinem Handy, das kannst gleich auf deinen Computer ziehen und recherchieren. Und ihr zwei, Oberberger und Viereck, ihr befragts die Anwohner, die in der Nähe von dem Fundort von der Leiche und von dem Auto wohnen. Vielleicht hat irgendjemand was gesehen. Und später müssen wir alle Bewohner und Angestellten von dem Seniorenheim befragen.«

Sie nicken alle nur und verlassen grußlos den Besprechungsraum. Ich gehe in mein Zimmer und bin völlig leer. Gerade als ich die Eva endlich als vermisst melden will, stürmt der Reindl rein und wedelt mit einem Zettel herum.

»Du wirst es nicht glauben, auf wen das Auto zugelassen ist«, schreit er vergnügt und scheint die ganze Sache von vorhin schon wieder vergessen zu haben.

»Das Auto ist auf einen Herrn Meiereder gemeldet.«

»Meiereder, des sagt mir gar nix. Muss man den kennen?«

»Den Meiereder nicht, aber der ist auch im Seniorenheim oben am Schlossberg gemeldet. Der Mann ist achtzig Jahre alt und wohnt im Heim. Wenn das mal nicht ein Zufall ist, dann fresse ich einen Besen.«

Oha, schon wieder das Heim!

»Weißt schon was über den Toten, Reindl? Der Meiereder kann es ja nicht selber sein. Der Tote im Auto war definitiv viel jünger.«

»Der Meiereder scheidet aus, da hast du recht. Ansonsten habe ich noch nichts. In unseren Computerdateien ist nichts zu finden. Aber ich recherchiere weiter, vielleicht entdecken wir ja noch einen Hinweis, der uns hilft, die Identität des Toten zu klären.«

»O. k., Reindl, du machst hier weiter, und ich fahre rauf ins Heim und rede mit dem Herrn Meiereder«, sage ich und verziehe mich nach draußen. Diesmal fahre ich ohne Blaulicht und Sirene, irgendwie habe ich heute überhaupt keine Lust dazu. Am Eingang läuft mir eine Pflegerin über den Weg, und sie zeigt mir den Weg zum Zimmer von dem Meiereder. Ich klopfe an, und nachdem sich keiner meldet, öffne ich schwungvoll die Türe.

Der Meiereder sitzt auf seiner Couch und schaut mich fragend an.

»Sind Sie der Herr Meiereder? Warum antworten S' nicht, wenn ich anklopfe?«

»Deine Höflichkeitsfloskeln kannst dir sparen, wer bist denn, dass du mich hier störst?«

Ich verstehe zwar nicht, bei was ich den Alten störe, aber ich will ja nicht gleich wieder den nächsten Ärger provozieren, also stelle ich mich zunächst einmal vor.

»Hauptkommissar Dimpfelmoser, ich hätt da ein paar Fragen an Sie wegen Ihres Autos. Das ham mia heute Nacht nämlich aus der Donau gezogen …«

Noch bevor ich weiterreden kann, springt der erstaunlich rüstige Senior plötzlich auf, versetzt mir einen Faustschlag ins Gesicht, dass ich nach hinten umfalle, und läuft einfach davon. Der Sauhund hat genau meine Lippe getroffen, und mir läuft das Blut in Strömen herunter. Bis ich mich wieder aufrapple, ist der Meiereder bereits mit meinem Autoschlüssel, den er mir entrissen hat, verschwunden und aus dem Heim rausgelaufen. Ich renne ihm hinterher, aber ich sehe nur noch die Rücklichter meines Polizeiautos, in dem der alte Herr sitzt und gerade auf das Gelände des Schlosshotels, das sich oberhalb des Seniorenheims befindet, fährt. Als ich endlich keuchend und völlig außer Atem da oben ankomme, sehe ich das Auto mit laufendem Motor und offener Türe auf dem Hof, und der Meiereder steht bereits oben am Rand des Schlossturmes.

»Ich springe, wennst hier heraufkommst«, droht er und fällt fast schon runter, aber er kann sich gerade noch halten.

Irgendwie ist seit gestern echt der Wurm drin, und alles läuft völlig aus dem Ruder.

»Beruhige dich erst einmal, Meiereder! Ich bleib herunten. Aber du hast nix zu befürchten, ich will einfach nur mit dir reden wegen deines Autos.«

»Mit dir rede ich überhaupt nicht«, keift er und beugt sich wieder gefährlich weit über den Rand des Turmes.

»Ich will sofort den Hauptkommissar Huber hier heroben sehen, mit niemand anders rede ich.«

Inzwischen sind auch einige Hotelgäste auf das Spektakel aufmerksam geworden, und die Traube der Schaulustigen wird schnell größer. Ausgerechnet den Huber, meinen Intimfeind und Vorgesetzten, will der also sprechen. Ich überlege hin und her, aber momentan sehe ich keinen anderen Ausweg, also rufe ich zunächst meine Kollegen und die Feuerwehr an, damit die mit einem Sprungtuch hier anrückt, bevor ich die Nummer vom Huber wähle.

»Huber, ich brauch Sie dringend hier in Wörth.«

»Ja, der Hauptkommissar Dimpfelmoser, das ist ja eine nette Überraschung, dass Sie sich auch einmal bei mir melden«, schleimt er herum, der Depp.

»Huber, wir haben keine Zeit für Höflichkeiten und Geschleime«, unterbreche ich ihn barsch. »Hier auf dem Turm des Schlosshotels in Wörth steht ein achtzigjähriger Mann und droht, sich hinabzustürzen. Er will dummerweise nur mit Ihnen reden.«

Er schnauft und sabbert mir in den Hörer, richtig ekelhaft ist das.

»Wie heißt der Mann?«, will er schließlich wissen.

»Meiereder heißt der, der …«

»Warten Sie, ich komme sofort zu Ihnen. Unternehmen Sie bloß nichts, Dimpfelmoser, der Meiereder springt wirklich, glauben Sie mir, dazu kenne ich ihn leider nur zu gut, ich weiß, dass der auch macht, was er sagt.«

Noch bevor ich weiterfragen kann, legt der Huber auf. Da ist ja der Montag endgültig gelaufen, wenn ich den jetzt auch noch zu sehen kriege. Ich kann die Schleimspur förmlich schon sehen, die er gleich hinterlassen wird.

»Meiereder, der Huber ist unterwegs, also warten S' noch ein bisserl mit Ihrem Sprung«, beruhige ich den Alten, der wie ein Rumpelstilzchen oben immer am Rande des Abgrundes seine Runden dreht.

Zum Glück treffen meine Kollegen zeitgleich mit der Feuerwehr ein. Der Langeder hat es sich natürlich nicht nehmen lassen, schon wieder mit Blaulicht und Sirene anzurücken. Aber jetzt ist er ganz professionell und bereitet mit seinen Kollegen das Sprungtuch vor.

»Oberberger, Viereck, Reindl, kümmerts euch um eine vernünftige Absperrung, und schickts die Leute weiter, nicht dass der da oben noch Panik kriegt und doch springt, bevor der Huber da ist«, weise ich meine Leute an.

Jetzt läuft endlich einmal alles professionell und wie am Schnürchen, und meine Männer drängen den Mob der Schaulustigen hinter die schnell errichtete Absperrung zurück. Nur der Langeder mit seinen Leuten hat einen Stress, weil sie mit ihrem Sprungtuch die ganze Zeit hinter dem Meiereder herlaufen müssen, der immer noch ohne Unterbrechung das Turmdach umrundet. Endlich rauscht der Huber mit Vollgas in den Hof und wäre beinahe in die Zuschauerschar gefahren, was ihn aber überhaupt nicht stört. Ohne uns auch nur eines Blickes zu würdigen, rennt er schimpfend zum Turm und läuft die Innentreppe nach oben.

Zunächst ist alles still, und ich hoffe schon, dass sich die ganze Situation friedlich beenden lässt. Aber dann werden die Stimmen oben auf dem Dach immer lauter, und die beiden Männer brüllen sich gegenseitig an. Leider kann man kein Wort verstehen, nur die beiden tauchen immer wieder gefährlich nahe am Rand des Daches auf. Und plötzlich segelt der Huber vom Dach, zum Glück genau in das Sprungtuch der Feuerwehr. Er windet sich aus dem Tuch, und noch bevor ich einschreiten kann, rast er wieder in den Turm und die Treppe hinauf. Nach erneutem Geschrei fällt plötzlich ein Schuss. Wahrscheinlich hat der Huber den Meiereder jetzt erschossen, denke ich mir, aber meine Vermutung erweist sich zum Glück als falsch. Keine Minute später zerrt der Huber den alten Meiereder, dem er Handschellen angelegt hat, aus dem Turm.

»Sperren S' den Irren bei sich ein, und lassen S' den bloß nicht wieder laufen, bis Sie was von mir hören«, befiehlt er mir und schubst den Meiereder zu mir her. »Wegen versuchten Mordes können S' den einsperren, der hat mich tatsächlich vom Turm gestoßen«, ereifert er sich weiter, springt in sein Auto und rauscht ohne weitere Erklärung einfach davon.

»Also, du hast es gehört, Meiereder. Steigen mia ein. Du bist vorläufig festgenommen wegen versuchten Mordes am Hauptkommissar Huber.«

Der Alte lässt sich tatsächlich widerstandslos ins Auto verfrachten. Ich schicke den Oberberger und den Viereck los, um im Seniorenheim gleich die Mitbewohner und das Personal zu befragen, und fahre dann mit dem Reindl und dem Verhafteten zurück ins Revier. Nachdem der Meiereder beharrlich schweigt und gar nichts sagt, sperren wir ihn in eine unserer Zellen. Der Huber ist auch nicht erreichbar, also müssen wir selber herausfinden, woher die beiden sich kennen.

»Reindl, kannst einmal im Computer recherchieren, ob du eine Verbindung zwischen dem Huber und dem Meiereder findest«, bitte ich den Kollegen, der sich sofort an die Arbeit macht.

Ich rufe zum tausendsten Mal die Eva an, aber ihr Handy ist weiterhin ausgeschaltet.

»Dimpfelmoser, du wirst es nicht glauben.« Der Reindl

steht triumphierend in meinem Zimmer und grinst bis über beide Ohren. »Der Meiereder, das ist der Schwiegervater vom Huber.«

Kapitel 5

»Da schau her, der Schwiegervater vom Huber. Dann nehmen wir den Meiereder noch einmal in die Mangel. Reindl, bring den Mann in den Vernehmungsraum, vielleicht redet er ja doch noch mit uns.«

»Da hast dir ja einen sauberen Schwiegersohn ausgesucht«, beginne ich die Vernehmung.

»Dieser Trottel von einem Polizisten«, schimpft der gleich los. »Ausgerechnet so einen hat sich meine Tochter aussuchen müssen. Der ist doch zu überhaupt nichts zu gebrauchen, ich versteh bis heute nicht, was meine Babette an dem nur findet.«

»Meiereder, magst jetzt einmal vernünftig mit mir reden. Zum Beispiel über dein Auto und den Toten, der hinter dem Steuer gesessen hat. Oder über die tschechischen Zigaretten und Zigarren in deinem Kofferraum.«

»Ich sag gar nix, mit einem Bullen red ich nicht«, stellt sich der Meiereder wieder stur, und tatsächlich antwortet er auf keine einzige weitere Frage mehr.

»Dann halt nicht, dann bleibst eben in unserer Zelle. Vielleicht solltest dir einen Anwalt hinzuziehen, weil es geht halt um Mord und zusätzlich um Mordversuch an deinem Schwiegersohn. Da sind die Zigaretten dein kleinstes Problem.«

»Ich brauch keinen Anwalt, das mach ich selber«, raunzt er, dann lässt er sich wieder in seine Zelle führen, legt sich hin und schnarcht uns seelenruhig das Revier voll, dass die Wände wackeln.

»Reindl, ich fahr nach Regensburg und schau, ob die Kollegen was für uns haben«, verabschiede ich mich. »Sagst dem Oberberger und dem Viereck Bescheid, dass mir hernach noch eine Dienstbesprechung machen um neunzehn Uhr.«

»Ich bin verabredet, Dimpfelmoser«, entrüstet sich der Reindl gleich wieder.

Aber da kommt er mir gerade recht. Wo kommen wir denn da hin, wenn jeder nur noch Dienst nach Vorschrift macht und das Privatleben plötzlich wichtiger ist?

»Neunzehn Uhr, Reindl, und basta! Mia müssen zwei Morde aufklären, da ist dein Privatleben halt erst einmal gestrichen.«

Ich glaube, er brummt mir so etwas wie »Arschloch« hinterher.

In der Pathologie finde ich den Kreithmeier über eine Leiche gebeugt, die er gerade kunstvoll wieder zunäht.

»Leichenfledderer, wie schaut's aus, hast unsere Toten schon obduziert?«

»Der Dimpfelmoser, wie immer zuerst einmal ein ungehobelter Klotz, gell«, gluckst er. »Sag halt erst einmal Grüß

Gott und frag, wie es mir geht, bevor wir zum dienstlichen Teil übergehen.«

Der spinnt auch immer mehr, aber ich tue ihm den Gefallen, ansonsten muss ich ihm hernach wieder jedes einzelne Detail aus der Nase ziehen, wenn der eingeschnappt ist.

»Sei gegrüßt, du König der Leichenkünste, wie ist dein wertes Befinden?«

»Dimpfelmoser, schleimen brauchst nicht und dich über mich lustig machen schon gleich gar nicht.«

Mein Gott, warum sind seit Neuestem alle so empfindlich geworden? Noch vor ein paar Wochen hätte der Kreithmeier schallend gelacht über meine kleine Schleimerei, aber das zieht bei ihm halt inzwischen auch nicht mehr.

»Also, lassen wir den Unsinn. Was weißt über die Toten?«

»Der Herr Antonicek, der ist gar nicht ertrunken. Der ist erst erwürgt und danach in die Donau geworfen worden. Das ist eindeutig feststellbar an den Einblutungen am Hals und am Zustand von dem seinen Lungen. Willst es genauer wissen?«

»Nein, das reicht mir. Und was ist mit dem zweiten Toten?«

»Der ist eindeutig erschossen worden, da gibt es überhaupt keine Zweifel.«

Ich verabschiede mich und fahre rüber zur Spusi. Die haben inzwischen den Wagen vom Meiereder genau untersucht.

»Der Tote ist sicherlich nicht im Wagen erschossen wor-

den«, klärt mich der Mühlbauer auf. »Der ist erst im Nach-
hinein in den Wagen gesetzt worden. Bei dem Auto ist einiges manipuliert worden. Die Bremsschläuche sind durchtrennt, und das Gaspedal war verkeilt. Alle Spuren deuten
darauf hin, dass die Leiche auf der Rücksitzbank des Wagens
zur Donau gebracht wurde und erst dann auf den Fahrersitz
gesetzt und mit dem Sicherheitsgurt fixiert wurde. Danach
wurde der Wagen mit den defekten Bremsen und dem ein-
geklemmten Gaspedal in die Donau gefahren.«

»Und die Zigaretten und Zigarren? Kannst was zur Herkunft sagen?«

»Wie wir vermutet haben, handelt es sich sicherlich um
geschmuggelte Ware, und das wohl im großen Stil. Aber das
ist ja dein Job, dass du das herausfindest, gell, Dimpfelmoser. Und jetzt ab mit dir, ich mach Feierabend.«

Auch der Mühlbauer hat also heute keine Zeit oder Lust,
sich noch länger mit mir zu unterhalten, also fahre ich tief
in Gedanken versunken rüber ins Polizeipräsidium, um mit
dem Huber zu reden. Meine Laune wird immer schlechter,
als ich erfahre, dass der gar nicht mehr zum Dienst erschienen ist, nachdem er seine kleine Auseinandersetzung mit
seinem Schwiegervater hatte. Stattdessen hat er sich krankgemeldet. Das sieht ihm wieder einmal ähnlich, dem Warm-
duscher, dem elendigen. Also fahre ich zu ihm nach Hause.

»Ja Herr Hauptkommissar, das ist aber schön, dass Sie uns
auch einmal wieder besuchen«, flötet seine Frau, die Babette, als sie mir die Türe öffnet.

Da sie nur einen Bademantel anhat, kann ich mir schon

denken, dass die Freude über meinen Besuch nicht ganz so groß ist, wie sie tut.

»Ihren Mann müsst ich kurz sprechen, Frau Huber«, erkläre ich ihr möglichst freundlich und schau ihr dabei heimlich in ihren Ausschnitt vom Bademantel, der ihren überdimensional großen Busen nur notdürftig verbirgt. »Dimpfelmoser, ich habe schon damit gerechnet, dass Sie hier noch auftauchen«, tönt da der Huber, der plötzlich neben seiner Gattin steht. Er hat auch nur einen Bademantel an, da ist mir schon klar, was hier läuft.

»Huber, Sie schulden mir eine Erklärung nach dem Auftritt heute. Ich kann Ihren Schwiegervater doch nicht einfach eingesperrt lassen. Möchten S' sich da nicht drum kümmern, dass der zumindest einen Anwalt hinzuzieht oder ...«

»Mein Vater? Verhaftet? Und du sagst mir kein Wort davon?«, keift jetzt seine Gattin los.

»Erklär mir sofort, was mit meinem Vater ist«, kreischt sie weiter, und ihre Stimme schraubt sich in immer höhere Tonlagen hinauf.

Dem Huber ist das alles sichtlich peinlich. Er schiebt seine Frau einfach in ein Nebenzimmer und flüchtet mit mir in sein Büro, das er vorsichtshalber absperrt. Das erweist sich als absolut notwendig, denn seine Gattin drischt von draußen auf die Türe ein, dass es eine wahre Freude ist, und ich befürchte, dass die Türe das nicht lange überlebt. Die macht glatt der Eva Konkurrenz, weil die führt sich genauso auf, wenn sie in Fahrt ist.

»Ja sauber, Huber. Das ist ja fast wie bei mir zu Hause, wenn die Eva durchdreht.«

»Nur dass wir im Gegensatz zu Ihnen bereits seit über dreißig Jahren verheiratet sind, da sind solcherlei Szenen leider normal«, jammert er mir her. »Aber Sie haben es ja noch nicht einmal zum Traualtar geschafft, Dimpfelmoser. Passen Sie bloß auf, dass Sie da keinen Fehler machen. Sie sehen ja, wozu das führt.«

Meint er jetzt die Ausraster seiner wild gewordenen Gattin? Ich frage lieber nicht weiter nach.

»Also, Huber, reden S' endlich mit mir! Was soll das mit Ihrem Schwiegervater? Was ist los mit dem, und warum hat der Sie vom Turm runtergeschmissen?«

»Tja, äh ..., Dimpfelmoser ...«

Das kenne ich schon vom Huber. Wenn der so rumdruckst, dann hat er wieder einmal selber Dreck am Stecken. Wenn ich ihm nicht schon öfter seinen Arsch gerettet hätte, dann säße der auch schon lange im Gefängnis mitsamt seinen Landräten und Politspezeln, die alle immer wieder glauben, sie könnten machen, was sie wollen, und für sie würde es Extragesetze geben.

»Mein Schwiegervater handelt seit Jahren mit geschmuggelten Rauchwaren aus Tschechien«, platzt es endlich aus ihm heraus. »Und nicht nur das, er verkauft sie im ganzen Großraum Wörth bis nach Straubing und Regensburg. Und wissen Sie, wo er besonders gut im Geschäft ist?«

Da bin ich aber einmal gespannt.

»In sämtlichen Seniorenheimen hat er sich einen Absatzmarkt aufgebaut, der alte Gauner.« Der Huber lacht bewundernd und zündet sich eine Zigarette an.

»Rauchen Sie auch die Schmugglerware?«, frage ich irritiert, weil die Packung vom Huber ebenfalls aus Tschechien ist.

»Ja natürlich, lieber Dimpfelmoser. Wo komme ich denn da hin, wenn ich mir deutsche Zigaretten kaufe bei den Preisen hier? Das kann ich mir von meinem geringen Beamtengehalt ja gar nicht leisten.«

Ich bin wieder einmal erschüttert. Der Huber weiß von dem Schmuggel und dem illegalen Verkauf und raucht das Zeug auch noch selber. Von Unrechtsbewusstsein keine Spur, stattdessen jammert er herum von wegen, er verdient so wenig.

»Huber, wenn S' noch weiterreden, dann muss ich Sie diesmal wirklich anzeigen. Ich kann doch nicht immer wieder Ihre Schweinereien decken und zusehen, wie Sie sich auf Kosten des Staates bereichern.«

»Geh, werter Kollege, das sind doch nur Kavaliersdelikte, da brauchen S' sich nicht so aufplustern wie ein Gockel. Und überhaupt habe ich meinem Schwiegervater eh nahegelegt, dass er damit aufhören muss und ich ihn diesmal nicht mehr decken kann. Deshalb ist er ja auf dem Turm so ausgerastet und hat mich hinuntergestoßen.«

»Wollen S' Anzeige erstatten, oder wie läuft des Ihrer Meinung nach weiter? Ihr Schwiegervater ist immerhin Hauptverdächtiger in unserem Mordfall.«

»Lassen S' den nur in der Zelle schmoren, Dimpfelmoser. Das schadet ihm gar nicht, vielleicht merkt er dann, dass er mit mir nicht machen kann, was er will. Das hätte ich vielleicht schon viel früher machen sollen, ihm einfach mal die Meinung sagen. Der hetzt seit dreißig Jahren meine Frau gegen mich auf, das ist wirklich kein Spaß mit dem Mann.«

Da ist er wieder, der Huber, so wie ich ihn kenne. Anstatt Einsicht oder gar polizeiliche Professionalität zu zeigen, denkt er wieder einmal nur an sich und seinen eigenen Vorteil. Zum Kotzen ist das mit dem. Ich lasse ihn einfach stehen, sperre die Türe auf, durch die sofort die keifende Furie rast, und setze mich in mein Dienstauto. Telefonisch sage ich die anberaumte Besprechung mit meinen Leuten ab und fahre zurück nach Wörth. Ich lege die Helene-Fischer-CD ein, aber selbst das hilft heute nicht gegen meine schlechte Laune. Vorsichtshalber schaue ich kurz bei mir in der Wohnung vorbei, aber die Eva ist immer noch verschwunden. Auch auf dem Anrufbeantworter ist keine Nachricht von ihr. Also fahre ich raus zur Oma und zum Opa, mit denen muss ich noch reden wegen des Seniorenheims. Nicht dass die morgen wirklich dort zum Probewohnen einziehen.

»Xaver, hast es dir schon überlegt, ob du unser Angebot annimmst?«, freut sich die Oma, als sie mich sieht. Wie es so üblich ist, tischt sie sofort Berge von Essen auf, aber ich habe zum ersten Mal in meinem Leben irgendwie keinen Hunger und lasse alles stehen. Die Oma beobachtet mich misstrauisch, und der Opa schaut mich nur an, als ob ich ein Weltwunder wäre.

»Was ist los, bist krank, Xaver?«, bricht er schließlich das Schweigen.

»Die Eva ist verschwunden, des is los«, platzt es endlich

aus mir heraus. »Einfach abgehauen ist sie. Ohne Nachricht, und ich hab keine Ahnung, wo sie hin ist.«

»Darauf hab ich schon lange gewartet, dass sie dich sitzen lässt«, bohrt die Oma noch mehr in meiner Wunde. »Jetzt kannst sie bloß noch heiraten, sonst ist die Eva weg, und des war's dann mit euch.«

Der Opa nickt wissend, und ich habe immer mehr das Gefühl, dass ich hier der einzige Depp bin, der irgendwie was nicht versteht.

»Warum ich eigentlich gekommen bin«, werde ich wieder sachlich, »in das Seniorenheim, da setzts ihr mir keinen Fuß nei. Mia ermitteln da gerade wegen eines Mordes, und mia ham einen Bewohner in Untersuchungshaft. Und der Herr Mergele, der Chef, der hat irgendwas geschluckt, jedenfalls ist der völlig deppert. Der hat mich angegriffen und beschimpft. Da geht es zu wie bei den Vandalen. Und dann behauptet der auch noch, ein Gespenst oder vielleicht auch ein Mensch aus Fleisch und Blut würde dort seit Neuestem nachts rumschleichen. Also kein Ort, an dem ich euch haben will.«

Anstatt mir zuzustimmen, bekommen die beiden glänzende Augen und werden ganz aufgeregt. Sie freuen sich wie kleine Kinder und reden wild durcheinander.

»Ja dann gehen mia da erst recht hin, Xaver«, lacht der Opa. »Da können mia dir bei deinen Ermittlungen helfen, als Undercoveragenten sozusagen.«

»Mord und Gespenster, noch besser geht's nimmer«, lacht auch die Oma. »Das ist genau des Richtige für uns, gell, Opa?«

»Das ist viel zu gefährlich«, protestiere ich. »Da geht es um Zigarettenschmuggel im großen Stil, da ist vielleicht die Mafia oder so beteiligt.«

»Xaver, sei halt einmal locker und nicht immer so steif«, ermahnt mich der Opa. »Du nimmst es manchmal schon zu genau mit deiner Sorge um uns. Vergönn uns halt auch unseren Spaß, wer weiß, wie lang mia noch hier unter den Lebenden weilen. In unserem Alter, da musst schon schaun, dass d' noch was hast vom Leben.«

Er holt eine von seinen stinkenden Zigarren unter dem Couchtisch hervor und zündet sich das Monster an. Grinsend bläst er mir den Rauch ins Gesicht, sodass ich fast keine Luft mehr bekomme. Ich stehe einfach auf und gehe, was ich beim Opa und der Oma noch nie gemacht habe, aber heute reicht es einfach. Spinnen da eigentlich alle anderen, oder bin ich es, der irgendwie nicht mehr richtig ist in der Birne? Ich bin mir momentan nicht mehr so sicher.

Frustriert fahre ich nach Hause. Nicht mal mehr Lust auf eine Halbe Bier habe ich, der heutige Tag hat irgendwie alles in mir durcheinandergebracht. Zu Hause blinkt der Anrufbeantworter. Es ist eine Nachricht von der Eva. Mit tränenerstickter Stimme stellt sie mir ein Ultimatum. Wenn ich nicht endlich zu ihr stehe und sie heirate, wird sie nicht mehr zurückkommen, weil es ihr einfach reicht. Ich rufe sofort die angezeigte Nummer zurück und lande in der Pension Rosi im Landkreis. »Rosi, ist die Eva noch bei dir?«

»Xaver, die Rosi ist da, aber da brauchst dich gar nicht auf den Weg machen, weil ich dich nicht in mein Haus reinlass. Die Eva will nicht mit dir sprechen, solange du keine Entscheidung getroffen hast. Also überleg dir, was du willst, ansonsten verschwindet die Eva, und das war's dann für dich. Und eins lass dir gesagt sein, Xaver. Bei mir brauchst dich dann auch nicht mehr blicken lassen, weil du bist doch der größte Depp im ganzen Landkreis.«

Sie legt einfach auf, und ich sitze wie gelähmt mit dem Hörer in der Hand die halbe Nacht einfach nur da und starre Löcher in die Luft.

Kapitel 6

Ich muss handeln, das ist mir heute Nacht klar geworden. Also rufe ich zunächst den depperten Psychologen, den Dr. Mangelkramer an, damit der mir hilft.

»Der Dimpfelmoser, auf deinen Anruf habe ich schon gewartet«, beginnt der gleich, als ob er gewusst hätte, dass ich mich bei ihm melde.

Wahrscheinlich hat die Eva ihm wieder von mir erzählt, die geht ja immer noch regelmäßig zu dem Hirnverdreher, um ihre traumatischen Kindheitserlebnisse in der Sekte endgültig aufzuarbeiten. Mich hat sie auch ein paarmal überredet hinzugehen, aber bisher war das immer ein Reinfall. Warum soll ich so einem Deppen auch erzählen, wie es wirklich in mir ausschaut?

»Mangelkramer, ich brauche deine Hilfe. Diesmal meine ich es wirklich ernst. Ich brauch von dir unbedingt so eine Pille, damit meine Bindungsangst weggeht oder was auch immer des ist, was mich daran hindert, die Eva zu heiraten. Die ist abgehaun und erpresst mich jetzt.«

»Nun, Dimpfelmoser, Erpressung ist etwas anderes, als eine Entscheidung einzufordern. Da verwechselst ein paar

Dinge. Aber komm doch einfach bei mir vorbei, dann reden wir über die Angelegenheit.«

»Ich will aber nicht reden, du Depp«, brülle ich zu meiner eigenen Überraschung völlig unvermittelt los. »Ich will eine Tablette, die mir hilft, und ich will, dass die Eva zurückkommt, geht des nicht in dein Spatzenhirn rein?«

»Genau das habe ich erwartet, Dimpfelmoser, dass du gänzlich die Beherrschung verlierst, aber da kann ich dir leider nicht helfen. Es gibt so eine Pille nicht, die du bräuchtest. Es gibt eben leider kein Medikament, das gleichzeitig gegen extremste Sturheit, Launenhaftigkeit, cholerische Anfälle, Arroganz, Bindungsangst und posttraumatische Belastungsstörungen wirkt. Du weißt genau, dass du da nur rauskommst, wennst endlich über deine Kindheitserlebnisse in der Sekte von deinen Eltern redest und über die Toten im Keller.«

Eine eiskalte Hand greift nach meinem Herzen und drückt gnadenlos zu. Ich bin einfach still und warte, dass ich wieder Luft bekomme.

»Entweder machst eine Therapie, oder du springst ins kalte Wasser und heiratest die Eva. Am besten machst beides. Überleg es dir, Dimpfelmoser. Wennst die Eva nicht verlieren willst, dann mach was. Die Eva hat mich extra bei unserem letzten Treffen gestern gebeten, dir das auszurichten.«

Irgendwie wächst mir mein Privatleben gerade über den Kopf, und ich kann gar nicht wie sonst einfach auf meine professionelle Polizistenmentalität umschalten. Da muss ich mich echt zusammenreißen, wenn ich gleich unsere

Teambesprechung im Revier leiten soll, nicht dass die Kollegen noch glauben, ich hätte das alles nicht im Griff. Wie bereits gestern sind die Kollegen schon versammelt. Da muss ich mich auch erst noch daran gewöhnen, dass seit Neuestem alle immer pünktlich sind. Vom Reindl bin ich das ja gewohnt, aber der Oberberger und der Viereck, die sind eigentlich in ihrer ganzen bisherigen Polizistenlaufbahn unpünktlich gewesen. Sie haben halt immer gesoffen, bis beide nach unserem letzten großen Fall ihr Leben geändert und mit dem Saufen aufgehört haben. Neuerdings sieht man sie sogar im Wörther Wald im Trainingsanzug rumlaufen. Wenn das keine verkehrte Welt ist, dann weiß ich nicht mehr.

»Männer, habts was rausgefunden?«, frage ich ohne Begrüßung. Nicht dass die noch glauben, ich würde mich auch ändern und jetzt zu Höflichkeitsfloskeln am Morgen übergehen.

»Also, der tote Herr Antonicek hat bis vor zehn Jahren mit einem Teil seiner Großfamilie in Wörth draußen in der Hubertusmühle gelebt«, beginnt der Reindl.

»Wir haben uns da draußen schon umgehört«, übernimmt der Oberberger. »Die Familie hat wohl nicht wirklich am Stadtgeschehen teilgenommen, was die damaligen Nachbarn erzählen. Die lebten eher komplett zurückgezogen, und alle fanden die unheimlich. Es wurde spekuliert, dass die in krumme Geschäfte verwickelt waren.«

»Vor zehn Jahren ist der alte Herr Antonicek dann ins Seniorenheim gegangen, und der Rest der Familie ist zurück nach Tschechien gezogen«, erklärt der Reindl. »Ich habe die Adresse der Familie. Die müssen wir noch benachrichtigen.«

»Gibt's was Neues aus dem Seniorenheim?«

»Nicht wirklich, Dimpfelmoser«, sagt der Viereck. »Alle bisherigen Aussagen stimmen in etwa überein. Der Mergele ist ein Arschloch, und der Antonicek wird als netter, zurückhaltender und hilfsbereiter Heimbewohner beschrieben. Vor dem Meiereder haben alle irgendwie Angst, ohne dass es jemand genau begründen könnte. Er ist wohl sehr arrogant in seinem Auftreten und wird als unnahbar beschrieben. Aber einen Mord traut dem dort trotzdem keiner zu. Und sobald das Gespräch auf den Zigarettenschmuggel kommt, werden alle plötzlich ganz einsilbig, und da kriegst dann kein Wort mehr aus denen raus.«

»Wissen wir schon, wer der zweite Tote ist?«

»Bisher haben wir da keinerlei Anhaltspunkte. Der ist nicht vermisst gemeldet, und in unserer Datei ist er auch nicht gespeichert. Sollen wir die Öffentlichkeit mit einbeziehen?«, will der Reindl wissen.

»Mia warten noch«, beschließe ich. »Hat der Meiereder inzwischen was Brauchbares von sich gegeben?«

»Nein, er schimpft immer nur über seinen Schwiegersohn, will immer noch keinen Anwalt, und ansonsten weigert er sich, mit uns zu reden.« Der Reindl schüttelt den Kopf. »Der könnte glatt mit dir verwandt sein, so stur, wie der ist.«

Ich gehe heute gar nicht auf seine Stichelei ein, sondern bleibe sachlich, obwohl ich ihm am liebsten eine Mordswatschn verpassen würde.

»Dann hörts ihr zwei euch weiter um, und der Reindl und ich machen einen Ausflug nach Tschechien«, kommandiere ich.

»Kannst nicht alleine fahren, Dimpfelmoser? Ich hätte noch so viel zu tun hier. Und überhaupt müssen wir das den tschechischen Kollegen überlassen. Wir können doch nicht einfach bei denen aufkreuzen und sie vernehmen.«

»Nix, die Kollegen aus Tschechien. Das dauert doch ewig, bis der offizielle Dienstweg beschritten ist. Und mia vernehmen die ja nicht, sondern überbringen nur die Todesnachricht von ihrem Verwandten.«

Der Reindl scheint wenig begeistert von der Vorstellung, die nächsten Stunden mit mir in einem Wagen zu verbringen, aber das ist mir gerade egal. Er muss sich ja nicht mit mir unterhalten, wenn er nicht will, doch ganz gegen meine sonstige Gewohnheit will ich auch nicht alleine fahren. Er grummelt noch etwas von wegen Willkür, aber ich weiß, dass er außer unserem aktuellen Fall nicht wirklich viel zu tun hat. Da soll er sich nicht so anstellen, der Preiß. Da der Reindl tatsächlich nicht mit mir redet, lege ich meine Helene-Fischer-CD ein, drehe die Lautstärke voll auf, und so rollen wir drei Stunden später auf den Hof der Import-Export-Firma der Familie Antonicek.

»Au weh, des sieht aber nicht besonders vertrauenerweckend aus, Reindl.«

Der schüttelt nur entgeistert den Kopf, als wir aus dem Auto aussteigen.

»Puh, und wie es hier stinkt! Bist du sicher, dass wir hier richtig sind, Dimpfelmoser?«

Noch bevor ich ihm antworten kann, fällt plötzlich ein Schuss, und ich spüre den Luftzug der Kugel, die knapp an meinem linken Ohr vorbeisaust und irgendwo hinter uns in den ganzen Schrott und Dreck, der hier gelagert ist, einschlägt und als Querschläger über den Hof fliegt. Der Reindl versteckt sich sofort hinter unserem Auto und lässt mich einfach alleine in der Schusslinie stehen. Aber da kenne ich nichts – mit einem Hechtsprung katapultiere ich mich hinter eines der Schrottautos, die auf dem Hof stehen, ziehe dabei gleichzeitig meine Dienstpistole und feuere zunächst einmal in die Luft, damit der Angreifer gleich einmal weiß, dass der nicht einfach so mit uns machen kann, was er will. In der Mitte des Areals steht ein heruntergekommenes Haus, und ich sehe einen Gewehrlauf, der durch das offene Fenster heraus in unsere Richtung zielt.

»Polizei«, brülle ich. Nach allem, was der Oberberger und der Viereck über die Familie ermittelt haben, haben die alle lange genug in Wörth gelebt, sodass sie mich schon verstehen. Nachdem uns die nächste Kugel um die Ohren pfeift, eröffnet auch der Reindl das Feuer, und so liefern wir uns zunächst ein pfundiges Feuergefecht. Die Kugeln und Funken fliegen nur so hin und her, dass es eine wahre Freude ist. Aber irgendwie müssen wir den Spaß langsam beenden, dafür sind wir ja nicht hergekommen. Also robbe ich zum Reindl hinter, um ihn zu instruieren, was wir jetzt machen.

»Reindl, du gibst mir Feuerschutz, und ich schau, dass ich von hinten an den Spaßvogel rankomme.«

»Du wieder, von wegen Spaßvogel, der könnte uns glatt

umbringen«, flüstert der Reindl ärgerlich her. Aber dann schießt er, was das Zeug hält, und ich robbe, so schnell es geht, im Schutz der Müllberge hinter das Haus. Tatsächlich gibt es dort einen Hintereingang, und der ist noch nicht einmal verschlossen. Ich schleiche mich also leise ins Haus, und da sehe ich die Saubande. Zu dritt stehen sie an den Fenstern der Vorderfront, und alle drei schießen sie nach draußen.

»Schluss jetzt«, schreie ich und nutze den Überraschungsmoment, um mir den mittleren der drei Schießwütigen zu schnappen und in den Schwitzkasten zu nehmen. Dabei schieße ich vorsichtshalber noch in ihre Holzdecke.

»Runter mit euren Pistolen!«, kommandiere ich. »Sonst könnts ihr euren Kumpan hier auf dem Friedhof besuchen.«

Die zwei Männer lassen ihre Pistolen auf den Boden fallen und heben ihre Hände brav über den Kopf.

»Reindl, komm rein, hier ist alles unter Kontrolle.«

Der kommt gleich reingelaufen und legt den Männern Handschellen an.

»Zum Glück habe ich immer mehrere Handschellen dabei, man kann ja nie wissen«, erklärt er mir.

Endlich haben wir die Situation unter Kontrolle, und die Männer sitzen mit gefesselten Händen auf einer Bank in dem Raum, der wohl so etwas wie Küche, Esszimmer, Wohnzimmer, Lagerraum und Müllkippe auf einmal ist. Alles steht kreuz und quer durcheinander, und hier drinnen stinkt es gleich noch schlimmer als draußen auf dem Hof.

»Sind des eure Geschäftsräume von der Import-Export-Firma?«, frage ich die schießwütigen Gesellen. »Was importierts und exportierts ihr denn da? Müll oder vergammelten Schrott, oder wo habts ihr euer Warenlager?«

Die drei schauen nur böse und reden nicht mit uns.

»Also, jetzt hörts einmal zu«, beginne ich ganz von vorne. »Ich bin der Hauptkommissar Dimpfelmoser, und das ist der Kollege Reindl. Mia san aus Wörth an der Donau in Deutschland. Des kennts ja hoffentlich noch. Ihr seids doch die Antoniceks, die bis vor zehn Jahren bei uns gewohnt haben?«

Jetzt nicken sie zumindest, und der Älteste von ihnen, ein zahnloser, circa sechzigjähriger Glatzkopf, bricht endlich das Schweigen, und tatsächlich spricht er in fließendem Deutsch.

»Das sind wir. Was wollt ihr hier? Ihr habt hier gar nichts verloren. Und als deutsche Polizisten habt ihr hier in Tschechien schon gar nichts zu melden, oder habt ihr irgendeine Erlaubnis, dass ihr hier einfach unser Privatgelände betreten dürft?«

»Wir sind nur indirekt in unserer Funktion als Polizisten hier«, mischt sich der Reindl in das Gespräch ein.

Er hat wohl Angst, dass ich gleich wieder einen Wutanfall bekomme, und tatsächlich stehe ich kurz davor, dass ich dem Antonicek eine auf sein zahnloses Maul haue. Da erschießen uns die Vollpfosten fast, und dann kommt der mir auch noch so blöd daher.

»Leider müssen wir Ihnen eine traurige Mitteilung machen. Der alte Herr Antonicek, ich nehme an, dass es sich hierbei um Ihren Vater handelt, ist leider verstorben.«

»Der Opa ist tot?«, mischt sich jetzt auch noch einer der zwei Jüngeren in das Gespräch ein. »Wie ist er gestorben?«

»Er wurde ermordet, genauer gesagt erwürgt.«

Jetzt glotzen sie alle drei, und ihre Augen drückt es fast raus aus ihren Augenhöhlen, ihre Mäuler klappen auf, und ihre Kiefer mahlen wie verrückt. Irgendwie erinnern sie mich an ein paar Hornochsen, wie sie so mit ihren entgleisten Gesichtszügen dasitzen. Nur besonders traurig wirken sie mir nicht, obwohl sie gerade die Nachricht vom Ableben ihres Familienangehörigen, Vaters und Opas erhalten haben.

»Wer war das? Ich kann es mir schon fast denken«, brüllt wütend der Glatzkopf los. »Die wollen einen Krieg, dann bekommen sie einen Krieg.«

»Wie meinst des jetzt? Weißt, wer der Mörder ist? Dann raus mit der Sprache, und einen Krieg kannst dir erst einmal sparen.«

Ich zeige ihnen noch schnell das Bild von unserem zweiten Toten und bin mir sicher, dass die den kennen. Bei allen dreien weiten sich kurzzeitig die Pupillen, als sie das Bild sehen, aber natürlich schütteln sie alle nur den Kopf. Leider war es das erst einmal mit der Gesprächigkeit. Die drei sagen kein Wort mehr, und weil ich auch keine Lust habe, den tschechischen Kollegen zu erklären, was sich hier abgespielt hat, lassen wir die drei wieder frei und fahren zurück nach Wörth. Die Todesnachricht haben wir überbracht, und deswegen sind wir da hingefahren.

»Mit denen stimmt doch irgendwas nicht, Dimpfelmoser.«

Redet der Reindl also doch wieder mit mir.

»Da kannst aber Gift drauf nehmen, dass die Antoniceks nicht ganz sauber sind. Da stinkt nicht nur denen ihr Gelände, da stinken die ganze Familie und diese komische Firma zum Himmel. Da kannst gleich einmal recherchieren, ob mia irgendwas über die haben.«

»Das dürfte nicht ganz so einfach werden, Dimpfelmoser. Da muss ich eine Anfrage bei den tschechischen Kollegen machen, und dann kann ich noch bei Interpol nachfragen, ob die was über diese Familie und deren Firma gespeichert haben.«

»Des machst du schon, Reindl. Da bist doch immer ein Hund, wenn's um die Computertechnik geht, da verlass ich mich ganz auf dich.«

»Vielleicht solltest du dich doch auch einmal mit den grundlegenden technischen Gegebenheiten moderner Polizeiarbeit auseinandersetzen, Dimpfelmoser. Dann bräuchtest nicht immer mich, um an die wichtigen Informationen zu kommen.«

»Ja für was zahlt dich der Staat, Reindl? Da brauchst nicht immer wieder anfangen mit deinem Schmarrn.«

Ich bin schon wieder gereizt und lasse es den Reindl auch deutlich spüren. Er weiß genau, dass ich ihm da völlig ausgeliefert bin, weil ich tatsächlich keine Ahnung von der Computertechnik habe. Aber ich will auch gar keine Ahnung haben. Mir ist das einfach zu blöd, dass ich meine Zeit damit verschwende, in einen Bildschirm zu starren und auf einer Tastatur rumzudrücken. Dafür habe ich doch den Reindl, dass der das macht. Ich bleibe lieber bei der guten alten Ermittlungsarbeit, da kenne ich mich aus, und das macht mir Spaß.

»Brauchst ja nicht gleich wieder die Beherrschung verlieren. Ich meine es doch nur gut mit dir. Aber wahrscheinlich ist bei dir wirklich jeder Versuch, dir zu helfen, völlig sinnlos. Das ist ja nicht nur bei der Technik so, bei der Eva habe ich dir auch schon oft genug gesagt, dass du was ändern musst.«

»Reindl...«, brause ich auf, aber er unterbricht mich schon wieder.

»Du bist einfach in mancherlei Hinsicht ein absolut hoffnungsloser Fall, so viel ist mir langsam, aber sicher klar geworden.«

Ich bin nicht hoffnungslos, was glaubt der blöde Reindl eigentlich, wer er ist. Der wird auch immer unverschämter und lässt es am notwendigen Respekt mangeln. Immerhin bin ich sein Vorgesetzter, und nur weil er sich inzwischen wirklich gut macht bei uns, braucht er sich nicht so aufplustern wie ein Pfau auf Brautschau, der alte Besserwisser. Leider sagt mir aber meine innere Stimme leise, dass er halt irgendwie recht hat mit dem, was er gerade von sich gegeben hat.

Kapitel 7

Nachdem wir wieder zurück sind aus Tschechien, fahre ich mit dem Dienstwagen an die Donau an meinen Lieblingsplatz, um in Ruhe über die letzten zwei Tage nachzudenken. Was soll ich bloß mit der Eva machen? Und wahrscheinlich sind meine Großeltern inzwischen in das Seniorenheim zum Probewohnen gezogen, da muss ich mich auch noch darum kümmern. Während ich meinen Gedanken nachhänge, höre ich plötzlich komische Geräusche im Hintergrund. Ich drehe mich um und sehe gerade noch, wie mein Dienstwagen, den ich ein Stück weiter oben geparkt habe, auf mich zurollt. Im letzten Moment rette ich mich mit einem Hechtsprung zur Seite, und mein schöner Dienstwagen kracht gegen den Baum, an dem ich gerade noch gelehnt habe. Ich sprinte hinter den Baum und ziehe meine Dienstwaffe, aber sosehr ich mich auch anstrenge, ich kann nirgendwo jemanden entdecken. War ich vielleicht so in Gedanken, dass ich beim Parken weder die Handbremse angezogen noch den Gang eingelegt habe? Wundern würde es mich nicht bei dem ganzen Chaos. Gerade als ich mein Fahrzeug, das sich mit seiner Vorderfront um den Baum gewickelt hat, untersuchen will, klingelt mein Handy.

»Zefix, ich hab jetzt keine Zeit«, schrei ich in das Gerät.

Ein Unbekannter schnauft ins Telefon, vielleicht ist es ein entlaufenes Walross, das da versehentlich mit seinen Pratzen einen Anruf auf mein Handy getätigt hat.

»Stell sofort alle Ermittlungen ein!«, befiehlt mir dann einer.

»Was willst?«, schreie ich noch entnervter, weil auf so blöde Spielchen habe ich jetzt gerade überhaupt keine Lust und auch keine Zeit.

»Wenn du weiterermittelst, dann fährt dein Auto das nächste Mal nicht mehr gegen einen Baum, sondern direkt über dich, und dann kannst die Radieschen von unten zählen, die bei deinen Großeltern im Garten wachsen, verstanden?«

Noch bevor ich was sagen kann, legt der Depp einfach auf. Also rufe ich schon wieder die Feuerwehr, den Mühlbauer und meine Männer an. Der Langeder rast wieder mit Blaulicht daher, und auch der Oberberger und der Viereck rauschen mit lautem Getöse und der Lichtorgel auf dem Dach an.

»Des wird den Huber aber gar nicht freuen, dass du jetzt schon unsere Einsatzfahrzeuge ohne jeglichen Grund gegen die Bäume jagst«, lacht der Viereck.

»Hast was getrunken im Dienst?«, will der Oberberger wissen und findet die ganze Situation auch sehr lustig. Dass ich da hätte draufgehen können, wenn meine Lauscher nicht so gut hören würden, interessiert die zwei Deppen wieder einmal überhaupt nicht. Der Mühlbauer brüllt wie immer rum und verscheucht alle anderen. Nur der Reindl scheint ernsthaft besorgt um mich zu sein.

»Geht es dir gut, Dimpfelmoser?«, fragt er und streicht mir über den Arm.

So intim braucht er aber auch nicht gleich werden, ich bin ja wohlauf und nicht verletzt.

»Des siehst doch, Reindl«, blaffe ich ihn deshalb an und ziehe meinen Arm zurück, nicht dass das noch jemand mitkriegt. »Mir geht's gut, nur dem Auto dafür etwas weniger.«

»Komm, Dimpfelmoser, ich fahr dich in die Dienststelle, und da trinkst du erst einmal einen Schnaps auf den Schreck. Hier gibt es eh nichts für uns zu tun.«

Wie ein Dackel laufe ich hinter ihm her, aber irgendwie tut es mir schon gut, dass sich wenigstens einer um mich kümmert. Im Revier holt der Reindl unseren Schnaps, den wir für besondere Anlässe haben. Seit der Oberberger und der Viereck dem Alkohol entsagen, steht die Flasche unangetastet bei uns rum. Früher hab ich jede Woche eine neue kaufen müssen. Ich schütte ein Wasserglas voll in mich hinein, und jetzt geht es mir endlich besser.

»Reindl, kannst einmal schauen, ob du über den Anrufer was rausfindest?«

Ich übergebe ihm mein Privathandy, und er verzieht sich damit hinter seinen Computer. Keine fünf Minuten später ist er wieder da.

»Der Anrufer war sehr dilettantisch, Dimpfelmoser. Er hat sich noch nicht einmal die Mühe gemacht, seine Rufnummer zu unterdrücken. Entweder ist es ihm egal, dass wir ihn gleich aufspüren, oder er ist einfach geistig völlig umnachtet.«

»Hast den Besitzer schon ermittelt?«

»Selbstverständlich«, strahlt er übers ganze Gesicht. »Das Handy gehört einem Tom Wieser, und der ist in Rettenbach oben gemeldet.«

»Dann fahren mia da jetzt gleich einmal hin«, kommandiere ich und stürme nach draußen.

Der Reindl schlendert gemütlich hinter mir her.

»Mit was willst du denn fahren, Dimpfelmoser? Du hast gerade leider kein Einsatzfahrzeug, das du benutzen könntest.«

Da hat er auch wieder recht, und weil ich kein eigenes Auto besitze, müssen wir den Oberberger und den Viereck herbeordern und ihr Einsatzfahrzeug beschlagnahmen. Nach kurzer Zeit brausen sie in den Hof.

»Ihr zwei müssts die nächsten Tage zu Fuß gehen«, erkläre ich ihnen und nehme ihnen die Fahrzeugschlüssel ab.

»Du ruinierst dein Auto, und mia müssen des ausbaden?«, ereifert sich der Viereck.

»Ja Zefix, bis letztes Jahr haben mia auch nur ein Einsatzfahrzeug gehabt, da müssts halt wieder wie früher mit euren Privatwagen fahren, wenns ihr inzwischen so fußlahm geworden seids, da ist doch wirklich nix dabei«, schreie ich die zwei an und schwinge mich auf den Fahrersitz.

Nachdem auch der Reindl endlich angeschnallt ist, fahren wir los und sind zehn Minuten später in Rettenbach in der Dorfstraße bei der Adresse von dem vermeintlichen Anrufer. Trotz mehrmaligem Läuten macht keiner in der Erdgeschosswohnung auf, obwohl wir von drinnen Musik hören.

»Reindl, du bleibst hier und sicherst die Türe, nicht dass der noch abhaut.«

Der Reindl zückt gleich seine Dienstwaffe und baut sich breitbeinig vor der Türe auf, was mich narrisch freut, weil jetzt könnte das Ganze doch noch ein richtig zünftiger Einsatz werden. Ich ziehe ebenfalls meine Pistole und schlendere vorsichtig um das Haus herum. Tatsächlich steht eine Terrassentüre offen, und Musik dröhnt heraus. Einen guten Musikgeschmack scheint das Bürscherl ja zu haben, stelle ich fest, während ich begleitet von den immer lauteren Gitarrenklängen vom Jimi Hendrix die Wohnung stürme.

»Polizei, Hände hoch und keine Bewegung«, brülle ich los, während ich einen Warnschuss in die Decke abgebe.

Erstaunt stelle ich fest, dass sich außer einem Joint, der noch raucht und seinen Drogenduft in der Luft verbreitet, niemand im Raum befindet. Dafür ist von der Vorderseite Geschrei zu vernehmen, also laufe ich weiter und bleibe abrupt stehen. Die Haustüre ist offen, und der Reindl steht da wie ein Sheriff im wilden Westen. Er fuchtelt vor den Nasen der zwei jungen Männer, die gerade flüchten wollten, mit seiner Pistole herum und schwenkt in der anderen Hand wieder ein paar Handschellen, die sich die beiden Flüchtigen widerstandslos anlegen lassen. Ich muss ihn bei Gelegenheit einmal fragen, woher der immer so viele Handschellen hat. Ich habe meistens noch nicht einmal das eine Paar dabei, weil ich es immer in meinem Dienstzimmer vergesse.

Nach kurzer Zeit sitzen die beiden Männer mit großen Augen auf ihrem Sofa und lachen die ganze Zeit.

»Findets des komisch, oder wie? Ich glaub, ihr seids euch nicht bewusst, dass mia hier san wegen des Mordversuches an mir.«

Sie schauen sich an, dann prusten sie noch mehr los und kriegen sich gar nicht mehr ein vor lauter Lachen. Ich weiß wirklich nicht, was da jetzt so lustig daran ist.

»Marihuana«, doziert der Reindl trocken und deutet auf den Beutel, der halb leer auf dem Tisch neben der Zigarettenschachtel mit der tschechischen Aufschrift liegt, wie meinem geschulten Auge natürlich nicht entgeht.

»Die zwei haben wohl etwas zu viel von dem Zeug abbekommen«, erklärt der Reindl kopfschüttelnd.

»Dann müssen mia die zwei einmal schnell ausnüchtern, Reindl«, erkläre ich dem Kollegen und schleife unter seinem fragenden Blick die zwei Kiffer in den Garten. Die finden das alles immer noch komischer, jedenfalls krümmen sie sich und wälzen sich lachend über den Boden. Erst als ich den Wasserschlauch im Garten, über den ich vorhin gestolpert bin, nehme und sie der eiskalte Wasserstrahl voll trifft, hören sie irritiert auf und schauen mich deppert an. Tropfnass scheinen sie etwas klarer zu werden, jedenfalls lachen sie jetzt nicht mehr, sondern sind endlich bereit, mit uns zu reden.

»Wer von euch ist der Tom Wieser?«, will ich wissen.

»Ich, warum fragen S'?«, antwortet inzwischen ziemlich kleinlaut einer der Männer.

Sie schielen verstohlen auf ihre Drogen auf dem Tisch. Inzwischen ist ihnen wohl klar, dass das hier kein Spaß ist.

»Ich stelle die Fragen«, raunze ich ihn an und halte ihm meinen Dienstausweis unter die Nase.

»Das sind gar nicht unsere Drogen«, lügt mich der zweite Trottel gleich an. »Wir haben den Beutel im Garten gefunden und wollten nur einmal ausprobieren, was das ist.«

»Hat dich irgendjemand was gefragt oder dir gesagt, dass du reden darfst?«, blaffe ich den Deppen an. »Deine Lügen kannst dir sparen. Aber wegen eurer Drogen sind wir nicht da. Jetzt zeigts ihr mir eure Handys, und zwar dalli.«

Der Lügenbold schiebt mir sofort sein Handy rüber, aber der Wieser ziert sich.

»Hast was auf den Ohren?«, will ich wissen, während der Reindl das Handy checkt.

»Ich hab keins mehr, das ist mir vor ein paar Tagen gestohlen worden«, behauptet der Wieser frech.

»Also, das hier ist sauber, Dimpfelmoser. Der Anruf kam sicherlich nicht von diesem Handy«, wirft der Reindl ein.

»Dann durchsuchst jetzt die Wohnung, Reindl, und ich unterhalte mich noch ein bisserl mit den zwei Nasen da.«

Der Reindl verschwindet in der Wohnung, und ich schaue die beiden eindringlich und drohend an, sage aber kein Wort. Das macht sie richtig nervös, und sie beginnen wie zwei Grillhendl zu schwitzen, die Trottel. Das ist doch wirklich der einfachste Trick, um jemanden zu verunsichern. Bei den beiden funktioniert es jedenfalls prima.

»Mir wurde mein Handy wirklich gestohlen. Wir waren

vor drei Tagen in Wörth in der Disco, und seitdem ist das Handy weg.«

»Des glaubst doch selber nicht, Bürscherl, du lügst mich hier an, da könnt's einer alten Sau grausen. Und woher hast die Drogen und die geschmuggelten Zigaretten da auf dem Tisch?«

»Ja das Zeug gibt es doch überall«, mischt sich der zweite Trottel wieder ein, dessen Namen ich immer noch nicht kenne, während der Tom nur stupide nickt.

»Wie überall? Du wirst ja wohl konkret wissen, wo das Zeug her ist. Wie heißt du Schlaumeier überhaupt? Du hast dich bisher nicht vorgestellt.«

»Ben Müller«, stellt er sich doch noch vor. »Und wie gesagt, der Beutel ist aus dem Garten, und die Zigaretten habe ich geschenkt bekommen, wir kaufen doch so was nicht.« Bei dem hat sich die Intelligenz im Keller versteckt, nehme ich an und will gerade losbrüllen, damit die beiden endlich damit rausrücken, woher sie ihre illegalen Rauchwaren beziehen.

»Ich kann nirgends ein Handy finden, aber dafür habe ich ein paar Stangen von unseren Zigaretten entdeckt«, erklärt da der Reindl, der gerade wieder den Raum betritt und mit den inzwischen bekannten tschechischen Zigarettenstangen rumfuchtelt.

»Wir nehmen die zwei und das Beweismaterial einfach einmal mit«, beschließe ich, und unter dem Protest der zwei jungen Männer packen wir ihre ganze Ware ein und fahren mit ihnen nach Wörth. Dort verfrachten wir sie in unsere Arrestzellen. Langsam sind wir voll, der Meiereder ist ja auch immer noch unser Gast. Nachdem auch der Oberberger und der Viereck nichts Neues wissen, gehe ich nach Hause. Ohne die Eva wirkt die Wohnung kalt und leer. Ich sitze noch lange einfach im Dunkeln da und überlege, was ich jetzt machen soll.

Kapitel 8

»Guten Morgen, Renate, ich bräucht da so ein paar Rosen.«

Die Renate, die Besitzerin von unserem Blumenladen, schaut mich an und reißt ihre Augen auf, da könntest ihren ganzen Laden darin versenken.

»Du willst bei mir Rosen kaufen, Xaver? Warte, den Tag, den markier ich mir extra rot im Kalender. Aber sag, bist krank geworden, oder was ist in dich gefahren?«

»Red halt nicht, sag mir einfach, was das Zeug kostet, und dann bindest mir einen schönen Strauß, der auch nach was ausschaut, gell.«

»Wie viel darf es denn kosten?«, fragt sie mich lauernd.

»Ja, vielleicht so zehn Euro, hab ich gedacht, weil …«

»Xaver, willst einen Rosenstrauß oder nur drei Stück ohne Grünzeug?«

Sie schüttelt entgeistert den Kopf. Was hab ich jetzt schon wieder falsch gemacht?

»Ja dann sag halt, was ein gescheiter Strauß kostet, bevor dir noch dein Schädel vom Hals runterkracht«, versuche ich es noch mal, aber das ist auch wieder falsch.

Jedenfalls schaut sie mich böse an und schüttelt weiter

ihren wackeligen Kopf hin und her, dass die Haare nur so durch den Laden fliegen.

»Xaver, du bist einfach unmöglich. Richtig geschert bist du, da brauchst dich nicht wundern, dass die Eva weg ist und alle deine Kollegen schon über dich reden. Der Reindl kauft übrigens regelmäßig einen gescheiten Strauß für seine Liebste.«

Aha, der Kollege ist also netter als ich. Aber da lass ich mich jetzt auch nicht lumpen.

»Dann mach mir halt einen für zwanzig Euro.«

»Wennst Eindruck schinden willst, dann musst schon fünfzig Euro ausgeben, dann hast einen wirklich schönen Strauß, und mit dem kannst selbst du jede Frau beeindrucken«, erklärt sie mir geduldig und redet mit mir, als wär ich ein kleines Kind.

Aber fünfzig Euro für so ein paar Blumen, da könnte ich beim Schorsch zehn Maß Bier dafür kriegen, rechne ich schnell im Kopf nach.

»Ja, dann gib mir halt so einen für so viel Geld, auch wenn das schon an Wucher grenzt, was du dafür haben willst.«

Jetzt strahlt sie wieder, die Renate. Wahrscheinlich hat sie mich soeben über den Tisch gezogen, aber mir ist das gerade wurscht, ich will endlich meine Blumen. Die Renate bindet mir einen wirklich großen Strauß, der macht schon was her, das muss selbst ich zugeben. Mit dem Strauß fahre ich dann raus zur Pension Rosi. Unterwegs rufe ich noch schnell den Reindl an, damit die schon einmal die Fingerabdrücke von den zwei Nasen mit unserer Datei abgleichen und an den Mühlbauer schicken, damit der sie mit Abdrücken in dem Wagen vom Meiereder und in meinem Dienstwagen vergleichen kann und damit alle um elf Uhr bei der nächsten Besprechung anwesend sind. Draußen bei der Rosi, die den besten Kaffee überhaupt macht, außer natürlich die Oma, überkommt mich dann doch noch die Panik, und ich überlege, ob ich mein Vorhaben nicht lieber bleiben lassen soll. Noch ist es nicht zu spät, und ich könnte einfach wieder davonfahren. Aber dann war es das wahrscheinlich mit der Eva. Ganz in meine Gedankenspiele vertieft biege ich um die Ecke, und dann glaube ich, dass ich sofort Augenkrebs kriege oder eine andere Augenkrankheit. Jedenfalls sitzt da lachend die Eva neben dem Mergele, dem Arschloch, auf der Bank vor dem Eingang. Die beiden scheinen sich bestens zu verstehen, jedenfalls sind sie bester Laune. Wie ich die beiden da so sitzen sehe, da gibt es mir einen Stich ins Herz, und dann verselbstständigt sich mein Körper. Mein Verstand hat nichts mehr zu melden, und ich laufe ganz automatisch ohne mein Zutun auf den Mergele zu.

»Lass du bloß die Finger von meiner Eva!«, schrei ich den Unhold an und haue ihm zunächst den Strauß ins Gesicht, bevor ich ihn mit zwei gezielten Fausthieben attackiere.

»Xaver, hör sofort auf!«, höre ich die Rosi kreischen, die gerade aus der Eingangstüre herauskommt.

Soll sie schreien, was sie will. Ich verpasse dem Mergele noch mal eine, schnappe mir dann die Eva, die bisher kein

Wort gesagt hat, sondern mich nur so komisch anschaut, und schiebe sie in meinen Wagen.

»Du bleibst hier im Wagen und rührst dich nicht vom Fleck«, befehle ich ihr, immer noch rasend vor Wut und Eifersucht. »Welche Zimmernummer hast?«

»Zimmer fünf«, antwortet sie ruhig und schaut immer noch so komisch. Vielleicht habe ich irgendwo im Gesicht Butter vom Frühstücksbrot verschmiert, denke ich mir. Aber dafür ist keine Zeit. Ich spurte in die Pension an der Rosi und dem Mergele vorbei in Evas Zimmer, schmeiße ihre Sachen in den Koffer, schiebe der Rosi einen Hunderteuroschein rüber, und dann brausen wir davon. Die Eva ist tatsächlich im Wagen sitzen geblieben. Ich sehe noch im Rückspiegel, wie der Mergele mit der Faust hinter mir her droht und die Rosi um ihn herumwuselt, dann sind wir endlich auf der Straße, und ich fahre mit Vollgas zurück nach Wörth.

»Was wollte der Mergele von dir?«, unterbreche ich schließlich das Schweigen. »Hast dir gleich einen Neuen gesucht?«

»Du bist ja eifersüchtig, Xaver«, grinst die Eva. »Aber da brauchst dir nichts denken, da hast was völlig falsch verstanden. Die Oma und der Opa haben mich beauftragt, dass ich mit dem Mergele rede, um mit ihm die finanziellen Angelegenheiten für ihren endgültigen Umzug in das Heim zu klären.«

»Wie endgültiger Umzug? Hab ich da was verpasst?«

»Die überschreiben mir ihren Hof und enterben dich, haben sie gesagt. Aber das will ich natürlich auch nicht.

Aber ihr Entschluss steht fest, sie gehen in das Seniorenheim, weil es ihnen dort richtig gut gefällt.«

»Und des wissen die nach zwei Tagen, des glaubst doch selber nicht, Eva.«

»Ich sag dir nur, was sie mir gestern erzählt haben. Musst dich halt einmal bei ihnen melden und mit ihnen reden.«

Das muss ich sowieso tun. Die Oma hat schon zigmal auf meinem Handy angerufen, aber ich hab bisher einfach keine Zeit gehabt, sie zurückzurufen. Ich warte ja insgeheim darauf, dass die Eva mich auffordert, dass ich sie wieder zurückfahren soll, aber sie sitzt einfach nur neben mir und schaut mich weiter so komisch an. Ich überlege fieberhaft, wie ich der Eva meinen Entschluss am besten mitteilen soll, weil in so was bin ich gar nicht gut. Zu Hause setzt sich die Eva in unsere Küche und schaut weiter nur mit ihren schönen Augen erwartungsvoll zu mir her.

»Eva ...«, stammle ich schließlich los. »Ich ... weißt, ... ischh libbe dich, und umpf ... grumpf ...«

Au weh, irgendwie fühlt sich meine Zunge an wie ein nasser Lappen im Mund, der macht, was er will, nur nicht mir gehorchen. Mir läuft die Spucke zusammen, aber jetzt habe ich schon einmal begonnen, also bring ich es auch zu Ende.

»Wwwwwillst ..., eventuell ..., mir könnten ..., pfffff ... heiraten?«

Jetzt ist es raus. Ich schaue die Eva nicht weiter an, sondern verziehe mich schnell in mein Zimmer. Ich kann es nicht glauben, dass mir in so einem Moment einfach die

Stimme versagt und ich kein einziges vernünftiges Wort rauskriege. Wahrscheinlich hab ich es jetzt endgültig verbockt. Plötzlich steht die Eva in meinem Zimmer und grinst.

»Ja, Xaver, des will ich.«

Dann dreht sie sich einfach wieder um und lässt mich alleine. Die Frauen sind halt irgendwie nicht zu verstehen. Freut sie sich jetzt oder nicht, hab ich was falsch gemacht? Noch bevor ich weiter darüber nachdenken kann, läutet mein Diensthandy. Es ist natürlich der Reindl.

»Ich komme sofort«, brülle ich in den Hörer und laufe schnell rüber zur Dienststelle. Die von mir anberaumte Besprechung habe ich doch glatt vergessen.

»Ja der Dimpfelmoser kommt auch endlich einmal zum Dienst«, feixt der Oberberger.

»Hast was Wichtigeres zu tun, als zu arbeiten?«, schiebt der Viereck hinterher. »Jetzt, wo die Eva weg ist, da könntest doch zumindest pünktlich zu deinen eigenen Besprechungen erscheinen.«

»Die Eva ist wieder da, und mia heiraten demnächst. Können wir dann endlich anfangen?«

Den dreien klappen ihre Mäuler auf, da könntest in jedes einen ganzen Ochsen auf einmal versenken, und sie glotzen mich an, als wäre ich ein Außerirdischer. Dann brechen sie in schallendes Gelächter aus.

»Das war ein gelungener Witz, Dimpfelmoser«, prustet der Reindl los.

»Du und heiraten? Eher führt die Donau kein Wasser mehr, bevor des wahr ist«, schließt sich der Viereck lachend an.

»Und ich fresse einen Besen, wenn des wahr ist«, schreit auch noch der Oberberger.

Ich weiß gar nicht, was die so lustig finden. Mir ist jedenfalls gar nicht nach Lachen zumute, im Gegenteil. Vielleicht mache ich den größten Fehler meines Lebens, und ich überlebe das alles gar nicht vor lauter Angst, und die lachen mich einfach aus, anstatt mir beizustehen, wie es sich für richtige Männer gehört.

»Zefix, des ist todernst, ihr Deppen. Ich mach's wirklich, da kannst deinen Besen gleich herrichten, Oberberger. Aber mia san im Dienst und machen jetzt eine saubere Besprechung, damit mia in dem blöden Fall endlich weiterkommen. Und wehe, einer von euch erzählt was von meinen Heiratsplänen weiter, dann könnts euch gleich am anderen Ende der Welt eine neue Arbeit suchen, habts des verstanden?«

Sie nicken brav und verkneifen sich das weitere Lachen, was ihnen aber gar nicht so leichtfällt. Irgendwie nehmen die mich alle einfach nicht mehr ernst.

»Also, was gibt es Neues in unserem Fall?«

»Der Mühlbauer hat vorhin angerufen. Die haben im Auto vom Meiereder die Fingerabdrücke von unseren zwei Kandidaten, dem Tom und dem Ben, gefunden«, erklärt der Reindl. Am Dienstwagen allerdings sind keine Fingerabdrücke von denen. Da haben sie dann wohl Handschuhe benutzt.

»Dann konfrontieren mia die Bürscherl einmal damit, da bin ich ja gespannt, wie die des erklären wollen. Reindl, du befragst den Ben, und ich nehme mir den Tom vor.«

»Und was machen mia?«, will der Viereck wissen.

»Ihr nehmts euch noch mal den Meiereder vor und zeigts ihm die Bilder von den beiden. Vielleicht kennt er die und redet dann mit uns, wenn wir ihn mit denen konfrontieren.«

Also holen wir alle unsere Gefangenen in die Vernehmungsräume und fangen mit den Befragungen an.

»Also, Wieser, behauptest immer noch, dass dein Handy gestohlen worden ist?«

»Das ist eine Tatsache, Kommissar«, lacht er ganz unverschämt.

Aber das werden wir gleich einmal ändern.

»An dem Wagen, den mia mit einem Toten und einem Loch im Kopf vorgestern aus der Donau gezogen haben, da sind auch deine Fingerabdrücke überall dran. Wie willst mir des erklären? Und wennst mich noch einmal Kommissar nennst und nicht Hauptkommissar, dann lang ich dir eine, dass dir Hören und Sehen vergeht.«

Jetzt lacht er nicht mehr, der Depp. Wie man so blöd sein kann und noch nicht einmal Handschuhe benutzt bei einer solchen Straftat, das ist mir echt ein Rätsel.

Es schwitzt schon wie ein Niagarafall, das Bürscherl.

»Und dann sind da ja noch die geschmuggelten Zigaretten und Zigarren aus Tschechien, an denen sind auch deine Fingerabdrücke. Erklär mir einmal, wie das sein kann.«

Anstatt umzufallen und endlich zu gestehen, fängt er wieder zu grinsen an. Da bin ich doch etwas irritiert, weil bei der Beweislage, da gibt es nix mehr zu lachen.

»Ich hab mit all den Sachen nichts zu tun und der Ben auch nicht. Da will uns einer was anhängen. Ich weiß ja noch nicht einmal, wo die Bremsschläuche von einem Auto sind, da kann ich sie ja wohl kaum durchschneiden. Sie müssen mir glauben, da will uns einer den Mord anhängen.«

»Woher weißt denn, dass die Bremsschläuche durchtrennt worden sind? Das hat bisher überhaupt niemand erwähnt.«

»Ja, das habe ich halt vermutet«, versucht er es noch einmal, aber mir reicht das als Beweis, dass er und sein Kumpel es waren.

»Jetzt schleichst dich wieder in deine Zelle und überlegst dir, obst nicht doch ein Geständnis ablegen willst. Weil aus der Sache, da kommst nicht mehr raus, des ist dir hoffentlich klar.«

Er schüttelt nur den Kopf, fast genauso wie die Renate heute Morgen, und lässt sich widerstandslos zurück in seine Zelle bringen. Auch die beiden anderen Gefangenen sind schon wieder zurück, also können wir endlich eine vernünftige Besprechung abhalten.

»Hat einer was Gescheites gesagt in der Vernehmung?«, frage ich die Kollegen, und der Reindl beginnt.

»Also, der Ben behauptet, dass sie das Luxusauto mit den Zigaretten in der Nacht von Freitag auf Samstag mit offenen Türen und steckendem Zündschlüssel in Wörth direkt vor dem Seniorenheim gefunden und eine Spritztour damit gemacht haben. Danach haben sie es angeblich wieder am selben Ort abgestellt, und dabei hat der Tom sein Handy im Auto vergessen. Als sie es bemerkt haben und das Handy holen wollten, war das Auto aber verschwunden.«

»Aha, das ist doch zumindest einmal eine gescheite Lüge

und nicht so ein Schmarrn, wie mir dem sein Kollege aufgetischt hat«, werfe ich ein und schildere kurz die Aussage von dem Wieser. »Und was ist mit dem Meiereder? Hat der inzwischen irgendwas Vernünftiges von sich gegeben?«

»Der redet nach wie vor nix, der sture Sauhund«, schimpft der Oberberger.

»Alles klar, Männer. Reindl, du durchforstest das Umfeld von dem Tom und dem Ben, vielleicht stößt da auf was Brauchbares. Und ihr zwei kümmerts euch beim Staatsanwalt um die Haftbefehle für unsere Gefangenen.«

Die zwei rauschen ab und schauen mich noch so komisch an, aber das bin ich inzwischen ja schon gewohnt.

»Und was machst du?«, will der Reindl noch wissen.

»Ich fahre in das Seniorenheim und rede mit dem Opa und der Oma, die haben schon tausendmal angerufen. Vielleicht haben sie ja was mitbekommen, was uns weiterhilft.«

Kapitel 9

Auf dem Weg nach draußen rufe ich die Oma und den Opa an, um ihnen mein Kommen mitzuteilen.

»Xaver, gut, dass du endlich einmal zurückrufst«, kräht die Oma ganz aufgeregt. »Du, in dem Seniorenheim, da wird es uns nicht langweilig. Heute Nacht, da haben wir einen sauberen Streit mitbekommen. Da hat einer den Mergele bedroht und gesagt, wenn er nicht endlich zahlt, dann würd er es bereuen. Der hat den Mergele richtig an der Gurgel gepackt, kannst dir des vorstellen?«

»Oma, ich bin auf dem Weg zu euch. Ich bin in fünf Minuten da«, sage ich noch, und dann wird mir bewusst, dass überhaupt kein Dienstwagen da ist. Haben der Oberberger und der Viereck also einfach wieder ihren Wagen genommen, ohne mich zu fragen. Deshalb haben die zwei gerade also so blöd geschaut. Muss ich halt den Reindl fragen.

»Du, ich bräucht einmal kurz dein Auto.«

»Meinen Privatwagen, Dimpfelmoser?«

»Ja welchen sonst, oder hast noch einen Dienstwagen im Ärmel versteckt?«, raunze ich ihn an.

»Da muss ich dich enttäuschen, Dimpfelmoser. Ich fahre

neuerdings mit dem Fahrrad zur Arbeit, mein Auto hab ich der Rosalie geliehen. Aber du kannst dir gerne mein Rad ausleihen. Es würde dir eh nicht schaden, wennst dich etwas mehr bewegen würdest. Bei dir kann man ja in letzter Zeit zuschauen, wie dein Bauchumfang immer mehr wächst.«

Der Reindl wieder, der Depp. Als ob den mein Bauchumfang etwas angehen würde. Und überhaupt, die paar Gramm.

»Dein Rad, des kannst behalten, so weit kommt's noch, und ich schwing mich auf so ein Gestell. Hast wahrscheinlich auch noch so einen Helm, damitst richtig deppert ausschaust, oder?«

»Ja dann halt nicht«, tut er gleich wieder ganz verschnupft.

Also muss ich halt zu Fuß gehen, das hilft jetzt alles nichts. Schon nach ein paar Hundert Metern geht mir irgendwie die Luft aus, und ich muss schnaufen wie ein Walross. Und ich bin noch gar nicht am Berg angekommen. Vielleicht hat der Reindl ja recht, und ich sollte mich tatsächlich etwas mehr bewegen. Da muss ich mich heute Abend halt einmal im Spiegel anschauen, ob mein Bauch wirklich so groß geworden ist, wie der Reindl behauptet. Jetzt muss ich mich aber richtig zusammenreißen, weil ich überhaupt keine Luft mehr habe. Zum Glück kommt gerade der Pfarrer Eberdinger angefahren, und ich stelle mich einfach auf die Straße, damit der anhält.

Wie erwartet überfährt er mich nicht einfach, obwohl ich ihm das glatt zugetraut hätte. Wir zwei können uns halt nicht besonders gut leiden. Das ist im Laufe der Jahre nicht besser geworden, da stimmt halt die Chemie überhaupt nicht zwischen uns, und wenn ich nicht immer wieder mein Maul gehalten und den Pfarrer aus seinen Eskapaden rausgeholfen hätte, dann wär der schon längst kein Pfarrer mehr. Jetzt schaut er aber zumindest ernsthaft besorgt, wie er mich so japsen sieht.

»Dimpfelmoser, brauchst einen Notarzt? Du bist ja knallrot im Gesicht, und schwitzen tust auch wie ein Schwein.«

»Eberdinger, nimm mich einfach den Berg rauf mit bis zum Seniorenheim«, presse ich mühevoll heraus und lasse mich ungefragt auf seinen Beifahrersitz fallen.

»Ein ungehobelter Klotz wie immer«, beschwert sich der Pfarrer, aber dann nimmt er mich doch die paar Hundert Meter zum Seniorenheim mit.

»Vielleicht solltest es einmal mit Sport und Bewegung versuchen, Dimpfelmoser«, belehrt mich der jetzt auch noch. »So eine schlechte Kondition, wie du hast, da schaffst ja keine Gesundheitsprüfung mehr, und dann wird's schwierig bei der Polizei.«

Als ob den das interessieren würde, ob ich Polizist bin oder nicht. Wahrscheinlich wäre er sogar heilfroh, wenn ich keinen Außendienst mehr machen könnte, aber da kann er lange darauf warten. Inzwischen kann ich wieder schnaufen und steige aus seinem nach Weihwasser stinkenden Wagen aus.

»Meine Kondition ist völlig in Ordnung, Pfarrer. Ich hab mich vorhin nur verschluckt, wie ich gerade den Berg raufjoggen wollte.«

»Ja dann gehen wir übermorgen zusammen zum Laufen, Dimpfelmoser. Dann sehen wir schon, wie es um deine Kondition bestellt ist. Wir fangen mit zehn Kilometern an, oder ist dir das zu viel?«, schlägt er mir unvermittelt vor und schaut mich mit seinem bösen Blick lauernd an.

»Zehn Kilometer, des lauf ich mit links«, tue ich ganz souverän. »Das ist ja eher ein kleiner Spaziergang für mich.«

Er lacht mir nur her und streckt mir seine Pranke entgegen.

»Also schlag ein, dann hole ich dich übermorgen nach deinem Dienstschluss ab.«

Ich schlage sofort ein, weil vor dem Eberdinger, da gebe ich mir keine Blöße. Nicht dass der wirklich noch glaubt, ich hätte keine Kondition. Der Pfarrer fährt weiter hoch zum Schlosshotel, wahrscheinlich, um sich um die Schlosskapelle zu kümmern, in der er auch immer noch Gottesdienste abhält, und mir wird langsam bewusst, auf was ich mich da eingelassen habe. Zehn Kilometer, das schaffe ich nie, da kriege ich einen Herzinfarkt, oder mein Kreislauf macht völlig schlapp. So wie ich gerade in Atemnot und ins Schwitzen gekommen bin, da sehe ich schwarz. Da muss ich mir irgendwas einfallen lassen, damit ich aus der Sache lebendig rauskomme.

»Xaver, da bist ja endlich«, schreit da die Oma. Noch bevor ich weiß, wie mir geschieht, ist sie schon hergerannt und drückt mich so fest in ihren Busen, dass mir schon wieder die Luft wegbleibt. Im letzten Augenblick, bevor es vorbei ist mit mir, kommt mir der Opa zu Hilfe und zieht sie von mir weg.

»Geh, Oma, du erdrückst den Buben doch, lass ihn halt los, sonst kann er ja die Eva nicht mehr heiraten.«

»Woher wissts ihr des schon wieder?«

»Wir haben mit der Eva telefoniert, und die hat uns gesagt, dass du endlich über deinen Schatten springst und dich traust«, freut sich die Oma.

»Dann können mia dir unser Anwesen ja endlich überschreiben«, schiebt der Opa gleich noch hinterher.

»Ja jetzt wartets halt erst einmal. Mia heiraten ja nicht gleich morgen, da müssen mia schon noch ein paar Details besprechen, wie des werden soll, die Eva und ich. Und überhaupt, ich bin dienstlich hier, weil ich mit euch reden und den Mergele befragen will wegen des Streits, den ihr beobachtet habts.«

»Der ist in seinem Büro«, erklärt der Opa. »Mia beschatten den inzwischen fast rund um die Uhr, weil mit dem stimmt irgendwas nicht. Zu uns ist er sehr nett, er will ja, dass mia hier einziehen, aber irgendwie ist der komisch.«

»Ich schau hernach noch mal bei euch vorbei«, sage ich und mache mich auf den Weg zum Mergele.

Schwungvoll und ohne anzuklopfen, reiße ich dem seine Türe auf. Wie der mich sieht, da wird er kalkweiß, und seine Augen flattern gleich wieder los, als ob er damit einem Ventilator Konkurrenz machen wollte.

»Mergele ...«, fange ich an, aber bevor ich weiterreden kann, ergreift der einfach kreischend die Flucht und entwischt mir tatsächlich aus dem Zimmer. Ich renne gleich hinterher, aber er läuft in die Herrentoilette und verbarrikadiert sich in einer Klozelle.

»Mergele, was soll jetzt des?«, rufe ich und trommle gegen die Klotür, »lass halt den Krampf, und komm raus. Ich will doch nur mit dir reden.«

»Mit Ihnen red ich nicht mehr, Sie Rüpel. Sie haben mir Gewalt angetan, da habe ich schon eine Anzeige formuliert.«

Oha, ist er ein bisserl empfindlich, der Mergele, das hätte ich mir ja denken können.

»Geh, lass halt den Schmarrn, mir sind doch in Bayern, da brauchst nicht so empfindlich sein«, versuche ich es noch mal, aber er bockt und weigert sich, die Tür zu öffnen. Ich überlege, ob ich die blöde Tür einfach eintreten soll, aber dann zeigt der mich wahrscheinlich noch wegen Sachbeschädigung an. Also muss ich mir was anderes überlegen. Ich überprüfe kurz den Raum und sehe, dass das einzige Fenster vergittert ist. Der Mergele kann also nicht abhauen. Darum postiere ich mich vor der Türe zum Herrenklo und zücke mein Handy.

»Reindl, komm sofort ins Seniorenheim, ich brauch deine Hilfe.«

»Du brauchst meine Hilfe? Das ist ja ganz was Neues. Da bin ich gleich bei dir, mit meinem Mountainbike dauert das keine drei Minuten.«

Tatsächlich steht er nach zwei Minuten und sechsundfünfzig Sekunden vor mir und schwitzt noch nicht einmal. Schnaufen kann er auch ganz normal.

»Also, der Mergele weigert sich, mit mir zu reden. Des ist jetzt dein Job, Reindl, dass der wieder aus dem Klo rauskommt, und dann fragst ihn, mit wem er letzte Nacht gestritten hat, wer ihn da bedroht hat und wem er Geld schuldet, des haben nämlich Zeugen gesehen und gehört.«

Der Reindl geht also in den Toilettenraum und klopft vorsichtig an die versperrte Kabine.

»Herr Mergele, ich bin der Kollege von dem Berserker, vor dem Sie sich zu Recht so fürchten. Aber da brauchen Sie jetzt keine Angst mehr haben, wenn ich dabei bin, dann traut er sich nicht, gewalttätig zu werden.«

Ja spinnt der Reindl komplett? Was redet der da für einen Schmarrn? Bezeichnet mich als gewalttätigen Berserker. Ich überlege, ob ich ihm eine runterhauen soll, aber seine Taktik scheint zu funktionieren, also halte ich mich lieber zurück.

»Sie beschützen mich vor Ihrem gewalttätigen Kollegen?«, fragt der Mergele ängstlich.

»Ich beschütze Sie, Herr Mergele, da haben Sie mein Wort darauf«, schleimt der Reindl und schaut mich mit rollenden Augen an.

Endlich öffnet der Mergele die Türe, und wir gehen in sein Büro. Ich halte mich raus und überlasse dem Reindl die Befragung.

»Also, Herr Mergele, dann erzählen Sie uns doch einmal, wie das mit dem Streit letzte Nacht war.«

»Welcher Streit? Ich kann mich an keine Auseinandersetzung erinnern. Ich habe die ganze Nacht geschlafen. Und überhaupt, bevor wir über mich reden, möchte ich hiermit offiziell Anzeige erstatten gegen Ihren sauberen Kollegen da. Das sind ja Stasimethoden, die der anwendet.«

Der spinnt doch völlig, der Mergele, denke ich mir, aber da braucht er mir gar nicht blöd kommen.

»Da suchen Sie dann die Dienststelle auf, Herr Mergele, und dann können wir das schriftlich aufnehmen. Aber haben Sie Zeugen für Ihre Vorwürfe, weil ansonsten steht Aussage gegen Aussage, da sehe ich keinen großen Erfolg für Ihre Anzeige.«

Da schau her, der Reindl. Nimmt er dem blöden Mergele doch tatsächlich den Wind aus den Segeln.

»Also überlegen Sie sich das noch mal. Aber jetzt lügen Sie mich nicht noch weiter an. Wir haben Zeugen, die den Streit beobachtet haben, und die sind absolut vertrauenswürdig.«

»Komm, Reindl, mia nehmen den jetzt einfach mit, der lügt doch, sobald er das Maul aufmacht«, mische ich mich dann doch noch ein, weil dem Mergele sein Getue habe ich wirklich langsam satt.

Ich stehe auf und zücke meine Handschellen, aber der Mergele rennt schon wieder so schnell an mir vorbei und flüchtet, das kannst gar nicht glauben.

»Reindl, hinterher, der haut ab«, schrei ich und beginne zu laufen, aber irgendwie bin ich wohl von dem vorherigen Gerenne immer noch so geschwächt, jedenfalls geht mir schon an der Eingangspforte des Seniorenheims die Luft aus, und ich muss keuchend anhalten. Zum Glück ist der Reindl noch ganz bei Kräften. Der spurtet dem Mergele hinterher, der den Berg weiter rauf läuft und im Hoftor des Schlosshotels verschwindet. Als ich auch endlich oben im Hof des Hotels ankomme, steht der Reindl wild gestikulierend vor dem Eingang zur Schlosskapelle und redet auf den

Pfarrer Eberdinger ein, der dort mit einer Heiligenfigur in der Hand drohend vor ihm steht.

»Was ist hier los?«

»Niemand von euch unwürdigen Heiden betritt diese Kirche, um einen Schutzsuchenden zu verhaften«, schreit er, und dabei hat er seinen mir bestens bekannten fanatischen Blick, da schaut er aus wie ein Irrer.

»Ich meine es ernst, Dimpfelmoser. Ich schlage euch beide mit dem Heiligen Christophorus nieder, wenn sich einer von euch auch nur noch einen Schritt weiter der Kirche nähert.«

Dabei schwingt er seine Heiligenfigur, dass du meinst, er will einen neuen Rekord im Weitwerfen aufstellen. Tatsächlich entgleitet ihm dabei sein Heiliger und fliegt nur eine Handbreit über den Reindl seinem Kopf, bevor die Figur zu Boden fällt und in lauter Einzelteile zerbricht.

»Das ist nur eure Schuld«, kreischt er wütend, dann dreht er sich um und verrammelt von innen seine Kapellentüre.

»Der Mann hat Kirchenasyl, also schleichts euch«, schreit er noch durch die Türe.

»Das Arschloch hätte mich beinahe umgebracht«, schäumt der Reindl vor Wut. »Aber da kann er mich jetzt kennenlernen, der scheinheilige Pfarrer.«

Er zückt seine Pistole und zielt damit auf die Eingangstüre. Da bin ich aber wirklich angenehm überrascht vom Reindl. Aber jetzt muss ich ihn leider bremsen, weil bei einem Gotteshaus, da geht das wirklich nicht, dass wir uns den Weg hinein freischießen.

»Ja, da müssen mia halt warten, bis der sich beruhigt und der Mergele wieder rauskommt, weil eine Kapelle können mia ja nicht einfach stürmen. Reindl, ruf den Oberberger und den Viereck an, die sollen herkommen und dann unauffällig den Eingang bewachen. Irgendwann kommt der Mergele schon wieder raus, und dann können s' den gleich verhaften.«

Zehn Minuten später brausen die Deppen mit Blaulicht und Sirene in den Hof des Schlosshotels. Am Eingang schaut der Portier eh schon die ganze Zeit so neugierig zu uns rüber, aber jetzt kommen auch noch ein paar Gäste dazu, um zu sehen, was da schon wieder los ist.

»Ihr Deppen, ihr blöden«, begrüße ich die Kollegen. »Ihr sollts hier unauffällig die Eingangstüre bewachen. Jetzt weiß halt ein jeder vom Hotel, dass mia da sind, und da könnts schau'n, wie ihr da unauffällig arbeiten wollts.«

»Dimpfelmoser, du hast gesagt, dass mia uns beeilen sollen, und genau das haben mia gemacht, also brauchst nicht schon wieder so blöd tun«, motzt mir der Oberberger her.

»Ja, der Herr Dimpfelmoser im vollen Einsatz, wie ich vermute«, tönt da plötzlich hinter mir eine Stimme, die ich nur allzu gut kenne.

»Ja, der Landrat Hinterbirner, was machen S' denn in dem Luxusschuppen? Sind S' mal wieder mit einem Ihrer Gspusis unterwegs und brauchen ein ruhiges Zimmer?«

Der Landrat ist nämlich ein ganz hinterfotziger Zeitgenosse, wie ich in unseren letzten Fällen immer wieder erfahren musste. Der glaubt immer noch, dass er machen kann, was er will, und dass für ihn normale Gesetze nicht gelten. Ganz zu schweigen von dem seiner armen Ehefrau, die er nach Strich und Faden betrügt.

»Dimpfelmoser, ich muss doch sehr bitten«, tut er gleich in seiner affektierten Art. »Ich bin hier zu einer Geschäftsbesprechung. Mir gehört zufällig ein Anteil an dem Schlosshotel.«

Aha, das hätte ich mir ja denken können. Da fragst dich schon, wo der immer so viel Geld herhat. Ist der also an dem Luxusschuppen beteiligt.

»Ja des ist ja praktisch für Sie, Landrat. Dann haben S' sicher ein paar Privatzimmer für Ihre Eskapaden«, rutscht es mir raus.

Er schaut mich nur böse an, dann will er aber doch wissen, was hier los ist.

»Ein Verdächtiger hat sich in die Kirche geflüchtet und sich so der Festnahme entzogen«, mischt sich der Reindl ein. »Und jetzt organisieren wir die Bewachung der Türe, damit wir ihn sofort verhaften können.«

»Männer«, plustert der Landrat sich gleich wieder auf, »da habe ich vollstes Verständnis und stehe ganz hinter euch. Aber macht eure Überwachung bitte so unauffällig wie möglich. Wir haben gerade sehr reiche Gäste aus der Industrie hier, da wirft es kein gutes Bild auf unser Hotel, wenn plötzlich überall die Polizei auftaucht. Also fahren S' das Auto aus dem Hof, und dann postieren Sie sich unauffällig, haben wir uns verstanden?«

Der Oberberger und der Viereck nicken nur mit genervtem Blick, und ich sag gar nichts mehr, weil ich ihm sonst eine langen muss, dem affektierten Affen. Der wenn sein Maul aufmacht, dann kriegst Ohrenkrebs, so wie der immer daherredet.

»Reindl, mia gehen. Und ihr zwei bringts mir den Mergele. Lassts den bloß nicht entkommen! Und wenn der Pfarrer Ärger macht, dann verhaftets den auch gleich noch.«

Ich lasse sie einfach stehen und gehe langsam zurück zum Seniorenheim, dicht gefolgt vom Reindl.

»Ich rede noch mit dem Opa und der Oma, und dann komme ich wieder runter in unsere Dienststelle, Reindl. Du fragst noch einmal die Heimbewohner, ob jemand was mitbekommen hat.«

Ich gehe also zu meinen Großeltern, und die beiden erzählen mir noch einmal ausführlich von dem Streit letzte Nacht. Leider haben sie den Mann auch nicht erkannt, der dem Mergele gedroht hat. Als die Oma dann wieder mit der Hochzeit anfangen will, verziehe ich mich schleunigst und gehe den Berg runter zurück in unsere Dienststelle. Kurz vor meiner Ankunft überholt mich der Reindl grinsend auf seinem Fahrrad. Zurück an der Dienststelle, wartet bereits der Anwalt Rohrstopfer vor unserer Türe.

»Das ist gegen die Vorschrift, Herr Dimpfelmoser. Sie können doch nicht einfach Ihre Dienststelle unbesetzt lassen.«

Der hat mir gerade noch gefehlt zu meinem Glück heute. Der Rohrstopfer und ich – das ist so ungefähr wie der Teufel und das Weihwasser.

»Geh, Rohrstopfer, wenn mia einen wichtigen Einsatz ham, dann brauchen mia halt jeden Mann, des hilft halt nix. Da kannst ja einmal beim Huber vorsprechen, wennst ein Problem damit hast. Vielleicht zeigt des dann mehr Wirkung, wenn ein so wichtiger Anwalt wie du eine personelle Aufstockung von unserem Revier fordert.«

Jetzt lacht er, der Depp, bloß weil ich gesagt habe, dass er wichtig ist. Der merkt noch nicht einmal, dass ich das sarkastisch gemeint habe, aber so ist er halt, der Rohrstopfer.

»Das sollte ich tatsächlich tun, Herr Dimpfelmoser. Wahrscheinlich hat mein Wort mehr Gewicht als das eines einfachen Beamten. Aber deswegen bin ich nicht hier.«

Er zieht ein Papier aus seiner Tasche und hält es mir unter die Nase, sodass ich es fast einsauge beim Einatmen.

»Geh, Rohrstopfer«, schreie ich ihn an und haue ihm seine Pranke weg, »ich will dein Papier nicht essen und auch nicht einatmen.«

Der Depp hat von meinem leichten Schlag auf seine Hand, die er sich bei einem unserer letzten Fälle so schön an unserer Türklingel verletzt hat, das Gleichgewicht verloren und landet mit seinem dicken Schädel zunächst unsanft auf dem Türgriff, bevor er zu Boden geht. Gleich spritzt das Blut. Der hat sich halt eine saubere Platzwunde zugezogen.

»Dimpfelmoser, schauen Sie, was Sie wieder angerichtet haben mit Ihrer Unbeherrschtheit«, heult er. »Aber das sage ich Ihnen, das wird diesmal teuer für Sie.«

»Wieso teuer?«, mischt sich der Reindl ein. »Das war ja so etwas wie Notwehr, was mein Kollege eben gemacht hat. Sie haben ihn ja praktisch tätlich angegriffen mit Ihrem Blatt Papier, das habe ich genau gesehen. Das bezeuge ich vor jedem Richter.«

»Sie sollten sich schämen, Herr Reindl. Anstatt mir zu helfen, halten Sie zu Ihrem Kollegen. Zustände sind das, das ist ja nicht zum Aushalten.«

»Jetzt lass dich erst einmal verarzten, Rohrstopfer, und gib mir endlich deinen Schrieb, damit ich weiß, was du eigentlich willst hier.«

Zerknirscht reicht er mir das inzwischen blutverschmierte Schreiben und tupft sich mit seinem seidenen Taschentuch das Blut von der Stirn. Der Reindl hat derweil den Doktor angerufen, der auch sofort kommen will. Wie ich das Schreiben so lese, soweit es überhaupt noch lesbar ist, werde ich gleich wieder richtig wütend.

»Verstehe ich das richtig, Rohrstopfer. Der Huber hat bei der Staatsanwaltschaft veranlasst, dass sein Schwiegervater wieder freigelassen wird?«

»So ist es, Herr Dimpfelmoser, deshalb bin ich hier. Ich möchte nur meinen Klienten, den Herrn Meiereder abholen.«

Ich glaub's ja nicht. Der Huber ist also wieder eingeknickt. Zuerst will er, dass sein Schwiegervater wegen versuchten Mordes angeklagt wird, und jetzt hat er also seine Anzeige zurückgezogen und sorgt dafür, dass unser Verdächtiger wieder freigelassen wird. Das ist ja wieder einmal typisch für den Huber.

»Reindl, hol den Meiereder«, befehle ich dem Kollegen.

Inzwischen ist auch der Doktor da.

»Ja, der Herr Rohrstopfer. Sind S' ungünstig gefallen?«, fragt er süffisant, während er ihm nicht gerade besonders sanft sein Hirn verbindet.

»So kann man das auch nennen«, jault der und tut so, als würde der Doktor ihn abstechen oder anderweitig ermorden. Bloß wegen der kleinen Schramme, da braucht der doch nicht so ein Affentheater abziehen. Aber er suhlt sich geradezu in seinem Schmerz und merkt gar nicht, wie lächerlich er sich damit macht.

»Meiereder, wir sind noch nicht fertig miteinander«, kläre ich den alten Mann auf, der gerade vom Reindl rausgebracht wird. »Du musst uns immer noch einiges erklären, des ist dir doch klar, oder?«

»Nix muss ich«, zischt er und kommt mit seinem Mund ganz nahe zu meinem Ohr, sodass ich seinen fauligen, feuchten Atem direkt in den Gehörgang kriege.

»Lass deine Ermittlungen gegen mich bleiben, ansonsten passiert noch was, was du sicherlich bereuen wirst«, flüstert er mir zu.

Aha, droht mir der Alte doch tatsächlich, ich glaube es ja nicht. Nachdem alle wieder verschwunden sind, erzähle ich dem Reindl von dem seiner Drohung.

»Geh, Dimpfelmoser, da hast dich verhört«, tut der gleich ganz ungläubig. »Der hat sicher was anderes gemeint. Der droht doch keinem Polizisten.«

»Immerhin hat er seinen eigenen Schwiegersohn vom Dach geworfen, und der ist auch Polizist.«

»Da hast du auch wieder recht. Vielleicht hat der doch noch mehr zu verbergen?«

»Da kannst dir sicher sein, aber des kriegen mir schon noch raus.«

Ich rufe gleich den Opa an, und der verspricht mir, dass

er mit der Oma auch auf den Meiereder ein Auge haben wird, falls der wieder im Seniorenheim auftauchen sollte. Dann nehmen wir uns noch mal unsere zwei Bürscherl vor, nicht dass da auch noch ein Rechtsanwalt aufmarschiert und die wieder auf freien Fuß kommen. Diesmal verhören wir sie gleichzeitig, vielleicht sind die ja so dumm und knicken dann ein.

»Also noch mal, ihr habts ein echtes Problem«, beginne ich gleich einmal. »Euch erwartet eine Anklage wegen Mord und versuchtem Polizistenmord, und aus der Nummer kommts ihr nicht mehr raus bei der Beweislage. Der Staatsanwalt bereitet schon die Anklagen gegen euch vor.«

Die zwei schauen sich unsicher an, dann sprudelt es plötzlich aus dem Ben heraus.

»Wir haben keinen umgebracht. Das waren wir nicht. Da will uns jemand was anhängen.«

»Ja und eure Fingerabdrücke im Auto vom Meiereder? Wie erklären sich die?«

»Wir sind Kurierfahrer für den Herrn Meiereder. Wir holen ein- bis zweimal im Monat die Ware in Tschechien ab und bringen sie dann zum Meiereder. Dafür gibt er uns immer sein Auto.«

»Aha, und wie läuft die Aktion ab? Ihr fahrts da einfach mal so nach Tschechien, übernehmts die Ware und dann wieder zurück?«

»Wir bekommen einen Anruf, wenn was zum Abholen da ist. Dann holen wir uns den Wagen vom Meiereder, der steht ja immer auf dem Parkplatz unterhalb vom Seniorenheim. Wir haben einen Schlüssel dafür und fahren dann über Neuaign über die tschechische Grenze nach Neumark. Dort gibt es einen kleinen Waldparkplatz, und da wartet einer mit der Ware auf uns. Wir laden dann um und fahren wieder zurück. Das Auto stellen wir wieder an seinen Platz, und das war es. Mehr haben wir mit der ganzen Sache nicht zu tun.«

»Wie viel zahlt euch der Meiereder dafür?«, will der Reindl wissen.

»Fünfhundert Euro pro Fahrt zahlt der. Da wären wir doch deppert, wenn wir das nicht machen würden«, ereifert sich der Tom.

Wie immer, es geht halt nur um das schnelle Geld, denke ich mir. Dass die dabei was Illegales machen, ist den beiden Helden überhaupt nicht bewusst.

»Und wie war des dann am Wochenende?«, frage ich weiter. »Warts da auch auf Schmuggelfahrt, und ist euch der Antonicek in die Quere gekommen, oder wieso habts den dann aus dem Weg geräumt?«

»Wir kennen den doch gar nicht«, ereifert sich der Tom. »Wir haben mit dem Mord nichts zu tun, das müssen Sie uns glauben.«

Jetzt werden sie langsam doch nervös, die zwei Burschen. Wahrscheinlich sickert es langsam in ihre vernebelten Kiffergehirne, dass sie ein echtes Problem haben und ihre Aussagen ihnen auch nicht helfen, um den Verdacht gegen sie zu entkräften.

»In der Nacht von Freitag auf Samstag, da haben wir das Auto wie immer vor dem Seniorenheim geparkt. Wir sind ausgestiegen und haben noch eine geraucht. Und da springt einer aus der Dunkelheit in den Wagen und fährt einfach davon. Leider war das Handy vom Tom auch noch im Auto, und seitdem ist es weg. Wir waren völlig überrascht und haben dann den Meiereder aufgeweckt und ihm Bescheid gegeben. Der hat getobt und uns gedroht, wenn wir das Auto und die Ware nicht wieder auftreiben, dann bringt er uns um«, ereifert sich der Ben.

»Also sind wir eigentlich die Opfer, das ist doch offensichtlich«, versucht es der Tom.

Bei den beiden ist wirklich Hopfen und Malz verloren, was willst da jetzt noch sagen?

»Eine nette Geschichte, die ihr zwei uns da auftischt«, mischt sich der Reindl wieder ein. »Nur beweisen könnt ihr das nicht. Wir gehen davon aus, dass ihr das alles nur erfunden habt, um von euch abzulenken. Aber euch ist schon klar, dass alles gegen euch spricht. Kein Staatsanwalt und kein Richter glaubt euch so einen Unsinn.«

Jetzt schwitzen sie richtig, und ihre Blicke werden flackernd. Wahrscheinlich kapieren sie endlich, dass ihre Lage jetzt schon nahezu aussichtslos ist, und da haben wir noch gar nicht über den Mordanschlag auf mich geredet.

»Und warum habts die depperte Aktion mit dem Anschlag auf mich durchgeführt? Noch blöder geht es doch gar nicht mehr. Bei mir anrufen und mir drohen, wer kommt denn auf so eine Idee?«

»Sehen Sie, Herr Dimpfelmoser, da können S' doch erkennen, dass wir das nicht waren. Weil so blöd sind wir doch nicht«, versucht es der Tom noch einmal.

Da bin ich mir nicht so sicher. Bevor ich noch weiterfragen kann, läutet mein Telefon.

»Dimpfelmoser, du musst sofort mit dem Reindl kommen, wir werden beschossen«, schreit der Oberberger, und tatsächlich höre ich im Hintergrund einen Schuss.

»Reindl, mia müssen unsere Unterhaltungen ein anderes Mal fortsetzen, mia ham einen Einsatz«, brülle ich durch die Wache und zerre den völlig verdutzten Tom zurück in seine Zelle.

Auch der Reindl bringt den Ben zurück, und dann rast der Reindl auf seinem Fahrrad mit mir auf dem Gepäckträger rauf zum Schlosshotel. Ich fordere gleichzeitig telefonisch die Soko an. Kurz vor dem Schlosstor gibt es einen lauten Knall, und wir liegen plötzlich auf der Straße.

»Der Reifen«, bemerkt der Reindl trocken. »Der hat dein Gewicht nicht überlebt.«

Also laufen wir die letzten Meter zu Fuß weiter. Im Schlosshof herrscht das reinste Chaos, als wir eintreffen. Vor der Kapelle liegt der Viereck in einer Blutlache. Unter ihm windet sich der Mergele, und der Pfarrer steht mit einer Pistole daneben. Der Oberberger kniet neben dem Viereck und drückt dem seine blutende Wunde zu. Aus dem Hotel hören wir wildes Geschrei.

»Was ist los?«, frage ich den Oberberger.

»Als der Mergele aus der Kirche gekommen ist, da hat ihn der Viereck gleich in Gewahrsam genommen und ihm Handschellen angelegt. Ich habe den Pfarrer in Schach gehalten, weil der wollte sofort mit seiner Pistole dazwischengehen. Und dann sind wir plötzlich beschossen worden.

Eine Kugel hat den Viereck am Arm getroffen. Der verliert irgendwie ziemlich viel Blut.«

»Ist der Notarzt verständigt?«

»Der müsste jeden Moment hier sein.«

Der Reindl und ich, wir sichern mit gezückten Waffen das Gelände, aber es fällt kein weiterer Schuss mehr. Der Notarztwagen rast in den Hof, dicht gefolgt vom Krankenwagen.

»Servus, Dimpfelmoser«, begrüßt mich der Sanitäter Rindenacher lachend. »Des hört ja gar nicht mehr auf bei dir. Langweilig wird's nicht in deinem Revier, aber so langsam reicht's doch wieder mit den Toten und Verletzten.«

Zum Glück hat der Viereck nur einen Streifschuss, er wird versorgt und mit ins Krankenhaus genommen. Der Mergele hat sich inzwischen von seinem Schock erholt und fuchtelt wild in der Gegend herum.

»Das war ein Anschlag auf mich, Herr Kommissar, da wollte mich einer erschießen«, kreischt er die ganze Zeit und hüpft wie ein Rumpelstilzchen auf und ab.

»Beruhig dich, Mergele! Warum sollte jetzt ausgerechnet dich jemand umbringen wollen?«

Noch bevor er mir antworten kann, beginnt der Boden zu wackeln, und der Schlosshof ist erfüllt von einem immer lauter werdenden Dröhnen. Verwundert schaue ich mich um, da rollt doch tatsächlich ein gepanzertes Kettenfahrzeug von der Soko in den Hof. Oben durch die Luke hinter dem Wasserwerfer schaut der Heulerich raus und fletscht die Zähne.

»Wo sind die Heckenschützen?«, brüllt er und lässt einen

Wasserstrahl über den Hof aus seinem Wasserwerfer schießen. Dabei trifft er die Panoramascheibe vom Hotel, die berstend zu Bruch geht.

»Sauber, Heulerich, da hast ja wieder was angerichtet«, begrüße ich ihn.

Jetzt tauchen auch noch zehn schwer bewaffnete Scharfschützen im Torbogen zum Innenhof auf und verteilen sich in Windeseile über den Hof.

»Einer muss ja hier für Ordnung sorgen!«, tut er mir gleich in seiner großkotzigen, überheblichen Art kund. »Also, was ist hier los?«

»Wir haben einen Heckenschützen oder auch mehrere. Jedenfalls ist der Kollege angeschossen worden, mehr wissen wir momentan auch nicht«, erkläre ich ihm.

»Männer«, brüllt er wieder los, »ein Heckenschütze, durchkämmt das ganze Gelände, und bringt ihn mir!«

Seine Männer bewegen sich fast lautlos über das Gelände und sichern den Hof. Der Sanitäter ist mit dem Viereck schon unterwegs ins Krankenhaus, der Notarzt bleibt noch hier, falls es noch einmal Verletzte geben sollte. Den Mergele hat der Reindl unter Protest zurück in die Kirche geschleust, nur der Pfarrer, der ist irgendwie ganz verschwunden.

»Reindl, hast den Eberdinger irgendwo gesehen? Mia brauchen einmal dem seine Aussage, und dann würd ich schon gerne wissen, woher der schon wieder eine Pistole hat. Wir haben ihm doch vor einem Jahr alle seine Waffen abgenommen, als der damit rumgespielt hat, und ihm ein Verbot erteilt, dass der keine mehr haben darf.«

»Der ist vorhin in die Sakristei gelaufen und seitdem nicht mehr aufgetaucht«, sagt der Reindl.

Also schlendere ich in die Sakristei. Ich weiß ja, dass die Kapelle außer dem Haupttor keinen weiteren Zugang mehr hat, also muss der Eberdinger ja irgendwo sein. Tatsächlich hantiert er in der Sakristei ganz geschäftig mit einem Putzlappen herum und tut so, als wäre nichts geschehen.

»Eberdinger, wo ist deine Pistole?«

»Ich habe keine, du hast mir alle weggenommen«, tut er ganz entrüstet.

»Eberdinger, du hast vor lauter Polizisten mit dem Ding rumgefuchtelt, also wo ist sie?«

Jetzt schmollt er und sagt gar nichts mehr, aber sein Blick wandert immer nach rechts zu einer Statue von der heiligen Maria. Im Lügen war er halt noch nie wirklich gut, der Herr Pfarrer. Also gehe ich rüber, und tatsächlich liegt dahinter in einem kleinen Hohlraum eine Pistole.

»Eberdinger, ich hab dir schon einmal erklärt, dass ich da nicht noch einmal ein Auge zudrücke. Jetzt hast wieder eine Pistole, und des kann ich dir nicht mehr durchgehen lassen, weil du einfach gemeingefährlich bist.«

»Das ist nicht meine Pistole, Dimpfelmoser, das musst du mir glauben. Ich habe die heute erst hier in der Kapelle gefunden.«

»Geh, des kannst deiner Großmutter erzählen, aber nicht mir, Pfarrer.«

»Ich gebe dir mein Ehrenwort, bei allem, was mir heilig ist, Dimpfelmoser. Erst vorhin habe ich beim Saubermachen diese Waffe gefunden. Ich hätte sie ja abgegeben, aber dann ist der Herr Mergele in die Kirche geflüchtet und hat mich um den Schutz der Kirche gebeten. Und dann wart ja auch schon ihr da. Und gerade als der Herr Mergele wieder gehen wollte, sind die Schüsse gefallen. Da habe ich mir natürlich sofort die Pistole geschnappt, um alle zu verteidigen, das ist alles.«

»Aha, da wird sich halt dann die Spusi drum kümmern. Wennst mir keinen Schmarrn erzählt hast, dann sind da ja sicherlich nicht nur deine Fingerabdrücke drauf.«

Ich packe die Pistole in einen der Beutel für die Beweisstücke, den ich zufällig in meiner Hosentasche finde, und lasse den Pfarrer stehen, um draußen die Lage zu sondieren.

»Dimpfelmoser, wir sehen uns dann morgen zu unserem kleinen Wettlauf. Da freue ich mich schon richtig darauf«, ruft mir der Pfarrer noch hinterher, bevor die Kirchentüre wieder zufällt.

Da muss ich mich auch noch drum kümmern, aber jetzt müssen wir erst einmal die Lage hier klären.

»Wir haben alles durchkämmt, es ist kein Schütze zu finden. Nur diese Patronenhülsen lagen da oben hinter dem Felsvorsprung. Von dort aus hat der Heckenschütze wohl geschossen«, teilt mir der Heulerich mit. »Wenn du mich nicht mehr brauchst, dann rücken wir wieder ab. Wir haben ja heute noch mehr zu tun, als dir und deinen Leuten das Leben zu retten.«

Das Arschloch schwingt sich wieder in sein gepanzertes Fahrzeug hinter seinen Wasserwerfer, und dann verschwindet er mit seinen Leuten.

»Reindl, Oberberger, ihr zwei bleibts hier und redets mit

den Leuten aus dem Hotel. Und ihr weists den Mühlbauer ein, der kommt eh gerade mit seinen Leuten. Ich nehm den Mergele noch mal mit in die Kirche und verhöre ihn dort. Vielleicht ist jetzt nach der Aktion endlich was aus dem rauszukriegen.«

Bevor der Hüne, der jetzt lautstark schimpfend und fluchend aus dem Hotel auf uns zugelaufen kommt, uns erreicht, schnappe ich mir den Mergele, der leise vor sich hin weint und verfrachte ihn zurück in die Kirche. Er wimmert nur weiter vor sich hin. Also setze ich ihn in eine Bank und hole den Messwein, den ich vorhin in der Sakristei gesehen habe. Der Eberdinger protestiert zwar, aber das ist mir momentan wirklich egal. Der Mergele setzt die Flasche an und trinkt sie fast in einem Zug leer. Er schüttelt sich wie ein nasser Hund, hört aber auf mit seinem Theater und redet endlich mit mir.

»Die Schüsse haben mir gegolten, Herr Dimpfelmoser«, beginnt er mit zittriger Stimme. »Der Sauhund macht wirklich ernst und will mich umbringen, damit er mich endlich los ist. Hätte sich Ihr Kollege nicht auf mich gestürzt und die Kugeln abgefangen, dann wäre es schon vorbei mit mir.«

»Mergele, ich versteh kein Wort. Wer wollte dich umbringen und wieso?«

»Also, das ist so«, beginnt er. »Ich hatte tatsächlich in der letzten Nacht Streit im Heim, und zwar mit dem Herrn Leinbach. Das ist der Besitzer des Schlosshotels, und der ist halt auch der Besitzer des Gebäudekomplexes des Altenheims. Nun bin ich leider etwas mit meinen Pachtzahlungen im Rückstand, und deshalb haben wir uns gestritten. Und jetzt hat das Arschloch doch tatsächlich auf mich geschossen. Der wollte wohl seinen Forderungen etwas Nachdruck verleihen.«

Dann wird er plötzlich kalkweiß im Gesicht, kotzt mitten in den Kirchengang und kippt dann einfach um. Ich haue ihm rechts und links eine runter und schüttle ihn, aber es hilft alles nichts, er ist halt ohnmächtig. Ich hole den Notarzt, und der packt ihn kurzerhand in sein Auto und fährt ihn ins Krankenhaus. Also muss ich mich an den Pfarrer halten, der immer noch so komisch schaut und irgendwelche Teile in der Kirche putzt.

»Hast irgendwas zu sagen, was für unseren Fall dienlich ist, Pfarrer?«

»Ja mei, Dimpfelmoser, ich wüsst schon was, aber das Beichtgeheimnis, du weißt ja ...«

Aha, daher weht also der Wind.

»Pass auf, Pfarrer, du erzählst mir jetzt alles, was du weißt, und wenn deine Aussage hilfreich ist, dann vergesse ich die Sache mit der Pistole, die du unterschlagen wolltest.«

Da strahlt er, der scheinheilige Hund, und beginnt zu erzählen.

»Vor ein paar Tagen war der Herr Meiereder bei mir und hat mich um Hilfe gebeten. Jemand hat ihn anonym bedroht, und er hat seitdem Angst um sein Leben. Deshalb wollte er aus dem Zigarettenschmuggel aussteigen, und da sollte ich ihm dabei helfen.«

»Du, Eberdinger? Hättest dem seine Geschäfte übernehmen sollen, oder wie hätte deine Hilfe ausgesehen?«

»Dimpfelmoser, niemals würde ich so etwas tun, das

weißt du doch. Nein, er hat mich um Rat gefragt, und ich habe ihn überredet, dass er reinen Tisch macht. Er wollte eigentlich Anfang der Woche bei dir im Revier vorbeischauen und eine Selbstanzeige machen. Aber dann war plötzlich sein Auto verschwunden, und es gab diese zwei Toten. Da hat er es mit der Angst bekommen und es sich wohl noch mal anders überlegt.«

»Eberdinger, da hast mir jetzt wirklich geholfen. Da halte ich dann mein Wort, und mia vergessen deine versuchte Unterschlagung von der Pistole.«

Wir verabschieden uns, und ich verlasse die Kirche. Inzwischen hat sich auch im Schlosshof die Lage wieder beruhigt. Es ist bereits Nacht, und ich beschließe, dass wir für heute Schluss machen und uns gleich morgen früh zu einer Besprechung im Revier treffen. Ich gehe mit gemischten Gefühlen nach Hause. Die Eva ist tatsächlich noch da. Sie schaut mich wieder so komisch an, und ich befürchte, dass sie mich jetzt endgültig sitzen lässt, aber stattdessen stürzt sich die Eva plötzlich auf mich und zerrt mich in ihr Zimmer und in ihr Bett.

»Xaver, ich kann es nicht billigen, wennst einfach einen anderen Mann verprügelst, nur weil der neben mir sitzt, aber ich kenn dich zum Glück gut genug und weiß, dass du des nur gemacht hast, weilst mich wirklich gerne hast.«

Ich bin bewegungsunfähig, aber die Eva ist so zärtlich zu mir, dass ich mich irgendwann auch etwas entspanne, und so verbringen wir zwei tatsächlich unsere erste richtige Nacht zusammen.

Kapitel 10

Die Eva schläft noch friedlich in ihrem Bett, aber ich schleiche mich schon aus der Wohnung, weil ich ja noch etwas erledigen muss. Ein paar Gassen weiter klingle ich, und der Doktor lässt mich auch gleich rein. Ich habe ihn gestern Abend auf dem Heimweg noch kurz angerufen und ihm meine Notlage geschildert. Zum Glück hat er sich gleich bereit erklärt, mir zu helfen. Er ist halt auch nicht besonders gut auf den Pfarrer zu sprechen. Eine halbe Stunde später verlasse ich auf zwei Krücken die Praxis. Mein linker Unterschenkel ist mit einem schönen weißen Verband eingewickelt, und so humple ich rüber in meine Polizeistation.

Tatsächlich sind der Reindl und der Oberberger schon da und warten auf mich.

»Dimpfelmoser, was ist denn mit dir passiert?«, will der Reindl gleich wissen.

»Ja mei, ich bin die Treppe gestern Nacht runtergefallen. Des ist ja kein Wunder, bei dem momentanen Stress. Und da hab ich mir halt das Schienbein geprellt.«

»Du, Dimpfelmoser, vielleicht solltest dich ein paar Tage krankschreiben lassen. Der Viereck kommt heute und morgen auch noch nicht, der ist noch zur Beobachtung im Krankenhaus.«

»Ja da kann ich nicht auch noch ausfallen. Ich habe zwar ziemliche Schmerzen wegen der Prellung, aber des hilft ja nix. Wir müssen den Fall oder die Fälle aufklären, uns läuft sonst die Zeit davon.«

Sie schauen mich bewundernd an, und fast spüre ich den erfundenen Schmerz tatsächlich. Jedenfalls hat sich das blöde Wettrennen mit dem Pfarrer damit erledigt, und das ist erst einmal das Wichtigste.

»Also, tragen wir einfach alle Fakten zusammen. Was wissen wir bisher? Hängen alle Ereignisse zusammen, oder ist es Zufall, dass gerade jetzt so viele Dinge gleichzeitig passieren?«, fange ich an.

»Also mia ham die zwei Toten, den Herrn Antonicek und den Toten aus dem Auto, dessen Namen mia immer noch nicht kennen«, referiert der Oberberger. »Mia ham das Auto und die geschmuggelten Zigaretten und die Aussage, dass der alte Meiereder der Schmugglerkönig ist.«

»Wir haben inzwischen die Aussagen vom Tom und vom Ben, dass die die Kurierfahrten erledigt haben«, macht der Reindl weiter. »Und da ist immer noch der Mordanschlag auf dich, Dimpfelmoser, und die Drohung. Da wissen wir aber auch nicht, wer das war. Und ob der Mergele in der ganzen Angelegenheit mehr weiß, als er zugibt, wissen wir auch nicht.«

»Auf den Mergele ist geschossen worden, und dabei wurde der Viereck getroffen«, erkläre ich. »Das behauptet zumindest der Mergele. Ob das wirklich ihm gegolten hat, ist aber auch nicht sicher. Und anscheinend spielt der Leinbach, der Chef vom Hotel, dabei eine Rolle. Habts ihr den gestern noch vernommen?«

»Der hat sich nur aufgeplustert wie ein Pfau auf der Balz von wegen seiner blöden Scheibe und dass er uns alle auf Schadenersatz verklagt, weil wir den sehr guten Ruf seines Hotels beschädigt haben«, berichtet der Oberberger. »Er will sich beim Landrat Hinterbirner über uns alle beschweren.«

Ja sauber, ich weiß ja schon, dass der Landrat am Hotel beteiligt ist. Immer der Landrat und dem seine sauberen Freunde. Da weiß ich ja schon, wer mich heute anruft und wieder ganz schlau daherreden wird.

»Dann fahre ich hernach zum Hotel und rede mit dem. Vielleicht ist er ja heute gesprächiger. Und wie geht es dem Viereck überhaupt, gibt's da was Neues?«

»Die Wunde ist kein Problem, nur ein Streifschuss. Aber er hat halt einen Schock, sagen die Ärzte, und bei dem Sturz ist er auf seinen Schädel gefallen. Da hat er eine Gehirnerschütterung, wobei viel kann da ja nicht erschüttert werden«, gluckst der Oberberger und amüsiert sich köstlich über seinen Witz.

»Gibt es inzwischen Informationen über die Familie Antonicek in Tschechien, Reindl? Die sind doch irgendwie auch nicht ganz sauber, und ich bin mir sicher, dass die unseren zweiten Toten erkannt haben und nur nichts sagen.«

»Also, ich habe bei den tschechischen Kollegen nachgefragt«, erzählt der Reindl. »Gegen die Antoniceks ist immer wieder ermittelt worden. Sie stehen in Verdacht, in illegale Waffengeschäfte, Drogenhandel, Zigarettenschmuggel und sogar Menschenhandel verwickelt zu sein. Aber bisher konnte man ihnen nie etwas nachweisen.«

»So ein Zufall, dass die im Zusammenhang mit geschmuggelten Zigaretten stehen sollen und hier denen ihr Opa ermordet wird, während gleichzeitig der Zigarettenschmuggel bei uns auffliegt. Des sind mir ein paar Zufälle zu viel. Hat jemand eine Idee, was mia da machen können?«

»Ich kann den Olec anrufen, des ist ein Spezl von mir. Der ist bei der tschechischen Polizei. Vielleicht kann der uns weiterhelfen.«

»Mach des, Oberberger. Am besten soll der sich darum kümmern, dass der ganze Antonicek-Clan überwacht wird.«

»Reindl, du überprüfst das gesamte Personal vom Seniorenheim. Oberberger, du befragst noch mal die Heiminsassen. Und ich fahre rauf zum Hotel. Ich will den Leinbach endlich befragen. So wie ich das sehe, sind alle irgendwie verdächtig, aber uns fehlt immer noch die zündende Idee, wer jetzt eigentlich wen ermordet hat.«

»Dimpfelmoser, du kannst gar nicht fahren mit deinem geprellten Haxen. Du kannst das Bein ja kaum belasten, da brauchst einen Chauffeur«, grinst mir der Oberberger her. »Aber wir haben ja den gleichen Weg, also nehm ich dich einfach mit.«

Zefix, den Verband am Bein habe ich völlig vergessen. Ich stöhne also auffällig beim Aufstehen und mache ein schmerzverzerrtes Gesicht, bevor ich auf die Krücken gestützt nach draußen humple und mich halt auf der Beifahrerseite niederlasse.

Im Schlosshof wird bereits emsig gearbeitet. Eine Glaser-firma ist da und ersetzt die Panoramascheibe der Hotel-Ein-gangshalle. Ich hüpfe auf meinen Krücken zur Eingangs-türe. Dabei bekomme ich Schweißausbrüche, weil das tat-sächlich wesentlich anstrengender ist, als ich ursprünglich gedacht habe. Kurz vor der Eingangstüre kriege ich dann plötzlich keine Luft mehr, und mir wird schwarz vor Augen.

»Dimpfelmoser, ist alles in Ordnung bei Ihnen?«, dringt eine mir wohlbekannte und unsympathische Stimme in mein vernebeltes Bewusstsein.

Das ist hoffentlich nur ein Traum, weil in Wirklichkeit wäre das momentan ein Albtraum. Ich öffne vorsichtig die Augen und muss feststellen, dass es leider kein Traum ist.

»Da sind S' ja wieder, Herr Dimpfelmoser. Wir dachten schon, es wäre vorbei mit Ihnen, aber so einen Koloss, wie Sie einer sind, den bringt so schnell nichts um, gell.«

Der Landrat Hinterbirner grinst mir ins Gesicht und haut mir auf die Schulter, dass es nur so kracht.

»Was ist denn passiert?«, frage ich vorsichtig, weil ich mich an gar nichts erinnern kann.

»Sie sind einfach umgekippt, Herr Dimpfelmoser.«

Ich rapple mich langsam auf und komme endlich auf meinem nicht verbundenen Bein zu stehen. Der Landrat reicht mir fürsorglich meine Krücken, und dann stützt er mich auch noch, während ich in das Hotel humple. Irgend-etwas stimmt hier nicht, warum ist der so freundlich zu mir?

Plötzlich werde ich geblendet, sodass mir schon wieder kurzzeitig schwarz vor den Augen wird.

»Wie Sie sehen, kümmere ich mich immer persönlich um alles«, höre ich den Hinterbirner neben mir.

Ich blinzle, und da wird mir klar, was mich geblendet hat. Natürlich ist die Presse anwesend, und da ist der Landrat halt immer in seinem Element. Er schwadroniert noch über so was wie Verantwortung und Hilfsbereitschaft und ignoriert geflissentlich alle Fragen zu den Toten, die von der Presse gestellt werden, dann schiebt er mich in das Büro vom Leinbach, der mit düsterer Miene hinter seinem Schreibtisch sitzt. Sobald die Türe hinter dem Landrat ins Schloss gefallen ist, entgleisen auch seine Gesichtszüge, und sein blödes Grinsen verwandelt sich in eine böse Grimasse.

»Da haben S' ja sauber was angerichtet, Dimpfelmoser«, fährt er mich gleich aggressiv an. »Wissen S' eigentlich, wie wichtig es für unser Hotel ist, dass wir einen guten Ruf haben? Und den haben S' sauber beschädigt mit Ihren Aktionen.«

»Ich hab gar nix beschädigt, Landrat. Ich kann doch nix dafür, dass sich die Verbrecher alle hierher flüchten. Für die Aktion mit dem Sprungtuch, da können S' mit Ihrem Freund, dem Huber, reden, und dass der Pfarrer Verbrecher beherbergt, dafür kann ich auch nix. Und die Aktion mit dem Wasserwerfer geht auf das Konto vom Heulerich, also was wollen S' eigentlich von mir?«

»Sie sind doch der verantwortliche Beamte vor Ort. Haben S' Ihren Laden nicht mehr im Griff, Dimpfelmoser? Man hört ja so einiges, dass Sie überfordert sind und auch privat so Ihre Probleme haben.«

Aha, das alte Arschloch, daher weht also der Wind. Der braucht mir erst gar nicht so saudumm kommen.

»Mein Privatleben, des geht dich gar nix an, Hinterbirner. Und sollen mia einmal recherchieren, woher dein Geld stammt, des du da ins Hotel investiert hast? Da finden mia doch sicher ein paar Ungereimtheiten. Da ruf ich hernach gleich mal die Steuerfahndung an, dass die euren Laden einmal genauer unter die Lupe nehmen.«

Ich bin mir sicher, dass er da sein Schwarzgeld investiert hat und jetzt Angst hat, dass er sich verkalkuliert hat.

»Herr Dimpfelmoser, so ist das doch nicht gemeint«, meldet sich der Leinbach wieder zu Wort. »Da brauchen S' doch nicht gleich mit der Steuerfahndung daherkommen. Wir sind halt alle etwas geschockt über die Ereignisse der letzten Tage, und da liegen die Nerven blank. Gerade jetzt, wo wir dabei sind, das Seniorenheim räumen zu lassen, um es als Hotelerweiterung umzubauen. Da geht es wirklich um viel Geld, und da sind mir alle ein bisserl nervös.«

Das Seniorenheim räumen? Das hat doch der Mergele schon angedeutet.

»Sie wollen das Seniorenheim räumen? Wie kommt's denn dazu?«

»Ja der Gebäudekomlex gehört ja auch mir, Herr Dimpfelmoser. Und der Herr Mergele hat seit einem Jahr keine Pacht mehr bezahlt. Der verspielt und versäuft das ganze Geld, das er einnimmt, und jetzt muss ich einfach handeln. Und da wir schon lange die Pläne für die Erweiterung des Hotels haben, ist es jetzt unumgänglich zu handeln.«

»Ja warum haben S' überhaupt so lange zugeschaut und nicht eher was unternommen, um an Ihr Geld zu kommen?«

»Der Mergele tut mir einfach leid, Herr Dimpfelmoser. Er ist ja der Ex-Mann von meiner jetzigen Frau, und da habe ich halt bisher ein Auge zugedrückt.«

»Können S' sonst noch irgendwas zu den Fällen sagen?«

Er tut so, als ob er noch überlegen würd, dann schüttelt er entschieden den Kopf.

»Gell, Herr Dimpfelmoser, Ihre weiteren Ermittlungen, die machen S' ab jetzt ein bisserl weniger spektakulär, und lassen S' das Hotel nach Möglichkeit aus den ganzen Angelegenheiten raus. Dann vergessen wir einfach alles Bisherige. Und jetzt entschuldigen S' uns bitte, wir müssen die Zwangsräumung besprechen, damit wir endlich mit der Hotelerweiterung anfangen können.«

Er klopft mir freundschaftlich mit seiner Pranke auf die Schulter und schiebt mich dann einfach aus dem Zimmer.

»Hast was Neues erfahren?«, will der Oberberger wissen, der gelangweilt im Polizeiauto sitzt, anstatt im Seniorenheim die Befragungen durchzuführen.

»Der Leinbach ist mit der Ex-Frau vom Mergele zusammen. Das kann doch kein Zufall sein. Da müssen mia uns einmal mit der jetzigen Frau Leinbach unterhalten.«

»Wo willst hingefahren werden? Sollen mia ins Revier, dass der Reindl die Adresse von der raussucht? Und ich müsste ja auch noch die Heimbewohner befragen.«

»Du, ich müsst erst einmal zum Pfarrer. Fahr mich doch schnell zu dem, ich muss noch was mit ihm besprechen.«

Der Oberberger fährt mich also zur Wohnung vom Pfarrer runter in die Stadt. Ich humple zur Türe und läute. Der Pfarrer öffnet mir schwungvoll die Türe und steht in einem Trainingsanzug und in Laufschuhen vor mir. Wie er mich so sieht, da gefriert ihm sein dämliches Grinsen in seinem Gesicht, und er starrt entgeistert auf den schönen Verband an meinem Bein.

»Dimpfelmoser, ich glaub's nicht. Das ist doch nur ein Trick von dir, damitst dich drücken kannst.«

»Eberdinger«, tue ich ganz entrüstet, »niemals würd ich einen Gottesmann verarschen. Du, ich hab mir das Schienbein geprellt. Ich bin von der Treppe runtergefallen, und da ist es halt passiert. Da wird es heute nach Dienstschluss leider nix mit unserem kleinen Waldlauf. Ich hab mich schon so gefreut, dir davonzulaufen, aber daraus wird halt erst mal nix.«

Er schaut weiter zweifelnd, und ich sehe ihm an, wie es in seinem Spatzenhirn rattert, aber dann entspannt er sich, und seine gefrorenen Gesichtszüge beginnen milde zu lächeln.

»Das tut mir leid, Dimpfelmoser. So ein Pech aber auch, aber da hat dich der liebe Gott vor einer sauberen Blamage bewahrt. Da kannst dem Herrgott danken dafür.«

»Da kann dein Herrgott gar nix dafür. Und blamiert hätte ich mich sicher auch nicht. Du hättest blöd geschaut, wennst meine Kondition bewundern hättest dürfen. Aber mia holen das Rennen einfach nach, wenn ich den blöden Verband herunter hab und wieder trainiert bin.«

»So eine Prellung am Schienbein, das dauert ein paar Wochen, Dimpfelmoser. Und dann musst du ja erst deine

Muskeln wieder aufbauen, das dauert mindestens noch einmal so lange. Da können wir in frühestens zwei oder drei Monaten unseren Lauf starten.«

Oje, das habe ich überhaupt nicht bedacht, dass das so lange dauert. Da kann ich jetzt wochenlang mit dem blöden Verband und den Krücken rumlaufen, wenn ich mich nicht gänzlich blamieren will.

Kapitel 11

Zurück im Revier, schicke ich den Reindl an seinen Computer, damit der die Vermögens- und Besitzverhältnisse von unseren Verdächtigen und sämtliche Verbindungen zwischen ihnen überprüft. Mein untrüglicher Polizisteninstinkt sagt mir, dass da noch mehr dahintersteckt, als wir bisher erfahren haben. Wir haben genügend Verdächtige für sämtliche Taten, aber wer was gemacht hat, ist irgendwie immer noch nicht klar. Und die Morde können wir eigentlich niemandem richtig beweisen. Der Tom und der Ben, die sind so blöd, denen traue ich das einfach nicht zu. Und wenn die wirklich den Drohanruf an mich gemacht und etwas mit den Morden zu tun hätten, dann hätten die wohl kaum seelenruhig ihre Drogen konsumiert und offen in der Wohnung rumliegen lassen, weil das musste selbst den zwei Deppen klar sein, dass wir über das Handy ziemlich schnell bei denen auftauchen würden.

»Dimpfelmoser, ich habe ein paar interessante Details gefunden«, stürmt der Reindl in mein Zimmer. »Also der Mergele, der ist tatsächlich hoch verschuldet. Der hat bei der Sparkasse offene Kredite in Millionenhöhe. Gleichzeitig

124

verdient er eigentlich ganz gut mit seinem Seniorenheim. Da sollten wir einmal nachfragen, woher der die ganzen Schulden hat.«

»Haben mia da einen richterlichen Beschluss, um dem seine Konten zu checken, oder hast das illegal gemacht?«

»Ich hab den Beschluss jetzt beantragt, dann können wir genau nachschauen, wann wie viel Geld rein- und rausgegangen ist beim Mergele. Die bisherigen Informationen sind ja sozusagen nur für uns als interne Vorabinfo für unsere weiteren Ermittlungsansätze.«

Der Reindl ist halt ein Hund, wenn es darum geht, wichtige Informationen zu beschaffen.

»Die Angaben vom Leinbach stimmen so weit alle. Er wohnt mit der Ex-Frau vom Mergele zusammen, und ihm gehört sowohl das Areal des Schlosshotels als auch der Gebäudekomplex vom Seniorenheim. Der Herr Leinbach betreibt aber nicht nur das Schlosshotel, sondern eine ganze Kette von Luxushotels in ganz Deutschland, und er ist mehrfacher Millionär. Geld hat der ohne Ende, soweit ich das auf die Schnelle überprüfen konnte. Aber was uns bisher alle verschwiegen haben, Dimpfelmoser ...«

»Ja was denn?«, brülle ich ihn unvermittelt an und erschrecke mich gleich selber, weil ich gedacht hätte, dass ich mich inzwischen wieder besser im Griff habe. Er ist auch gleich wieder beleidigt, der Reindl.

»Dann halt nicht, Dimpfelmoser. Dann mach halt deine Recherchen selber, wenn du mich nur wieder anbrüllst.«

»Reindl, red halt einfach! Ich habe höllische Schmerzen in meinem Bein, da kann einem doch einmal die Stimmung kurz entgleisen. Da muss ich hernach gleich noch einmal zum Doktor rüber, dass der sich das anschaut.«

»Also, der Tom, das ist der Sohn vom Mergele. Der stammt aus der Ehe von ihm und seiner Ex-Frau, die ja jetzt mit dem Leinbach zusammen ist. Der ist also sein Stiefvater. Und stell dir vor, der Tom hat den Leinbach schon mehrmals angezeigt wegen körperlicher Misshandlungen. Da ist wohl doch nicht alles so toll, wie es auf den ersten Blick aussieht bei unserem Herrn Leinbach.«

»Sauber, Reindl. Aber bist dir sicher? Der Tom heißt doch weder Leinbach noch Mergele.«

»Der hat den Ursprungsnamen von seiner Mutter ange-nommen, nachdem die geschieden wurden. Deshalb ist uns das bisher nicht aufgefallen.«

»Reindl, du bleibst dran an der Sache! Ich gehe einmal schnell zum Doktor und lasse mein Bein anschauen.«

Weil ich nicht will, dass zufällig irgendjemand merkt, dass ich nur markiere, quäle ich mich auf meinen Krücken die Stufen hoch zur Eingangstüre vom Doktor. Irgendwie rut-sche ich dabei aus und falle die ganzen Stufen wieder runter. Dabei lande ich mit meinem verbundenen Schienbein genau auf der Kante von einer Treppenstufe, und mich durchzuckt ein stechender, vernichtender Schmerz. Als ich mich wieder aufrappeln will, kann ich auf dem Bein nicht mehr auftreten, es knickt unter höllischen Schmerzen einfach weg. Ich rufe laut um Hilfe, aber es hört mich keiner. Also ziehe ich mein Handy aus der Hosentasche, aber das ist auch zu Bruch ge-gangen. In mir steigt eine rasende Wut auf, weil ich mich einfach vollkommen hilflos fühle. Ich kann nicht aufstehen, meine Krücken liegen unten am Treppenabsatz, und anrufen kann ich auch niemanden. So sitze ich ein paar Minuten mit meinen Schmerzen auf der Treppe, und in mir kocht eine Wut, wie ich sie nur selten spüre. Wie kann ich mich nur immer wieder in solche saudumme Situationen manövrieren? Wahrscheinlich haben die Eva und meine Kollegen wirklich recht, und ich habe doch irgendwie so ein Problem mit meiner Psyche.

»Dimpfelmoser, was sitzt denn auf der Treppe zum Doktor rum?«, reißt mich da eine Stimme aus meinen Gedanken.

»Pfarrer, ich hab mich selten so gefreut, dich zu sehen, aber jetzt kannst mir auch einmal helfen. Gib mir meine Krücken, dann komm ich schon wieder weiter.«

Tatsächlich gibt er mir kommentarlos die Krücken und hilft mir sogar noch hoch.

»Was machst du überhaupt hier beim Doktor?«, will ich wissen.

»Ich mache ein Belastungs-EKG. Zweimal im Jahr lasse ich meinen Gesundheits- und Fitnessstand testen. In unserem Alter ist das doch wichtig, Dimpfelmoser, aber das weißt ja sicher selber.«

Aha, also, ich gehe normalerweise überhaupt nicht zum Arzt. Warum auch, solange mir nichts fehlt, kann ich mir den Schmarrn doch einfach sparen. Ich will die Treppe weiter rauf, aber leider wird mir vor lauter Schmerzen schon wieder schwarz vor Augen, und ich sacke stöhnend vor dem Pfarrer zusammen.

»Soll ich dir helfen, Dimpfelmoser?«

»Neiiiiinnnn, ich komm schon irgendwie da rauf ...«

»Geh, jetzt leg deinen Stolz halt einmal ab, du sturer Hund.«

Er hievt mich unter meinem Protest die Treppe rauf und rein in die Praxis.

»Ich habe hier einen hoffnungslosen Notfall«, meldet er mich an der Rezeption an.

Die Uschi, die Sprechstundenhilfe, schaut ungläubig, wie sie uns da so sieht, und fängt dann schallend zu lachen an.

»Ja ihr zwei seids mir ja ein lustiges Gespann. Aber bring den Dimpfelmoser gleich da rein, ich hole den Doktor.«

Kurz darauf liege ich auf der Behandlungsliege in einem von den Behandlungsräumen. Mein Unterschenkel brennt wie Höllenfeuer, und zu allem Überfluss ist der Pfarrer auch immer noch da.

»Eberdinger, danke für deine Hilfe! Aber lass dich nicht länger aufhalten, du musst ja zu deinem Gesundheitscheck. Da kannst mich jetzt ruhig alleine lassen.«

»Dimpfelmoser, ich hole dich hernach ab und helfe dir wieder die Treppe hinunter. Alleine wirst das kaum schaffen, so schlecht, wie dein Zustand momentan ist.«

Der Pfarrer verschwindet gut gelaunt, und kurze Zeit später ist der Doktor bei mir.

»Das war wohl doch keine so gute Idee mit dem Verband auf dem gesunden Bein und den Krücken«, stellt er trocken fest. »Was hast denn gemacht, dein Unterschenkel schwillt ja an wie ein Luftballon, und der Verband ist voller Blut?«

»Ja mei, der Stress halt. Da habe ich mich ein bisserl übernommen, befürchte ich. Aber jetzt habe ich mich tatsächlich am Schienbein verletzt auf deiner blöden Treppe.«

Der Doktor tastet auf seine unsanfte Art den schmerzenden Unterschenkel ab.

»Hm, müssen wir röntgen, das könnte ein sauberer Bruch sein«, erklärt er mir. »Aber zuerst mache ich dir den Verband ab und schaue, warum alles voller Blut ist, nicht dass du da noch bleibende Schäden davon kriegst.«

Er holt eine riesige Schere und schneidet den tiefrot gefärbten Verband auf. Tatsächlich ist der Unterschenkel massiv geschwollen, und über dem Schienbein klafft eine große, blutende Wunde.

»Oha, das schaut nicht gut aus, Dimpfelmoser. Da ist dein Bein wunderbar angeschwollen, und da hast auch noch eine offene Verletzung. Du, damit ist nicht zu spaßen.«

Er mustert mich skeptisch von oben bis unten.

»Dein Gesundheitszustand scheint mir überhaupt nicht der beste zu sein, wenn ich dich so anschaue. Machst wenigstens manchmal Sport? Und abnehmen solltest mindestens zwanzig Kilo, so wie du ausschaust.«

»Doktor, ich bin nicht hier, um mich von dir belehren zu lassen. Mach endlich was mit meinem Haxen, weil ich hab ja noch mehr vor heute. Ich muss noch ein paar Morde aufklären.«

»Du kannst maximal Innendienst schieben, das ist dir hoffentlich klar. Weil den verletzten Unterschenkel, den darfst keinesfalls belasten, das kann ich dir schon gleich sagen, ohne dass ich ihn geröntgt habe.«

»Das geht nicht, mir ist doch eh schon der Viereck ausgefallen. Der ist immer noch im Krankenhaus, da kann ich mich nicht auch noch aufs Sofa legen und nix tun. Gibst mir halt irgendeine Pille, dass ich trotzdem arbeiten kann.«

»Dimpfelmoser, du sturer Hund, du sturer! Willst es nicht kapieren? Da gibt es keine Pille. Du musst das Bein absolut still halten. Da besteht sonst die Gefahr, dass wir es dir abnehmen müssen, falls sich da etwas entzündet. Mit der offenen Wunde können wir das Bein noch nicht einmal richtig eingipsen, falls es gebrochen ist. Geht das in deinen dicken Sturschädel rein? Ich kann dir was gegen die Schmerzen und für die Wundheilung mitgeben, aber das nimmst du sicherlich nicht nach Vorschrift ein, so wie ich dich kenne.«

Er zückt eine Spritze und rammt sie mir unvermittelt in meinen Arm, um mir Blut abzunehmen. Der meint das wirklich ernst, der Doktor. Da mich gerade wieder ein stechender Schmerz durchzuckt, der mir fast die Besinnung raubt, glaube ich ihm das einfach einmal. Da muss mir der Huber halt einen Ersatzmann schicken, das hilft dann alles nichts.

»Hab's verstanden, Doktor. Aber jetzt röntge endlich den Haxen, und dann gib mir das Schmerzmittel, ich halte des sonst nicht mehr lange aus.«

Er holt die Sprechstundenhilfe, und die schiebt mich mitsamt der Liege quer durch die Praxis in den Röntgenraum. Durch einen Türspalt sehe ich den Pfarrer, der pfeifend auf einem Ergometer sitzt und fröhlich in die Pedale tritt. Da hätte ich wohl eh alt ausgesehen, wenn ich mich tatsächlich auf den blöden Wettlauf eingelassen hätte. Aber das hat sich erst einmal erledigt, so viel ist mir inzwischen klar.

»Jetzt halte endlich einmal still, Dimpfelmoser!«, schnauzt mich die Sprechstundenhilfe an. »Ich schnalle dich ansonsten auf der Liege fest, damit du dich nicht mehr rühren kannst.«

Also bemühe ich mich, trotz der Schmerzen und meiner inneren Unruhe einfach still zu liegen. Die Sprechstundenhilfe macht ihre Aufnahmen, und schon schiebt sie mich zurück in den Behandlungsraum. Kurze Zeit später kommt der Doktor herein und schaut mich ernst an.

»Da haben wir ein echtes Problem, Dimpfelmoser. Dein Schienbein ist tatsächlich gebrochen, da musst ins Krankenhaus und das wieder einrichten lassen. Wir lassen dich gleich von einem Krankenwagen abholen und dorthin fahren. Und da bleibst dann erst einmal, hast mich verstanden? Du kannst wegen des ganzen Schmarrns ansonsten wirklich ernsthafte Probleme kriegen, und falls du eine Entzündung bekommst, dann kannst im schlimmsten Fall daran sterben, Dimpfelmoser.«

Irgendwie kriecht in mir plötzlich die Angst hoch. Was, wenn ich tatsächlich sterben muss? Dann bräuchte ich mich zwar nicht mehr um das ganze Schenkungszeug kümmern, und die dumme Idee von der Hochzeit wäre auch vom Tisch. Das wäre doch zumindest was, aber ich will eigentlich noch nicht sterben. Plötzlich sehe ich mich mit der Eva vor dem Traualtar und dann im Anwesen von der Oma und dem Opa wohnen. Wir haben ein paar Kinder, und irgendwie ist das alles auf einmal gar nicht mehr so erschreckend, sondern eigentlich ganz schön. Im Angesicht des drohenden Todes verspüre ich in mir eine Sehnsucht, im Leben endlich richtig anzukommen. Das Sterben bringt halt doch andere Seiten zum Vorschein.

»Dimpfelmoser, da habe ich ja heute einmal einen Ehrengast in meinem Krankenwagen«, unterbricht der Sanitäter Rindenacher meine Gedankengänge und lacht mir unverschämt her. »Dass ich das noch erleben darf, dass du einmal bei mir mitfährst.«

»Ja Zefix, seids alle deppert, oder was?«, brülle ich unvermittelt los, dass es ihn gleich reißt. »Schau, dass du mich ins Krankenhaus bringst, ich könnte sonst noch hier sterben, während du deine blöden Witze machst.«

»Sei halt nicht immer gleich so empfindlich, Dimpfelmoser. Im Austeilen, da bist immer gleich dabei und nicht besonders zimperlich, du grober Klotz. Aber da solltest schon auch was einstecken können.«

Er schaut mich wütend und beleidigt zugleich an und hievt mich mit seinem Kollegen unsanft auf die Bahre, die sie hochgeschleppt haben. Schweigend tragen sie mich die Treppe runter und schieben mich in den Krankenwagen. Bevor sich die Türe schließt und sich in mir immer mehr das Gefühl des direkt bevorstehenden Todes ausbreitet, springt der Pfarrer in den Krankenwagen.

»Jetzt hast dir also das Bein auch noch gebrochen, das ist wirklich auch eine Kunst.«

»Pfarrer«, krächze ich, »vielleicht muss ich sterben, ich kann mir so eine Entzündung einfangen, wenn ich nicht aufpasse, und der Doktor sagt, dass ich da dran verrecken kann.«

»Du und sterben? Eher versinkt ganz Wörth in der Donau, bevor du stirbst«, lacht er mich aus, der unsensible Klotz. Da sollte er mir lieber vorsichtshalber die Sterbesakramente spenden, das ist doch das Mindeste, was man von einem Pfarrer in so einer Situation erwarten kann. Inzwischen sind wir im Krankenhaus angekommen, und ich werde sofort in den OP geschoben. Noch ehe ich protestieren kann, werde ich für die Operation vorbereitet, damit mein gebrochenes Schienbein wieder eingerichtet werden kann. Eine hübsche Schwester hält mir plötzlich eine Maske über das Gesicht, und da strömt so stinkendes Zeug raus. Ich will ihr das Ding noch aus der Hand hauen, aber da wird es schwarz um mich herum, und ich versinke in einer dunklen, tiefen Nacht.

Kapitel 12

»Da ist er wieder, ich hab's euch ja gleich gesagt, dass den sturen Ochsen nichts so schnell umbringt«, tönt die Stimme von der Eva durch mein von der Narkose vernebeltes Gehirn.

»Xaver«, schreit die Oma, dass es mir fast das Trommelfell zerreißt, »wir haben schon geglaubt, dass es aus ist mit dir.«

»Aber wie kannst dich nur so deppert anstellen und dir den Unterschenkel komplett ruinieren?«, dröhnt der Bass vom Opa zu mir durch.

Ich habe noch nicht einmal die Augen richtig offen, mein Schädel brummt, und mir ist kotzspeiübel – wahrscheinlich die Nachwirkungen von der Narkose, nehme ich an. Endlich gelingt es mir, meine Augen zu öffnen. Vor mir sehe ich drei glückliche Gesichter von den Menschen, die mir am meisten bedeuten. Direkt dahinter stehen der Oberberger und der Reindl. Ich bin richtig froh, die alle zu sehen, aber das gebe ich natürlich nicht zu.

»Ich hab irgendwie so wirres Zeug geträumt, dass es aus ist mit mir und ich gar nicht mehr heiraten kann«, krächze ich.

Da strahlen sie alle um die Wette.

»Ihr habt es alle gehört«, lacht die Eva, und alle nicken wie die Hühner beim Körnerpicken. »Er will mich wirklich heiraten, mein Xaver.«

Sie kuschelt sich gleich an mich, dass mir die Luft wegbleibt, aber nachdem sie so glücklich ist, lasse ich ihre Attacke tapfer über mich ergehen. Jetzt geht die Türe auf, und der Doktor rauscht in den Raum.

»Ja was ist das hier für eine Versammlung mitten in der Nacht?«, herrscht er die Anwesenden an. »Der Patient braucht absolute Ruhe, damit er sich erholen kann.«

Alle nicken nur wissend und verabschieden sich.

»Reindl, bevorst gehst, ich kann nicht zum Dienst kommen. Da hast jetzt du das Sagen in unserem Revier. Ruf den Huber an, dass der dir einen Ersatzmann schickt. Und was ist mit dem Viereck? Ist der wieder einsatzfähig?«

»Mach dir keine Sorgen, Dimpfelmoser«, beruhigt mich der Reindl. »Ich habe den Huber bereits angerufen, und der Viereck ist ab morgen wieder im Dienst. Wir werden unsere Morde schon lösen, auch wenn du hier erst einmal für die weiteren Ermittlungen ausfällst.«

Endlich sind alle draußen, und ich falle sofort wieder in einen tiefen Schlaf voller seltsamer Träume. Meine blöden Hippieeltern tauchen darin auf und wollen mich zurück zur Sekte vom erleuchteten Erwin holen, zu dem Guru, in dessen Verein ich meine ganze Kindheit verbracht habe. Die Eva taucht auf und will mich am liebsten sofort heiraten. Und der Huber erscheint mir in überdimensionaler Größe und faselt die ganze Zeit irgendwas von wegen, er wird den Fall schon lösen und allen in meinem Revier zeigen, wie man so was richtig professionell macht.

Am nächsten Morgen wache ich schweißgebadet auf, und es dreht sich alles. Mir ist immer noch schlecht, und das Bein schmerzt, dass es fast nicht zum Aushalten ist. Mühsam öffne ich meine Augen. Dann geht die Türe auf, und ein blonder weiblicher Engel schwebt herein. Ich glaube, ich kann ihren Heiligenschein sehen, und ihr Gesicht strahlt heller als die Sonne. Hat es mich also doch erwischt heute Nacht, denke ich mir. Aber ich habe bisher immer geglaubt, dass man auch keine Schmerzen mehr hat, wenn man erst einmal tot ist. Irgendwas stimmt hier also nicht. Der Engel ist auch gar nicht besonders zimperlich, sondern schüttelt mich unsanft und schreit mir irgendwas Unverständliches ins Ohr. Das Paradies habe ich mir irgendwie angenehmer vorgestellt.

»Na endlich, ich habe doch nicht den ganzen Morgen für dich Zeit«, kräht der gar nicht mehr so wunderbare Engel mit schriller, schneidender Stimme. »Jetzt nimmst sauber deine Tabletten und dann schaust, dass du in die Gänge kommst. Waschen, urinieren, und wennst auf den Topf musst, dann machst das auch gleich. Ich habe ja auch noch ein paar andere Patienten zu versorgen.«

Inzwischen sehe ich völlig klar, und der blonde Engel entpuppt sich als alte, hässliche und zudem ordinäre Furie in einem weißen Schwesternkittel und mit wasserstoffblondierten Haaren. Das ist also noch nicht das Jenseits, sondern das banale Krankenhaus, schießt es mir durch den Kopf.

Bevor sich die Furie noch mehr ereifert, nehme ich die Tabletten und schlucke alle auf einmal hinunter. Sogar in die Schnabelkanne, die sie mir herhält, uriniere ich schnell, aber vor der auch noch mein großes Geschäft erledigen, das geht wirklich zu weit.

»Gib mir den Waschlappen, dann bringen wir es hinter uns«, lalle ich und wasche mich notdürftig unter dem strengen Blick der Furie ab. Endlich verschwindet sie, und ich schnaufe erst einmal erleichtert durch. Das kann ja lustig werden, wenn die hier alle so freundlich sind, denke ich mir. Gerade als ich mich halbwegs entspanne, ertönt vor der Zimmertüre ein Geschrei und Gezeter. Ja wie sollst dich da denn erholen?, frage ich mich. Die Türe wird aufgerissen, und der Huber stürmt herein.

»Mein lieber Dimpfelmoser, was machen Sie denn für Sachen?«, schleimt er sich an mich ran. Er tut ganz besorgt, als ob ihn mein Zustand plötzlich interessieren würde.

»Machen Sie sich keine Sorgen, mein Lieber. Ich habe bereits alles organisiert und werde Sie zunächst höchstpersönlich vertreten. Mit meiner Fachkompetenz werden wir die Fälle in kürzester Zeit lösen, und mir tut es auch gut, wieder einmal vom Schreibtisch in die aktive Polizeiarbeit zu wechseln. Da können Ihre Männer noch einiges von mir lernen.«

Das alte Arschloch. Dabei habe ich mit meinem Revier die höchste Aufklärungsquote im ganzen Regierungsbezirk. Aber das ist ja mal wieder typisch, dass der Huber so tut, als hätte nur er die Weisheit mit den Löffeln gefressen.

»Ja dann machen S' einmal, Huber. Dann schauen S',

dass Sie mit Ihrer Kompetenz die Fälle möglichst schnell lösen«, sage ich nur und hoffe, dass er gleich wieder verschwindet. Aber der Huber denkt gar nicht daran, obwohl er doch weiß, dass ich dringend Ruhe und Erholung brauche. Stattdessen zieht er sich einen Stuhl an mein Bett und holt die Akten zu unseren Fällen aus seiner Tasche.

»Dimpfelmoser, lassen Sie uns kurz Ihre bisherigen Ermittlungsergebnisse durchgehen, damit ich auf dem neuesten Stand bin. Wie ich gesehen habe, haben Sie ja bereits zwei Hauptverdächtige festgenommen, diesen Ben und den Tom. Warum haben die noch nicht gestanden, haben S' die nicht richtig verhört?«

»Huber, die waren's nicht, auch wenn es vielleicht erst einmal anders ausschaut. Und überhaupt haben wir ja noch mehr Verdächtige, allen voran Ihren Schwiegervater.«

»Mein Schwiegervater wird aus den Mordermittlungen herausgehalten, Dimpfelmoser. Für ihn lege ich meine Hand ins Feuer. Er gibt den Zigarettenschmuggel zu, aber ansonsten hat er mit all den aktuellen Geschehnissen nichts zu tun.«

»Ja woher wissen S' des so genau? Der wollte Sie immerhin umbringen und hat Sie vom Dach geworfen. Da müssen mia eigentlich sowieso mit der Staatsanwaltschaft gegen ihn ermitteln und ...«

»Dimpfelmoser, das ist alles schon geklärt. Ich habe mit meinem Freund, dem Oberstaatsanwalt Eigensatter, bereits vereinbart, dass da nicht weiterermittelt wird.«

Da schau her, hat der Huber wieder einmal seine fragwürdigen Kontakte spielen lassen.

»Woher wollen S' so sicher wissen, dass Ihr Schwiegervater nichts mit den Morden oder dem Anschlag auf mich zu tun hat, Huber?«

»Ich kenne den Mann seit dreißig Jahren, Herr Dimpfelmoser. Er ist etwas ruppig und nimmt es mit dem Gesetz nicht immer ganz genau, aber im Grunde seines Herzens ist er ein guter Mensch und kann keiner Fliege etwas zuleide tun, da bin ich mir zu einhundert Prozent sicher.«

Aha, darum hat er ihn auch vom Dach geschmissen.

»Hat Ihre liebe Frau Sie dazu überredet?«

Ihm entgleisen seine hässlichen Gesichtszüge, und Speichel läuft aus seinem Maul. Dabei funkelt er mich böse an, sodass er jetzt wirklich wie ein richtiger Depp ausschaut mit einem IQ jenseits der Kellergrenze.

»Ähm, ja Herr Dimpfelmoser ... wissen S' ...«, stottert er herum.

Da ist mir schon klar, dass daher der Wind weht. Weil der Huber, der steht gewaltig unter dem Pantoffel von seiner Frau. Daheim, da hat der gar nichts zu sagen, das habe ich im Laufe der Jahre immer wieder mitbekommen. Dem seine Frau, die hat das Geld mit in die Ehe gebracht, und bei jeder Gelegenheit bekommt der Huber zu spüren, dass er nur der arme angeheiratete Polizeibeamte ist, der nichts mitgebracht hat außer seinen blöden Ehrgeiz, mit bei der Prominenz dabei sein zu wollen.

»Lassen mia des, Huber. Wenn S' nicht gegen Ihren Schwiegervater ermitteln können, dann müssen S' das halt auf Ihre Kappe nehmen, wenn sich später herausstellt, dass der doch mehr Dreck am Stecken hat. Aber des ist ja nicht mein Problem.«

»Schauen Sie erst einmal, dass Sie Ihr eigenes Privatleben in den Griff kriegen und Ihre Hochzeit organisieren, gell, Herr Dimpfelmoser.«

Ja, woher weiß der da schon wieder was? Oder tut er nur so, das weiß man beim Huber nie so genau.

»Lassen S' uns über den Fall reden, Huber, und dann brauche ich meine Ruhe, weil mit meinem kaputten Haxen, da ist halt nicht zu spaßen, hat der Doktor gesagt.«

Ich gehe mit ihm kurz die Fallakten durch, und endlich lässt er mich in Ruhe, nicht ohne mir zu versichern, dass er die Morde und den Anschlag auf mich schon so gut wie gelöst hat, weil das sicher der Tom und der Ben waren. Mir ist das momentan wirklich egal, Hauptsache, der haut ab. Endlich bin ich alleine im Zimmer und will mich gerade entspannen, da geht schon wieder die Türe auf, und ich glaube meinen Augen nicht trauen zu können.

»Servus, Dimpfelmoser«, kräht der Pfarrer Eberdinger fröhlich aus einem Krankenbett, das in mein Zimmer geschoben wird. »Da schaust, damit hast nicht gerechnet, dass du mich hier so zu sehen kriegst.«

Mir fällt gar nichts ein, was ich da sagen soll. Ich versuche fieberhaft, die Situation zu überblicken. Warum liegt der Pfarrer in einem Krankenhausbett, und warum wird der in mein Zimmer geschoben? Ich will doch nur endlich meine Ruhe haben.

»Dimpfelmoser, ich muss mich einem kleinen Eingriff unterziehen. Bei der Routineuntersuchung gestern hat der

Doktor festgestellt, dass ich einen kleinen Nabelbruch habe. Und da ich gerade etwas Zeit habe und zufällig noch ein Bett hier frei ist, habe ich mich entschlossen, den Eingriff gleich machen zu lassen. Da können wir uns ja gegenseitig Gesellschaft leisten, dann wird uns nicht so langweilig hier im Krankenhaus. Und wir haben endlich einmal genügend Zeit, um uns in Ruhe auszutauschen. Das wollte ich immer schon einmal tun, aber bisher kam ja immer etwas dazwischen.«

Ja Zefix, spinnt der? Das Letzte, was ich momentan und überhaupt will, ist, mich mit dem Pfarrer, mit dem scheinheiligen Lump, auszutauschen.

»Pfarrer, ich brauche vor allem Ruhe«, versuche ich noch mein Glück.

»Ruhe und Langeweile, das sind zwei gänzlich unterschiedliche Dinge, Dimpfelmoser. Da wirst sehen, wie schön wir gemeinsam hier Ruhe haben werden bei ein paar anregenden Gesprächen. Das wird dir alten Heiden sicherlich guttun, endlich einmal mit einem kompetenten Gottesmann wie mir zu plaudern. Wir könnten uns ja über deine bevorstehende Hochzeit unterhalten oder über deine angeknackste Psyche. Da kannst dir alles von der Seele reden, und du wirst sehen, dass du danach ein neuer Mensch bist.«

Zum wiederholten Male bin ich erst einmal sprachlos. Irgendwie bestimmen momentan alle anderen über mich und mein Leben. Wie mir das so bewusst wird, steigt wieder einmal eine Sauwut in mir hoch, und noch bevor ich sie irgendwie unterdrücken kann, bahnt sie sich ihren Weg durch meinen Kehlkopf und meinen Mund nach draußen. Als ich einen gellenden Schrei höre, der sich anhört wie ein röhrender Hirsch, erschrecke ich zunächst selber, bis mir klar wird, dass ich es bin, der solche Geräusche von sich gibt. Der Pfarrer sitzt mit schreckgeweiteten Augen auf seinem Bett und hält sich seine Ohren zu. Irgendwann geht mir die Luft aus, und das Getöse aus meinem Inneren verstummt. Jetzt geht es mir besser. Dann nehme ich wahr, dass die Zimmertüre offen steht und ein paar Schwestern, Ärzte und Patienten staunend zur Türe hereinschauen.

»Herr Dimpfelmoser, haben Sie so schreckliche Schmerzen?«, fragt plötzlich ganz sanft die Furie von heute Morgen.

»Brauchen S' ein Schmerzmittel?«, will auch der diensthabende Arzt wissen.

»Nix brauche ich, nur meine Ruhe will ich haben«, erkläre ich dem Publikum. »Aber der Pfarrer, der braucht Hilfe, befürchte ich.«

Den Pfarrer hat es irgendwie erwischt. Er schüttelt die ganze Zeit deppert seinen Kopf hin und her und reibt sich dabei über seine Lauschlappen.

»Ich habe plötzlich so ein Pfeifen und Rauschen in beiden Ohren«, schreit er dann los. »Und ich kann ansonsten so gut wie nichts mehr hören. Dimpfelmoser, Sie Irrer, ich glaube, ich bin taub geworden Ihretwegen.«

Der Arzt untersucht ihn.

»Der hat nichts an den Ohren, der hat einen sauberen Schock, da braucht er absolute Ruhe. Wir geben ihm erst einmal eine Beruhigungsspritze, dann kann er schlafen und sich erholen.«

Noch bevor der Pfarrer erkennt, wie ihm geschieht, hat er schon die Spritze im Arm und döst friedlich weg.

»So, und jetzt verlegts mich sofort in ein anderes Zimmer«, fordere ich das Personal auf. »Mit dem Pfarrer bleibe ich nicht hier in einem Raum. Wenn der aufwacht, quatscht er mir die Ohren voll, und da kann ich mich ja wirklich nicht erholen.«

»Da müssen S' sich schon arrangieren, weil wir haben halt kein einziges Bett mehr frei. Und eine Privatversicherung für ein Einzelzimmer haben S' ja nicht, Herr Dimpfelmoser«, erklärt die Furie wieder ganz in ihrem Element.

»Ja dann will ich sofort entlassen werden, weil den Wahnsinn, den mache ich nicht mit«, erkläre ich der Furie und dem staunenden Arzt.

»Ja wie stellen S' sich das vor?«, will der wissen. »Sie dürfen keinesfalls Ihr Bein belasten oder sonst was machen. Da müssen Sie schon so lange hier bei uns bleiben, bis die offene Wunde verheilt ist und wir Ihnen einen ganzen Gips verpassen können.«

»Nix gibt's«, brülle ich los. »Gib mir den Wisch, dass ich auf eigene Verantwortung euer blödes Krankenhaus verlasse, und dann hol mir einen Krankenwagen, dass der mich heimfährt.«

»Ganz wie Sie wünschen«, lenkt der Arzt ein. »Aber auf Ihre eigene Verantwortung. Wenn Sie keine Ruhe geben, dann sehen wir uns in ein paar Tagen wieder, und dann dauert Ihr Heilungsprozess nur noch länger, das ist Ihnen schon klar, oder?«

»Wenn ich hierbleibe, dann amputiere ich dem Pfarrer

seinen Kehlkopf oder bringe irgendjemand anders um. Ich muss hier raus, und zwar sofort.«

Der Arzt schüttelt nur den Kopf und schaut mich mitleidig an, als wäre ich ein unartiges, unbelehrbares Kind. Dann schickt er Schwester Furie los, damit die meine Entlassungspapiere fertig macht. Kurze Zeit später habe ich alles unterschrieben, und auch der Sanitäter Rindenacher steht schon bereit.

»Dimpfelmoser, keine gute Idee von dir«, erklärt er nur, schiebt mich dann aber im Rollstuhl, auf den der Arzt bestanden hat, kommentarlos in den Aufzug und dann aus dem Krankenhaus zum Krankenwagen. Der Rollstuhl hat vorne so einen Anbau dran, auf dem mein kaputtes Bein liegt, damit es entlastet ist. Zum ersten Mal traue ich mich, die ärztliche Kunst etwas genauer zu begutachten. Vorne auf der offenen Wunde klebt ein großes Wundpflaster, drumherum ist das Bein eingegipst, und zusätzlich haben die Doktoren noch ein Metallgestell um die nicht eingegipste Stelle montiert, damit alles ruhig und stabil gehalten wird. Ich komme mir richtig deppert vor, aber das ist alles besser, als noch länger im Krankenhaus zu bleiben.

»Wo soll's hingehen? Zu dir heim oder wohin willst?«

Ich überlege kurz und beschließe dann spontan, dass ich in mein Büro in die Dienststelle ziehe. Dann belaste ich die Eva nicht mit meiner Beinlahmheit und kann gleichzeitig völlig entspannt an den Fällen weiterarbeiten.

»Fahr mich in die Dienststelle«, erkläre ich entschlossen.

»Ich hab's gewusst«, murmelt der nur, fährt mich dann aber tatsächlich zu meiner Dienststelle.

Er lässt es sich nicht nehmen, mich im Rollstuhl in mein Zimmer zu schieben, in dem der Huber mit hochrotem Kopf hinter meinem Schreibtisch sitzt. Dort stellt er mich mitten im Zimmer ab und lässt mich einfach stehen. Wie der Huber mich sieht, weicht jegliche Farbe aus seinem Gesicht, und er wird schlagartig leichenblass, sodass er aussieht wie unsere Wasserleiche.

»Dimpfelmoser ...« Mehr kriegt er nicht raus aus seinem weit offen stehenden Maul.

»Sparen S' sich jeglichen Kommentar, Huber. Ich bleibe erst einmal hier. Weil in dem blöden Krankenhaus, da wirst ja nur noch kränker, und Ruhe hast da auch keine.«

»Ja, äh ..., ja dann ..., ja vielleicht ist es ganz gut, wenn Sie hier sind. Weil ich müsst eh schon wieder weg nach Regensburg. Meine Frau, die hat gerade angerufen. Meinem Schwiegervater geht es gar nicht gut. In seinem Alter ist die Aufregung der letzten Tage wohl etwas zu viel geworden, und jetzt hat auch noch meine Frau einen Nervenzusammenbruch deswegen. Da müsst ich mich halt um alles kümmern, nicht dass die Lage noch völlig eskaliert. Aber ich habe eigentlich in einer halben Stunde eine Dienstbesprechung einberufen, damit ich endlich auf den aktuellsten Stand der Ermittlungen gebracht werde.«

Aha, der Huber. Reicht es ihm schon wieder mit der aktiven Polizeiarbeit, oder warum schiebt er plötzlich seine Frau und seinen Schwiegervater als Vorwand vor?

»Fahren S' nur, Huber. Meine Männer, die kriegen das

schon hin, und ich bin ja auch noch da. Und vielleicht finden S' ja noch eine andere Verstärkung für uns.«

So schnell kann ich gar nicht schauen, da hat er seine Aktentasche wieder eingepackt und ist aus dem Revier verschwunden. Endlich habe ich Ruhe, aber gerade als ich es mir in meinem Gefährt bequem machen will, poltern meine Männer zur vom Huber anberaumten Besprechung herein. Einer nach dem anderen betritt mein Zimmer, und ein jeder schaut mich deppert an, als wäre ich das achte Weltwunder. Allen klappt ihr Maul weit auf, und keiner bringt ein Wort heraus.

»Männer, der Huber hat uns schon wieder verlassen. Er hat dringende familiäre Verpflichtungen, die nicht warten können«, erkläre ich ihnen. »Und ich springe deshalb wieder für ihn ein, weil irgendwer muss ja die Ermittlungen leiten.«

»Du brauchst Ruhe«, erklärt der Reindl.

»Das kann gefährlich werden für dich«, schiebt der Viereck hinterher, und der Oberberger glotzt nur weiter wie ein Rindvieh.

»Ihr glaubt's ja gar nicht, wie ruhig es hier im Revier ist«, erkläre ich ihnen. »Im Krankenhaus, da geht's zu wie in einem Taubenschlag, und dann ist auch noch der Pfarrer Eberdinger in mein Zimmer verlegt worden. Da kriege ich zusätzlich zu meinem kaputten Haxen noch einen Herzinfarkt, oder ich werde zu einem Mörder. Da ist es wirklich besser, wenn ich hier bin in meiner gewohnten Umgebung. Ihr müssts mich halt alle ein bisserl bedienen, dann kriegen mia das schon hin. Reindl, leg die Decke und das Kissen aus meinem Schrank auf mein Sofa, und dann legts mich da drauf, da kann ich mich dann pfundig erholen.«

Sie schauen mich skeptisch an, schütteln alle verständnislos ihre Köpfe, aber keiner traut sich noch etwas sagen. Sie kennen mich halt gut genug, dass sie wissen, dass es eh sinnlos ist, mich von etwas anderem zu überzeugen. Endlich ist meine Couch hergerichtet, ich liege bequem darauf, und auch mein Telefon steht neben mir.

»Also, dann machen mia jetzt unsere Besprechung, und dann ermittelts ihr alle weiter draußen an der Front. Ich halte hier die Stellung und koordiniere alle Aktivitäten. Gibt es inzwischen irgendwelche neuen Erkenntnisse?«

»Nichts, Dimpfelmoser«, erklärt der Reindl. »Ich habe mit dem Oberberger alle Heimbewohner und Angestellten und auch die Hotelangestellten überprüft und befragt, aber wir sind immer noch keinen Millimeter weiter. Niemand hat irgendwelche neuen Informationen. Der einzige Ansatzpunkt, den wir noch haben, ist das familiäre Verhältnis vom Mergele, dem Leinbach und dem Tom. Vielleicht stoßen wir da auf irgendetwas, was uns weiterhilft. Ich glaube ja immer noch, dass die Morde alle mit dem Zigarettenschmuggel zu tun haben, aber leider können wir da niemandem etwas nachweisen. Wir haben immer noch nur die Fingerabdrücke von Ben und Tom im Auto vom Meiereder. Die sind deshalb immer noch unsere Hauptverdächtigen.«

»Reindl, du fährst als Erstes zur Frau Leinbach und befragst sie.

Und ihr zwei, Oberberger und Viereck, ihr lassts jetzt

den Tom und den Ben frei, und beschattets die zwei Tag und Nacht.«

»Bist du deppert«, protestiert der Oberberger. »Der Viereck ist gerade erst wieder im Dienst, und wie sollen mia nur zu zweit die zwei Burschen rund um die Uhr beschatten? Da brauchen mia mindestens noch ein zweites Team dafür.«

Da hat er auch wieder recht, der Oberberger.

»Ich ruf den Huber an, der soll uns noch zwei Männer abstellen, wenn er selber schon keine Zeit hat«, erkläre ich. »Sobald die hier eingetroffen sind, melde ich mich bei euch, dann könnts ihr die Bewachung selber organisieren.«

Der Reindl rauscht ab, und der Oberberger lässt unsere Gefangenen frei. Dann sind auch die zwei verschwunden, und ich rufe den Huber an.

»Huber, ich brauche dringend zwei Mann zur Beschattung unserer bisher einzigen zwei Verdächtigen, wenn ich Ihren Schwiegervater einmal ausklammere.«

Er überhört geflissentlich meine Bemerkung. Im Hintergrund keift seine Frau und wirft ihrem Mann irgendwelche Beleidigungen an den Kopf. Zwischendurch schreit der Meiereder dazwischen.

»Ähm, das ist gerade schlecht, Dimpfelmoser. Ich habe im Moment ein paar innerfamiliäre Probleme am Hals, aber das hören Sie ja selbst.«

»Zefix, Huber«, keife ich unvermittelt los, »des kann doch nicht wahr sein! Jetzt kümmern S' sich halt auch einmal wieder um die dienstlichen Angelegenheiten. Wenn sich nicht innerhalb einer Stunde zwei Leute hier bei mir melden, dann geb ich das an die Dienstaufsichtsbehörde weiter. So geht des doch alles einfach nicht.«

»Regen S' sich nicht auf, Sie müssen sich doch schonen«, beschwichtigt er mich. »Ich kümmere mich gleich darum.«

Na also, geht doch. Endlich ist Ruhe, aber dummerweise meldet sich meine Blase. Ich überlege, wie ich am besten ohne große Anstrengung von meinem Sofa in den Elektrorollstuhl komme, damit ich aufs Klo fahren kann. Leider ist das gar nicht so einfach. Endlich sitze ich in dem Gefährt und rolle raus auf den Gang und auf das Klo. Hier erwartet mich schon die nächste Schwierigkeit, weil die blöde Türe zu schmal ist und ich so nicht in das Klo komme. Also rolle ich wieder zurück, und weil ich es gar nicht mehr aushalte, biesle ich halt in eine leere Schnapsflasche, die schon seit Langem in meinem Schreibtisch steht. Dann läutet mein Telefon.

»Xaver, sag, dass das nicht wahr ist«, keift die Eva mit überschnappender Stimme in mein Ohr.

»Ja was meinst jetzt?«, säusle ich schuldbewusst zurück.

Vielleicht hätte ich ihr doch gleich Bescheid geben sollen, dass ich das Krankenhaus verlasse und vorübergehend in meiner Dienststelle wohne.

»Xaver, ich bin hier im Krankenhaus und wollte dich gerade besuchen. Und da höre ich, dass du schon wieder draußen bist. Und dass du dich auf eigene Verantwortung selbst entlassen hast«, zischt sie leise.

Oha, jetzt explodiert sie gleich, wenn mir nichts Gescheites einfällt, um sie zu besänftigen.

»Eva, reg dich nicht auf«, versuche ich es. »Das ist momentan das Beste für mich, weil in dem blöden Krankenhaus, da wirst ja nur noch kränker. Da muss ich mich so aufregen, und das tut mir halt gar nicht gut.«

»Und warum kommst dann nicht nach Hause, du Depp?«

Jetzt ist es leider vorbei mit ihrer Beherrschung, und sie explodiert. Ich muss den Hörer einen Meter von meinem Ohr weghalten, damit mein Trommelfell keinen Schaden nimmt.

»Du bist so ein blöder Idiot, Xaver. Ich könnte hier für dich sorgen, und da hättest du die Ruhe, die du dringend brauchst. Stattdessen gehst lieber in dein bescheuertes Büro, damit du ja nix verpasst von deinen saudummen Ermittlungen. Aber das sag ich dir, Xaver. Wennst noch kränker wirst, dann brauchst dich bei mir nicht mehr blicken lassen, weil so viel Blödheit auf einem Haufen wie bei dir in deinem beschissenen Dickschädel, des gibt es einfach nicht mehr.«

Dann fängt sie auch noch an zu heulen.

»Ja, Eva, ich will halt nicht, dass du wegen mir eine zusätzliche Belastung hast«, versuche ich es noch einmal.

»Ich will mich aber um dich kümmern, du depperter Depp, du depperter. Ich will dich heiraten und für dich da sein, hast des immer noch nicht kapiert? Wennst diesmal wieder einen Rückzieher machst und mich nicht heiratest, dann siehst mich nie wieder, schreib dir das hinter deine beschissenen Löffel.«

Bevor ich noch weiter reagieren kann, unterbricht sie einfach unser nettes Telefonat. Mir pfeifen die Ohren. An der Türe klingelt es schon wieder, also rolle ich nach vorne. Draußen stehen zwei Kolleginnen, die eine hübscher als die andere. Ich öffne die Tür.

»Wir sollen uns hier zum Dienst melden bei einem Herrn Dimpfelmoser.«

»Des bin ich«, grinse ich sie so schön an, wie es mir gerade möglich ist. Dabei muss ich mich beherrschen, dass ich den beiden nicht in ihre Blusenausschnitte starre, die sich genau auf meiner Augenhöhe vor mir öffnen.

»Schickt euch der Huber?«, frage ich dümmlich, weil wer sonst hätte die schicken sollen.

Sie nicken und grinsen mich so komisch an. Dabei schauen sie verstohlen auf meinen Schritt, als ob da was Besonderes wäre. Ich senke ebenfalls den Blick und bemerke, dass mein Hosenstall von der vorherigen Bieselaktion immer noch weit offen steht. Schnell schließe ich den Reißverschluss und tue so, als wäre nichts gewesen.

»Ich brauche euch für eine Überwachung von zwei Verdächtigen«, erkläre ich ihnen. »Da rufts jetzt gleich die Kollegen Oberberger und Viereck an, und trefffts euch mit denen vor Ort. Die erklären euch alles, und mit denen stellts dann selbstständig einen Dienstplan auf, wann wer von euch die Überwachungen übernimmt.«

»Machen wir«, erklären sie und verschwinden mit den Handynummern von den Kollegen nach draußen. Jetzt muss ich zunächst einmal mein Zimmer und die Dienststelle so weit herrichten lassen, dass ich hier für die nächsten Tage wohnen kann. Da die Eva beleidigt ist, rufe ich die Oma und den Opa an. Diese erklären sich sofort bereit, mir zu helfen, und bald darauf stehen sie in meinem Dienststellenzimmer.

»Xaver, ich glaub ja nicht, dass des eine gute Idee ist«, erklärt mir zweifelnd die Oma.

»Geh, Oma, der Xaver weiß schon, was er tut. Ich würde auch nicht im Krankenhaus bleiben«, hilft mir der Opa. »Weil man liest ja so viel von den Krankenhauskeimen und den Kunstfehlern der Ärzte. Also, ich würde da auch so schnell wie möglich davonlaufen.«

»Ihr seids halt beide dieselben Betonschädel«, merkt die Oma spitz an. »Also, was brauchst alles? Mia gehen erst einmal für dich einkaufen, und dann sagen mia der Eva Bescheid, weil da willst ja heute Abend sicher hin, und da müssen mia was organisieren, dass du die Treppe raufkommst.«

»Ja weißt, Oma, des ist keine so gute Idee mit der Eva, weil die ist stocksauer auf mich.«

Die beiden schauen mich entgeistert an.

»Was hast schon wieder angestellt, Xaver?«, will die Oma wissen. »Du musst doch langsam einmal aufhören, dich wie ein wild gewordener Teenager aufzuführen. Die Eva will dich heiraten, und du schaffst es die ganze Zeit, dass sie wegen dir angefressen ist. Des musst ändern, Xaver, weil so geht des nicht weiter mit dir und deinen Launen und cholerischen Anfällen.«

Jetzt fangen die auch schon wieder an, dass ich mich ändern muss. Gar nichts muss ich, denke ich mir. Die sollen mich einfach alle einmal am Arsch lecken, weil mir langt es langsam, aber sicher, dass auf einmal jeder meint, dass er besser als ich weiß, was gut für mich ist und was nicht, und dass jeder an mir und meinem Verhalten rumkritisiert. Da muss ich mir ernsthaft was einfallen lassen, weil so geht das einfach nicht mehr weiter. Da kriegst ja Depressionen, wenn dir alle die ganze Zeit sagen, dass du verkehrt bist und alles falsch machst.

»Lassts mich doch einfach in Ruhe mit dem Schmarrn!«, knurre ich die beiden deshalb auch an. »Ihr könnts ja auch gehen, ich komm schon ohne euch klar, wenns ihr mir auch noch so blöd daherkommts.«

»Mia machen uns halt Sorgen um dich, Xaver«, erklärt die Oma. »Du merkst gar nicht mehr, wie du allen auf die Nerven gehst, und da wollen mia dir halt auch nur helfen.«

Ich spüre, wie ich kurz vor einer eruptiven Vulkanexplosion stehe, dann weicht plötzlich alle Luft aus mir, und ich fühle mich nur noch erschöpft und leer. Wenn ich sogar der Oma und dem Opa auf die Nerven gehe, dann bin ich wahrscheinlich wirklich nicht mehr zum Aushalten.

Nachdem ich eine kurze Liste zusammengestellt habe mit den Dingen, die ich für die nächsten Tage brauche, verschwinden die beiden, und ich liege wie gelähmt auf meinem Sofa und fühle mich wirklich krank und elend. Kurz darauf sind die beiden schon wieder da, und sie haben mir auch gleich Unmengen an Essen mitgebracht, nicht dass ich noch verhungere, wie die Oma besorgt anmerkt. Bevor sie sich noch mehr Sorgen machen, esse ich halt zwei Bratwurstsemmeln. Sie ermahnen mich noch einmal, dass ich mit der Eva reden soll, und dann sind sie auch schon wieder verschwunden.

»Dimpfelmoser, es gibt Neuigkeiten«, reißt mich der Reindl aus meinem Tiefschlaf, der mich wohl unvermittelt überrollt hat. »Ich bin zur Privatadresse vom Leinbach gefahren, und dort habe ich das Ehepaar angetroffen. Der Leinbach hat mir noch mal alles bezüglich dem Mergele und der Kündigung bestätigt und mir entsprechende Dokumente gezeigt. Der Mergele hat bisher tatsächlich alle Zahlungsaufforderungen wegen der ausstehenden Miete einfach ignoriert und auch auf die Kündigung nicht reagiert. Deshalb hat der Leinbach eine Räumungsklage erwirkt. Da hatte aber wohl der Landrat Hinterbirner seine Finger im Spiel. Ich habe mich erkundigt. Solange für die Heimbewohner keine anderen Plätze gefunden worden sind, darf das Heim eigentlich gar nicht geräumt werden. Also ist die Klage auch nur ein weiteres Druckmittel, aber der Mergele weiß wohl ganz genau, wie schwer er aus dem Gebäudekomplex rauszukriegen ist. Deshalb haben sich die beiden so gestritten. Der Leinbach behauptet, er hat dem Mergele sogar angeboten, dass er ihm seine Schulden erlässt und ihm bei der Suche nach einem neuen Gebäude behilflich ist, aber der Mergele hat alles rundheraus abgelehnt und sich geweigert, sich auf irgendetwas einzulassen oder zu unterschreiben. Der Leinbach tut so, als hätte er so lange nichts unternommen, weil er damit auf Toms Vater Rücksicht nehmen wollte. Sein Verhältnis zu dem Jungen ist wohl ziemlich schwierig, weil der ihn für das Scheitern der Ehe seiner Eltern verantwortlich macht.«

»Aha, das ist natürlich interessant, aber siehst du irgendeinen Hinweis, der uns mit den Morden weiterhilft? Mir fehlt da momentan der Zusammenhang. Mia wissen ja immer noch nicht, ob der Leinbach oder der Mergele etwas mit den Morden oder auch mit dem Zigarettenschmuggel zu tun haben. Haben wir irgendeinen Hinweis darauf, dass außer dem Meiereder, dem Ben und dem Tom noch jemand in den Zigarettenschmuggel verwickelt war?«

»Nicht wirklich. Aber ich bin ja noch nicht fertig. Die Frau Leinbach, also die Ex vom Mergele, hat mir noch erzählt, dass der Mergele seit Jahren spielsüchtig ist und dabei sein ganzes Geld verloren hat. Er hat wohl deshalb massive Schulden bei einigen sehr dubiosen Subjekten aus der Pokerszene im ganzen Landkreis Cham. Sie hat mir auch ein paar einschlägige Adressen gegeben, wo der Mergele sich normalerweise rumtreibt. Vielleicht sollten wir in dieser Richtung weiterrecherchieren und schauen, ob wir da einen Zusammenhang herstellen können oder weitere Hinweise finden. Und dann hat sie noch erzählt, dass der Tom jeglichen Kontakt zu ihr abgebrochen hat. Sie hat ihn angeblich schon seit über einem Jahr nicht mehr gesehen.«

»Wir müssen endlich rauskriegen, wer der zweite Tote ist.«

»Da hast du recht, Dimpfelmoser. Aber wir haben immer noch keinen konkreten Hinweis, der uns weiterhilft. Vielleicht kommt der Mann aus dem Spielermilieu, und der Mergele hat ihn umgebracht, als der Schulden eintreiben wollte. Ich werde die Adressen, die mir die Frau Leinbach gegeben hat, abfahren, und wenn wir da auch keinen Hinweis auf den Toten bekommen, dann sollten wir damit an die Öffentlichkeit gehen und um Hilfe bitten.«

»Reindl, so machen wir es. Fangst heute gleich noch

an damit, und dann machen mia morgen früh eine Besprechung. Ich sag noch unseren beiden Überwachungsteams Bescheid, dass sich von denen morgen auch wer blicken lässt.«

»Habe ich was verpasst? Wir haben doch nur den Oberberger und den Viereck zur Überwachung.«

»Reindl, da wirst Augen machen. Wir haben vom Huber zwei Augenweiden als Verstärkung bekommen. Die sind so rattenscharf, des glaubst gar nicht.«

»Dimpfelmoser, kümmere dich lieber um deine Eva. Die ist bildhübsch, und anstatt dass du dich da endlich ins Zeug legst, schwärmst du von den Kolleginnen. Dich verstehe, wer will. Wenn es um die Frauenwelt geht, dann bist du schon nahezu schizophren und handelst völlig irrational.«

Damit verabschiedet er sich und rauscht davon. Endlich habe ich meine Ruhe und lege mich in mein provisorisches Bett. Meine Gedanken kreisen um den Fall, und ich habe das ungute Gefühl, dass wir irgendetwas ganz Wichtiges übersehen. Und dass wir immer noch nicht wissen, wer der zweite Tote ist, das macht mich langsam ganz narrisch. Nachdem es endlich ruhig ist und auch nicht mehr damit zu rechnen ist, dass noch jemand auftaucht, wird es höchste Zeit, dass ich endlich mein Geschäft erledige, weil ich mir das schon seit heute Morgen im Krankenhaus verdrücke. Da die Klotüre ja zu eng für meinen Rollstuhl ist, humple ich trotz des Verbotes mit viel Mühe und stechenden Schmerzen auf meinen Krücken dorthin, und endlich kann ich alles rauslassen, was mich schon den ganzen Tag so arg drückt. Es riecht wie in einem Saustall, und da ich die Türe offen gelassen habe, zieht der ganze Mief natürlich auch in die Gänge der Polizeistation. Wie ich so gemütlich mein Geschäft erledige und vor mich hin pfeife, da höre ich vorne den Schlüssel in der Eingangstüre, und jemand betritt lachend die Polizeistation. Dann ist es plötzlich ganz still, bevor es zu einem richtigen Aufstand kommt.

»Schnell, Viereck, da muss ein Hauptabflussrohr gebrochen sein«, schreit der Oberberger.

Sie laufen hinter zur Toilettenanlage, während mir ganz anders wird. Ich versuche noch, die Klotüre mit einer Krücke irgendwie zuzustoßen, was mir aber nicht gelingt. So schnell kann ich gar nicht schauen, da stehen die zwei vor mir und reißen entsetzt ihre Mäuler auf, wie sie mich so auf der Schüssel sehen. Irgendwie ist das jetzt schon ein peinlicher Moment, aber was willst machen so als Invalide, wie ich halt momentan einer bin.

»Servus, Kollegen«, grinse ich sie verzerrt an.

Die zwei schauen sich blöde an, dann fangen sie zu lachen an und können gar nicht mehr aufhören.

»Dimpfelmoser«, schreit der Viereck, »des ist des Beste, was du seit Langem geliefert hast. Da erzähl ich noch meinen Enkeln davon, wie ich dich hier halb nackert auf dem Klo gesehen habe.«

Ich versteh nicht, was die zwei Kollegen so erheitert. Als ob die noch nie jemand auf dem Klo gesehen hätten. Inzwischen habe ich es geschafft, mir die Hose wieder raufzuziehen und auf meine Krücken gestützt das Klo zu verlassen.

»Machts halt mal ein Fenster auf«, kommandiere ich,

während die beiden mit missbilligenden Blicken meine Krücken betrachten.

»Und habts einen sauberen Einsatzplan gemacht mit den zwei Kolleginnen?«, frage ich schnell, bevor die noch Kommentare zu meiner Unvernunft loslassen.

»Ja freilich, Xaver. Ab morgen arbeiten mia in gemischten Schichten. Weil mit der Martha und der Rita, da macht des Ganze natürlich gleich viel mehr Spaß«, tönt der Oberberger.

»Ihr sollts arbeiten und eine saubere Beschattung machen, da kannst dir deinen Schmarrn sparen, haben mia uns verstanden?«

»Du wieder, bist halt eine richtige Spaßbremse. Als ob mia zwei schon jemals unsere Dienstpflicht vernachlässigt hätten.«

Ich muss zugeben, dass die zwei im letzten Jahr tatsächlich absolut zuverlässig geworden sind. Seit der Viereck mit dem Saufen aufgehört hat und der Oberberger aus Solidarität gleich mitgemacht hat, sind die beiden tatsächlich ein Vorbild an Pünktlichkeit und Pflichtbewusstsein.

»Ich hab's ja nicht so gemeint«, beschwichtige ich die zwei. »Aber was wollts eigentlich noch hier im Revier. Ihr habts doch Dienstschluss, wenn die Damen die Überwachungen übernommen haben.«

»Der Reindl hat uns gebeten, dass mia noch einmal nach dir schauen. Er hat uns schon erzählt, dass du hier nächtigst und des nicht so einfach ist für dich. Aber du kommst ja ganz gut alleine klar, so wie ich des sehe«, grinst der Viereck her.

»Dann schlaf gut, und pass auf, dass keiner die Polizeistation klaut in der Nacht. Mia sehen uns dann morgen früh zur Besprechung. Da komm ich mit der Rita, weil die anderen beiden dann mit der Observierung dran sind. Und wenn's geht, dann stink halt nicht wieder alles so voll, da hätten mia gleich ein besseres Betriebsklima hier herinnen«, verabschiedet sich lachend der Oberberger, und dann sind auch die beiden wieder verschwunden.

Mir langt es für heute. Ich esse noch eine Kleinigkeit auf meinem Sofa und bin dann innerhalb weniger Sekunden eingeschlafen. Nachts träume ich wieder von der Eva, wie sie mich vor dem Traualtar fesselt und ich doch eigentlich so dringend auf das Klo müsste. Weil ich es mir nicht mehr verdrücken kann, verlasse ich panisch die Kirche, gerade als ich Ja sagen sollte. Die Eva rauscht mir im Traum hinterher und drischt so wütend auf mich ein, dass ich das Gleichgewicht verliere und zu Boden gehe. Dabei breche ich mir beide Beine, und die Eva trägt mich zurück in die Kirche. Erst nachdem ich endlich Ja gesagt habe, fährt sie mich ins Krankenhaus, wo ich umgehend vom Pfarrer Eberdinger operiert werde.

Kapitel 13

Nachdem um sieben Uhr mein Wecker geläutet hat, schwinge ich mich wieder auf meine Krücken und mache mich schnell frisch. Die Schmerzen sind schon viel erträglicher, wie ich erfreut feststelle. Wahrscheinlich hat der Arzt einfach nur übertrieben. Ich vertilge noch die vier Schinkensemmeln, die mir die Oma gestern mitgebracht hat, dann kommen auch schon die Kollegen zur Besprechung.

»Gibt's was Neues?«, will ich wissen.

»Ja mei, mia sollten schauen, dass mia die Martha und die Rita ganz für unsere Dienststelle bekommen, weil mit zwei so sauberen Kolleginnen, da macht doch des Arbeiten gleich noch viel mehr Spaß«, flötet der Viereck und strahlt die Rita an.

Die grinst kokett zurück, und irgendwie habe ich den Eindruck, dass die zwei miteinander anbandeln.

»Ja, da wären wir sofort dabei, Dimpfelmoser. Vielleicht kannst ja einmal beim Huber anfragen, ob der uns abstellt. Ihr seids ja für die Größe von eurem Gebiet eh völlig unterbesetzt. Das hat sogar der Huber vor Kurzem in einer Besprechung in Regensburg gesagt. Und der Martha und mir, uns gefällt's auf Anhieb saumäßig gut bei euch.«

»Schau'ma mal«, brumme ich. »Also was ist, hat sich bei eurer Observierung irgendwas Neues ergeben?«

»Gar nix, Xaver. Der Tom und der Ben haben seit gestern ihre Wohnung in Rettenbach nicht mehr verlassen. Die sitzen die ganze Zeit nur rum und pfeifen sich eine Haschischzigarette nach der anderen rein, fressen, was das Zeug hält, glotzen in den Fernseher oder schlafen. Mehr war da bisher nicht.«

»Und du, Reindl, hast du was Neues?«

»Oh ja«, grinst der. »Ich habe einige interessante Neuigkeiten. Ich bin gestern noch zu der Adresse nach Rettenbach gefahren, die ich von der Frau Leinbach bekommen habe. Und jetzt ratet mal, wen ich dort getroffen habe?«

Er schaut uns erwartungsvoll an, also tun wir ihm den Gefallen.

»Den Mergele?«, rate ich.

»Oder den Landrat Hinterbirner?«, vermutet der Viereck.

»Nein, nein. Stellt euch vor, da steht tatsächlich der alte Meiereder hinter einem Tresen. Nach außen wirkt das Haus wie ein ganz normales Wohnhaus, aber drinnen hat sich der Schuppen als illegale Kneipe entpuppt, in der immer noch Pokerrunden und andere verbotene Glücksspiele abgehalten werden. Und das Beste ist, dass dem Meiereder das Haus gehört. Leider war niemand da außer ihm, und natürlich hat er zunächst alles abgestritten. Er hat behauptet, dass da schon lange nicht mehr gespielt wird. Derweil sind die Karten noch auf dem Tisch gelegen, und der Meiereder hat gerade den Tresen für den Abend hergerichtet.«

»Schon wieder der Meiereder. Der hat doch wesentlich mehr Dreck am Stecken, als nur den Zigarettenschmuggel, da bin ich mir ganz sicher«, werfe ich ein.

»Und stellt euch vor, da kommt mir der Meiereder gestern auch noch so blöd. Er hat mir gedroht, dass er mich verklagt, wenn ich nicht sofort wieder verschwinde. Da habe ich dann meine Pistole gezückt und ihm seine Theke mit ein paar Warnschüssen zerschossen, dass die Glassplitter nur so durch die Gegend geflogen sind.«

»Reindl, ich bin stolz auf dich«, freue ich mich. »Da hast ja doch was gelernt bei mir.«

»Ja, Dimpfelmoser, wir wissen alle, dass du der Beste bist«, schleimt er, oder meint er das jetzt sarkastisch?

»Jedenfalls hat er dann zugegeben, dass das Haus ihm gehört und er dort seit Jahren einen illegalen Spielklub betreibt. Aber das Beste kommt ja noch. Dann hat er plötzlich behauptet, dass der Mergele ihn erpresst hat wegen des Zigarettenschmuggels, von dem der sehr wohl gewusst haben soll. Außerdem hat er beobachtet, wie der Mergele den toten Antonicek aus dem Altenheim geschleift hat. Das will er auch unter Eid bezeugen, wenn wir ihn dafür wegen seiner anderen Delikte laufen lassen.«

»Einen Deal? Das können wir doch nicht entscheiden, da muss er schon mit der Staatsanwaltschaft reden.«

»Das hat wohl der Huber schon erledigt«, erklärt der Reindl. »Aber was sagts zu den Informationen? Wenn das stimmt, dann haben wir zumindest den Mörder vom alten Antonicek.«

Da hat er recht, der Reindl.

»Dann verhaften mia jetzt zunächst den Mergele. Du, Reindl, fährst in das Altenheim und schaust, ob er da ist. Und ihr zwei fahrts bei dem seiner Wohnung vorbei. Wenn er da ist, nehmts ihn fest und bringts ihn her. Und dann legts euch nieder, damit ihr fit seids für eure nächste Überwachungsschicht.«

»Dimpfelmoser, wenn der Mergele gesteht, dann können mia uns die Überwachung doch sparen«, mault der Viereck gleich und schaut die Rita schmachtend an. Anstatt dass die ihm eine langt, schaut sie genauso zurück. Da haben wir wohl bald ein neues Liebespaar hier im Revier.

»Mia sparen uns gar nix«, herrsche ich ihn an. »Weil, wir haben immer noch einen zweiten Toten, und der Anschlag auf mich ist auch nicht geklärt. Solange der Mergele nicht alles auf einmal gesteht, gehen unsere Ermittlungen weiter.«

Alle drei ziehen ab, und kurze Zeit später erhalte ich die Nachricht, dass der Mergele weder in seiner Wohnung noch im Seniorenheim ist. Der Opa hat dem Reindl erzählt, dass er dort seit gestern nicht mehr gesichtet worden ist und auch von den Mitarbeitern weiß keiner, wo er sich aufhält. Also rufe ich in der Leitstelle an und lasse den Mergele zur Fahndung ausschreiben. Der Reindl fährt derweil weiter die Adressen ab, die wir von der Frau Leinbach bekommen haben. Nachdem mein Bein immer weniger schmerzt, rolle ich gemütlich in meinem Rollstuhl durch das Revier und denke über den Fall nach. Dann steht plötzlich die Eva an der Eingangstüre. Ich lasse sie rein, und sie grinst mich versöhnlich an.

»Xaver, ich wollt nur einmal kurz schauen, wie es dir geht und ob du deine Tabletten schon genommen hast«, flötet sie.

Natürlich habe ich die blöden Tabletten vergessen. Die Eva holt mir ein Glas Wasser, und dann stopfe ich halt brav die Medikamente in mich rein.

»Xaver, so mag ich des. Und jetzt schaust dir einmal in Ruhe den Vertrag an.«

Sie gibt mir ein Schriftstück vom Notar Hirselmeier. Zefix, die Oma und der Opa meinen es also wirklich ernst. Es ist der Entwurf für den Schenkungsvertrag von ihrem Anwesen.

»Ja, was soll ich dazu sagen?«, krächze ich. »Ich muss erst einmal meine Fälle lösen, und dann muss mein Haxen wieder heilen, und dann können mia uns weiter über die ganze Angelegenheit unterhalten.«

Die Eva bleibt erstaunlicherweise ganz ruhig und lächelt mich weiter an, anstatt dass sie einen Wutausbruch bekommt.

»Xaver, wenn du des nicht unterschreibst und mit mir keinen Hochzeitstermin festlegst, dann bin ich weg. Und diesmal für immer. Dann kannst du dir eine andere Dumme suchen, die dir putzt und deinen Haushalt macht. Ich gehe dann weg von hier und fange woanders noch mal von vorne an. Ich werde dann meine Zeit nicht länger an einen hoffnungslosen Fall wie dich verschwenden.«

Immer noch lächelnd dreht sie sich um und verschwindet aus dem Revier. Zum Glück kommt gerade der Reindl zurück, und der hat schon wieder Neuigkeiten.

»Der Mergele ist immer noch spielsüchtig. In dem Pokerklub in Roding ist er bestens bekannt. Er spielt dort seit einem halben Jahr und hat bei den Betreibern inzwischen einen Schuldenberg von über zweihunderttausend Euro angehäuft. Und stell dir vor, die wissen auch, wo der Mergele ist – im Wörther Krankenhaus.«

»Wieso wissen die so was und wir nicht?«, frage ich irritiert.

»Gestern gab es wohl Streit wegen der Schulden. Der Mergele ist völlig ausgerastet und hat behauptet, er hätte das Geld in spätestens einer Woche. Da er weiterspielen wollte, aber keinen Kredit mehr bekommen hat, hat er sich mit einem der Türsteher angelegt, und dabei hat er sich erhebliche Kopfwunden zugezogen. Laut Aussage des Türstehers hat der Mergele gewütet wie ein Wahnsinniger und konnte nur von vier Mann überwältigt werden. Die haben ihn dann ins Krankenhaus bringen lassen.«

»Ja dann fährst da gleich hin, aber nicht alleine. Der Mergele entpuppt sich ja tatsächlich immer mehr als gemeingefährlicher Irrer. Da nimmst jemand mit zu dem seiner Verhaftung.«

»Alles klar, Dimpfelmoser. Ruf du im Krankenhaus an, und ich schau, dass ich jemand von unseren Überwachungsteams erreiche, dass die mir helfen.«

Er rauscht raus in sein Zimmer und beginnt zu telefonieren. Ich rolle auch zu meinem Telefon und wähle die Nummer vom Krankenhaus.

»Wie, der ist verschwunden? Der ist doch gestern mit erheblichen Verletzungen eingeliefert worden.«

»Ja, aber er hat sich heute Nacht aus dem Staub gemacht. Heute Morgen war er jedenfalls nicht mehr in seinem Zimmer, und seine Sachen hat er auch mitgenommen«, erklärt mir die Krankenschwester am Telefon.

»Reindl, brauchst nicht weitertelefonieren. Der Mergele ist wieder verschwunden.«

»Ja dann können wir nur hoffen, dass die Fahndung nach ihm bald etwas ergibt. Wenn der so unter Druck ist, macht er wahrscheinlich noch mehr Blödsinn. Dann fahre ich halt in das Seniorenheim. Da tritt heute die Schwester Uschi wieder ihren Dienst an. Die war zwei Wochen im Urlaub, und die ist die Letzte vom gesamten Personal, die wir noch nicht befragt haben. Vielleicht weiß die ja noch irgendwas.«

Kurz nachdem der Reindl gefahren ist, meldet sich der Oberberger.

»Du, wir sind gerade dem Tom und dem Ben nachgefahren, nachdem sie endlich einmal ihre Wohnung verlassen haben. Sie sind nach Roding gefahren und sitzen in einem illegalen Pokerklub, von dem wir die Adresse von der Frau Leinbach bekommen haben. Was sollen wir machen? Sollen wir reingehen und den Laden aufmischen, oder sollen mia warten, bis die zwei wieder rauskommen?«

»Könnts sehen, was die zwei da drin machen?«

»Ich hab schon durch ein Fenster geschaut. Die sitzen mit zwei anderen Männern am Tisch und pokern. Und soweit ich das gesehen habe, liegt da richtig viel Geld auf dem Tisch.«

»Dann sollten wir einen Zugriff machen und alle vier verhaften«, beschließe ich. »Aber da brauchts Verstärkung. Ich rufe schnell bei den Kollegen in Roding an, dass die euch jemand zur Unterstützung vorbeischicken. Nehmts alle fest, und bringts die Bande hierher. Dann schau'ma mal, woher die so viel Geld haben.«

Also telefoniere ich mit den Rodinger Kollegen. Die schicken sofort ein paar Männer zu der angegebenen Adresse, und kurz darauf meldet der Oberberger Vollzug. Nachdem mein Bein inzwischen gar nicht mehr wehtut, beschließe ich, mich wieder aktiv an den Ermittlungen zu beteiligen. Da fresse ich doch lieber die blöden Schmerztabletten, die anscheinend tatsächlich helfen, bevor ich noch weiter hier so untätig rumsitze. Müssen mir die Kollegen halt mit dem Rollstuhl und den Krücken helfen. Das hältst ja wirklich nicht aus, die ganze Zeit so eingeschränkt zu sein.

»Dimpfelmoser, sollst du nicht einfach nur liegen?«, begrüßt mich der Oberberger, der gerade mit der Martha und zwei Gefangenen reinkommt.

»So schnell sieht man sich wieder«, begrüße ich den Ben und den Tom. »So langsam wird's eng für euch. Ich an eurer Stelle würde mir überlegen, ob ihr es nicht doch einmal mit der Wahrheit probierts. Weil wenns ihr weiter nur einen Schmarrn erzählts, dann wird der Richter das gar nicht gut finden, und ihr bekommts noch ein paar Jahre mehr, als euch eh schon erwartet.«

Ich werfe noch schnell einen Blick auf die schöne Martha, dann schiebe ich den Tom mit meinen Krücken in mein Zimmer.

»Ich bin wieder fit, Oberberger. Sozusagen fast voll einsatzfähig bis auf die kleine Einschränkung mit der Schiene
und dem Gips am Haxen, aber des macht mir ja nix aus.
Ihr zwei befragts den Ben, während ich mir den Tom vor-
nehme.«

Ich schließe mit einem lauten Knall die Türe und drohe
dem Tom mit einer Krücke.

»Also, Bürscherl, red jetzt, sonst hau ich dir das Teil um
die Ohren, dass dir Hören und Sehen vergeht«, schrei ich
ihn an und schwinge die Krücke wie einen Kreisel.

»Was wollen S' denn wissen, Herr Dimpfelmoser. Ich
habe Ihnen doch schon alles gesagt«, heult er mir gleich mit
weinerlicher Stimme her.

»Ihr habts in dem Pokerladen fünfzigtausend Euro dabeigehabt. Woher stammt das Geld? Habts des für die
Morde erhalten?«

»Wir waren's doch nicht, geht das nicht in Ihren Schädel? Das Geld habe ich von meinem Stiefvater bekommen.
Ich sollte damit ein paar Erledigungen für ihn machen. Und
da wir immer Glück haben beim Pokern, da haben wir uns
halt gedacht, dass wir das Geld einfach ein bisserl vermeh-
ren und den Gewinn dann behalten.«

»Und wie viel habts gewonnen?«

»Ja noch gar nichts. Wir sind zwölftausend Euro im Mi-
nus. Wir haben doch noch gar nicht richtig losgelegt. Wenn
mein Stiefvater das erfährt, dann bringt er mich um.«

Aha, hat der also zumindest vor seinem Stiefvater Angst.
Ich überlege und beschließe, die Aussage vom Tom sofort

zu überprüfen. Also hänge ich mich an das Telefon und rufe den Leinbach an.

»Leinbach, hast du deinem Stiefsohn Geld für ein paar Besorgungen gegeben?«

Der ist völlig überrascht und weiß natürlich von nichts. Er bittet mich, kurz zu warten, und dann gibt es am anderen Ende der Leitung eine verbale Explosion, dass es mich fast zerreißt und der Tom vom Stuhl fällt.

»Der Sauhund, der elendige. Der hat mir fünfzigtausend Euro aus dem Tresor geklaut. Ich bring ihn um, diesen missratenen Taugenichts. Wehe, es fehlt auch nur ein Cent, dann ist der tot.«

»Also bitte, Leinbach, mäßige dich halt. Du hast einen Polizisten als Zuhörer. Da solltest dich mit Morddrohungen schon ein bisserl zurückhalten, findest nicht auch?«

Er schnauft nur noch wie ein wild gewordener Stier, dass du meinst, er kriegt gleich einen Herzinfarkt, dann legt er einfach auf.

»Gestohlen hast des Geld also, des wird ja immer schlimmer mit dir und deinen Lügen.«

»Geliehen, Herr Dimpfelmoser. Wir hätten das Geld ja zurückgelegt, sobald wir gewonnen hätten. Aber das haben Sie uns ja mit Ihrer blöden Razzia versaut. Da habe ich jetzt ein wirkliches Problem mit meinem Stiefvater. Da müssten Sie als Polizei dafür geradestehen, weil wir können da ja gar nichts dafür, dass Sie unser Spiel unterbrochen haben.«

Mir klappt das Maul auf, und ich starre ihn entgeistert an. Verarscht der mich, oder meint der das auch noch ernst? So blöd kann doch überhaupt niemand sein, dass der sich nicht bewusst ist, dass er eine Straftat nach der anderen begeht und dann auch noch die Polizei für seine Misere verantwortlich macht.

»Tom, du bist der größte Depp, der mir jemals untergekommen ist«, erkläre ich ihm. »Da hast noch einmal zwei Straftaten mehr am Hals, zusätzlich zu den Morden, dem Zigarettenschmuggel, deinem Drogenbesitz und dem Mordversuch an mir. Jetzt hast auch noch Geld gestohlen und dich an einem illegalen Glücksspiel beteiligt. Ist dir eigentlich klar, dass du dich und den Ben immer weiter in die Scheiße reitest?«

Irgendwie scheint etwas in seinem vernebelten Spatzenhirn anzukommen. Jedenfalls verzieht er sein Gesicht, verdreht die Augen, und seine Zunge hängt heraus, während er angestrengt nachdenkt.

»O. k., ich sag Ihnen die Wahrheit. Das Geld von meinem Stiefvater, das ist Schwarzgeld. Das hat der in seinem Safe, damit er seine Leute bezahlen kann, die die illegalen Aktivitäten für ihn ausführen. Insofern bin ich ja eher eine Art Robin Hood, weil ich es ihm weggenommen habe.«

Aha, Schwarzgeld also. Da bin ich ja einmal gespannt, woher das stammt und wofür der Leinbach das gebraucht hätte. Der Tom weiß es nicht genau, er behauptet aber, dass er ein Gespräch zwischen einem ihm unbekannten Mann und seinem Stiefvater belauscht hat. Worum es genau ging, weiß er nicht, jedenfalls hat der Leinbach dem Mann die fünfzigtausend Euro versprochen, wenn er das Geschäft abgewickelt hat.

»Du bleibst erst einmal wieder hier bei uns in einer Zelle, nicht dass du noch mehr Blödsinn machst.«

Unter seinem Protest treibe ich ihn mit meinen Krücken in die Arrestzelle und sperre ihn ein. Der Oberberger und die Martha sind auch schon fertig. Der Ben hat im Wesentlichen die gleiche Geschichte erzählt.

»Dann bringts mir den Leinbach her, schauen mia einmal, was der zu den Anschuldigungen zu sagen hat.«

Der Reindl taucht auch schon wieder ganz aufgeregt auf.

»Die Frau Minterfing, also die Pflegerin, die im Urlaub war, ist heute unentschuldigt nicht zum Dienst erschienen. Ich habe mir die Adresse geben lassen und fahre da jetzt gleich hin. Kommt wer mit?«

»Ich fahr mit«, krähe ich und bin heilfroh, endlich wieder aus dem blöden Gebäude rauszukommen. Soll der Doktor sagen, was er will, mir geht es so weit wieder prima, da bin ich voll einsatzfähig.

»Dimpfelmoser, du sollst …«, versucht es der Reindl.

»Nix soll ich, halt einfach dein Maul, und hilf mir lieber in den Wagen! Ich weiß schon, was ich tue.«

»Da wäre ich mir nicht so sicher«, höre ich noch den Oberberger zur Martha flüstern, aber das ist mir momentan auch egal, Hauptsache, ich komme hier raus.

Im Wagen kurble ich das Fenster herunter, lege die Helene-Fischer-CD ein und mache zusätzlich unter dem missbilligenden Blick vom Reindl das Blaulicht an. So fahren wir zu der Wohnung von der Frau Minterfing, die in Wiesent im alten Schloss wohnt.

»Das wird ja Zeit, dass sich endlich einmal wer um den Gestank kümmert«, werden wir von einer alten Dame begrüßt, die aus dem Fenster schaut und uns sofort entgegengelaufen kommt.

»Ja welcher Gestank?«, frage ich irritiert. »Mia sind eigentlich ...«

»Ja ich rufe schon seit ein paar Tagen bei der Polizei an, aber bisher hat sich niemand darum gekümmert. Die haben mich einfach an den Hausmeister verwiesen, können Sie sich das vorstellen? Dabei ist der doch im Urlaub, und es gibt keinen Ersatz.«

»Und wer sind Sie eigentlich?«, will ich von der Alten wissen. »Hängen S' den ganzen Tag am Fenster rum und beobachten die Leute, Frau ...?«

»Ursi Niederwinkler heiß ich«, stellt sich die Dame vor. »Ja und wissen S', seit mein Mann verstorben ist, da habe ich ja viel Zeit, und da schaut man schon manchmal, was so um einen herum passiert. Aber mir geht es ja eigentlich um den Gestank im Treppenhaus. Schauen S' da doch bitte einmal nach, wer da seinen Müll nicht ausleert, und geben S' denen dann gleich eine Verwarnung mit, weil das ist doch eine unverschämte Belästigung und Zumutung für alle anderen Bewohner.«

»Hat sich sonst noch jemand beschwert?«, will der Reindl wissen. »Und wo haben Sie denn angerufen? Bei uns in der Polizeiinspektion ist kein Anruf von Ihnen eingegangen.«

»Ja ich habe halt die Notrufnummer gewählt. Was weiß denn ich, an wen ich mich da wenden soll. Und nein, es hat sich niemand sonst beschwert, der Gestank kommt ja auch vom Ende des Ganges, und da wohne ja nur noch ich davor. Vorne im Treppenhaus, da riechen S' ja schon nichts mehr.«

Inzwischen sind wir an ihrer Wohnungstüre angekommen, und tatsächlich steigt mir ein immer intensiver werdender, bestialischer Gestank in die Nase.

»Scheiße, Reindl, der typische Geruch«, sage ich und halte mir die Nase zu. Dummerweise kann ich aber so nicht weitergehen, weil ich halt beide Krücken brauche. Also muss ich den Gestank eben ertragen. Hier ist der Geruch geradezu unerträglich, und meine Vermutung wird zur Gewissheit. Hinter dieser Türe liegt sicherlich eine verwesende Leiche.

»Ich muss gleich kotzen«, würgt der Reindl und rennt aus dem Hausgang raus ins Freie.

»Glauben Sie mir jetzt, dass da die Nachbarin ihren Müll nicht ausgeleert hat, bevor sie vor zwei Wochen in den Urlaub gefahren ist?«, meldet sich wieder die alte Frau Niederwinkler zu Wort. »Eine Unverschämtheit ist das, sage ich Ihnen. Derweil ist die Frau Minterfing eigentlich eine ganz nette Nachbarin. Immer hilfsbereit und immer freundlich. Nur in letzter Zeit war sie etwas angespannt. Die Arme hat wohl zu viel gearbeitet. Da war es höchste Zeit, dass sie einmal Urlaub macht. Wahrscheinlich hat sie vor lauter Stress einfach vergessen, den Müll rauszubringen.«

Ich lasse die arme Frau Niederwinkler erst einmal in dem Glauben, dass hier nur der vergessene Müll so stinkt.

»Frau Niederwinkler, da haben S' schon recht, dass des unerträglich und unzumutbar ist. Aber ich kümmere mich gleich darum und rufe die Kollegen, dass die die Türe aufmachen und die Ursache des Gestanks beseitigen.«

»Das ist aber nett von Ihnen, Herr Kommissar. Wollen S' vielleicht eine Tasse Kaffee haben, dann können wir noch ein bisserl plaudern? Sie mit Ihrem kaputten Bein sollten doch eh zu Hause bleiben. Aber das ehrt Sie, dass Sie bei mir vorbeigeschaut und meine Beschwerden ernst genommen haben.«

»Immer zu Diensten, Frau Niederwinkler«, unterbreche ich den unendlichen Redefluss der alten Dame. »Aber der Kaffee muss leider warten, weil ich muss ja den Einsatz koordinieren und mich um meinen schwächlichen Kollegen kümmern. Und ich bin Hauptkommissar«, merke ich noch an.

Bevor die Alte noch was sagen kann, verschwinde ich lieber auf meinen Krücken nach draußen. Der Reindl steht mit kalkweißem Gesicht da und kotzt immer noch in die Rosenhecke, die neben der Eingangstüre angepflanzt ist.

»Reindl, des ist nicht besonders schlau, wennst hier heraußen den nächsten Geruchsherd eröffnest. Da wird die arme Frau Niederwinkler nicht begeistert sein, wenn es vor der Haustüre auch noch so erbärmlich stinkt.«

»Du wieder, bei dem Gestank da drin, da dreht es dem stärksten Ochsen den Magen um, nur dir natürlich nicht. Da siehst einmal, wie abgestumpft du bist, Dimpfelmoser.«

Nachdem sich ein neuer, nicht enden wollender Schwall aus dem Maul vom Reindl auf die schönen Rosen ergießt, rufe ich die Spusi und den Kreithmeier an, die nach einer halben Stunde auch endlich antanzen.

»Haben wir einen Schlüssel?«, fragt der Kreithmeier ungerührt und zieht die Luft in seinen Zinken, als würde es nach einem Schweinebraten oder nach Bratwürsten riechen.

»Geh auf die Seite, ich erledige das«, kommandiere ich und ziehe umständlich meine Dienstwaffe. Da ich gleichzeitig die Krücken halten und im Gleichgewicht bleiben muss, löst sich dummerweise schon ein Schuss, bevor ich die Pistole aus dem Halfter habe, und die Kugel schlägt knapp neben meinem Gipsfuß ein.

»Dimpfelmoser, du bist ja gemeingefährlich«, schreit der Kreithmeier, nachdem er sich von seinem ersten Schreck erholt hat.

Jetzt ziele ich aber richtig, und mit einem perfekten Schuss ist das Türschloss dahin, und die Türe springt auf. Sofort würgt es sogar mich, weil der Gestank plötzlich verstärkt zu uns dringt, und mir wird tatsächlich auch übel und schwindelig. Das liegt sicherlich an den starken Medikamenten, die ich einnehme, weil so ein Leichengestank, der haut mich normalerweise nicht um.

»Dimpfelmoser, hast ein Problem?«, gluckst der Reindl schadenfroh, der sich inzwischen wieder erholt hat.

»Die Medikamente, Reindl«, erkläre ich halbherzig.

Dann wagen wir uns endlich in die Wohnung von der Frau Minterfing. Der Kreithmeier untersucht schon die bereits verwesende Leiche der Frau, während die Spusi vor der Türe wartet, bis sie endlich anfangen dürfen.

»Die ist seit gut zwei Wochen tot«, erklärt der Kreithmeier. »Schauts doch einmal her, in dem Einschussloch am

175

Kopf, da kriechen schon die Maden heraus. Das siehst auch nicht alle Tage.«

Da freut er sich auch noch, der abgebrühte Hund. Ich werfe nur schnell einen Blick auf die Leiche und humple dann so schnell wie möglich wieder raus.

»Haben S' den Müll gefunden?«, ruft die Frau Niederwinkler vom Fenster aus zu uns her.

»Haben wir, Frau Niederwinkler«, erkläre ich, während der Reindl wortlos zum Auto wackelt und sich auf den Sitz fallen lässt. »Leider ist es nicht der Müll, sondern Ihre Nachbarin, die da tot in ihrem Wohnzimmer liegt. Die ist leider erschossen worden.«

Da kriegt sie gleich glänzende Augen, die Niederwinkler. Wie die Oma, wenn sie von Mord und Totschlag hört. Da ist die auch immer gar nicht mehr zu bremsen. Genauso ist es wohl bei der Frau Niederwinkler.

»Haben S' nicht irgendetwas beobachtet in letzter Zeit, was komisch war? Ist Ihnen vielleicht irgendwer aufgefallen, der öfter hier rumgelungert ist? Oder hatte die Frau Minterfing in letzter Zeit Besuch von jemand, der früher nicht da war?«

Wie erwartet sitzt die Niederwinkler wohl mehr am Fenster, als sie zugegeben hat. Wahrscheinlich sitzt sie da sogar immer, vermute ich, und beobachtet den Hauseingang und die Straße.

»Mei, Herr Hauptkommissar, da war nichts Auffälliges. Der Einzige, der sie fast jeden Tag besucht hat, das war der Tadek, ihr Freund. Mit dem ist sie ja schon über ein Jahr zusammen, und mit dem wollte sie in den Urlaub fahren. Der

Tadek, der ist auch ein ganz Netter. Der ist so hilfsbereit, des glauben S' ja gar nicht. Der hat mir immer meine Einkaufstaschen getragen, und der hat schon bei mir Kaffee getrunken«, bemerkt sie und schaut mich vorwurfsvoll an.

Aha, die Alte ist also nachtragend, denke ich mir, aber da muss ich einfach darüber hinwegsehen. Ich überlege kurz, dann stütze ich mich auf eine Krücke, zücke das Bild von unserem zweiten Toten und reiche es ihr zum Fenster hinauf. »Ist das vielleicht der Tadek?«

Sie schaut lange auf das Bild, dann holt sie endlich ihre Brille.

»Ja freilich, das ist der Tadek. Was ist mit dem? Ist der etwa auch tot?«

»Ja, leider, aber da haben S' mir wirklich geholfen. Wissen S' vielleicht, wie der Tadek mit Nachnamen heißt?«

Sie überlegt wieder, dann schüttelt sie energisch den Kopf.

»Das tut mir leid, Herr Hauptkommissar. Der arme Mann hat sich nur mit seinem Vornamen bei mir vorgestellt, da kann ich Ihnen auch nicht weiterhelfen. Er hat nur einmal erzählt, dass er aus irgendeinem osteuropäischen Land stammt, aber schon seit mehreren Jahren in Deutschland lebt.«

Das ist doch ein richtiger Scheißdreck. Jetzt haben wir noch eine Tote und den Vornamen von unserem zweiten Opfer, aber identifizieren können wir ihn wieder nicht. Vielleicht findet ja die Spusi irgendwelche Hinweise auf die Identität von dem Tadek, falls das wirklich sein richtiger Name ist.

»Ja dann vielen Dank, Frau Niederwinkler. Wenn wir noch Fragen haben, dann melden wir uns bei Ihnen.«

»Dann müssen S' aber einen Kaffee mittrinken, gell«, schreit sie mir noch nach. »Das nächste Mal, da kommen S' mir nicht so einfach davon.«

»Fahr schnell los, Reindl!«, kommandiere ich erschöpft. »Nicht dass die Alte uns noch hinterherläuft.«

»Ich weiß gar nicht, was du hast. Die alte Dame ist doch wirklich reizend und hat uns weitergeholfen.«

»Weitergeholfen ist gut. Da haben mia noch einen Mord mehr am Arsch. Da kannst darauf warten, dass der Huber nach einer Sonderkommission schreit, und spätestens jetzt wird ein Presserummel losgehen, und die werden blöde Fragen stellen. Wahrscheinlich konstruieren sie gleich wieder irgendwelche Schauergeschichten von der Organisierten Kriminalität, die bei uns immer mehr um sich greift. Des brauchen mia nicht auch noch zu unseren Fällen dazu.«

»Nun ja, so wie die Sachlage ist, haben wir es doch mit Organisierter Kriminalität zu tun. Der Zigarettenschmuggel und die illegalen Spielklubs ...«

»Du hast ja recht, Reindl. Aber bisher deutet doch alles darauf hin, dass das Ganze eher lokal organisiert ist. Oder ham mia irgendwelche Hinweise auf einen überregionalen Bezug?«

»Nein, bisher nicht. Aber wir haben es jedenfalls mit einer massiven und skrupellosen kriminellen Energie zu tun.«

Da muss ich dem Reindl recht geben. Ich bin mir sicher, dass alle Morde irgendwie mit dem Zigarettenschmuggel zusammenhängen, ohne dass ich eine Idee habe, wer die Morde verübt hat.

»Unser Hauptverdächtiger ist und bleibt der Mergele. Mit seiner Flucht aus dem Krankenhaus hat er sich nur noch verdächtiger gemacht.«

»Wir können nur hoffen, dass wir den bald einfangen. Der muss uns einige Fragen beantworten. Aber bis dahin können wir den Leinbach abholen und wegen des angeblichen Schwarzgeldes befragen. Vielleicht erfahren wir da noch etwas, was uns weiterhilft.«

»Dann fahr zum Hotel, und wir holen den Leinbach gleich ab«, kommandiere ich und lege wieder die Helene-Fischer-CD ein. Natürlich schalte ich auch das Blaulicht wieder an, und so haben wir eine pfundige Fahrt hinauf zum Schlosshotel. Leider ist auch der Leinbach nicht da, also schauen wir noch schnell im Seniorenheim bei der Oma und dem Opa vorbei. Nachdem sich dort nichts Neues ergeben hat, fahren wir zur Polizeistation. Der Reindl begleitet mich noch rein und verschwindet dann in den Feierabend. An der Eingangstüre sperrt jemand auf, und ich schaue nach, wer jetzt noch kommt.

»Martha, was machst du noch hier?«, frage ich überrascht die schöne Kollegin.

»Dimpfelmoser, warum starrst mir immer auf meinen Busen?«, fragt mich die Martha genervt. »Ich hab schon gehört, dass du so deine Probleme hast mit dem weiblichen Geschlecht. Aber irgendwie erscheinst mir eher ein bisserl pervers. Zuerst sitzt mit deinem offenen Hosentürl vor mir und der Rita, und dann schaust mich immer so an, als hättest noch nie eine Frau gesehen. Da stimmt doch was nicht mit dir.«

Oha, so blöd braucht sie mir aber erst gar nicht kommen, die Martha.

»Da brauchst keine Angst haben, weil ich heirate ja bald, und meine Eva, die ist mindestens so schön wie du. Für mich ist sie eh die Schönste. Und des offene Hosentürl, des war wirklich keine Absicht.«

Sie schaut zunächst etwas deppert, dann grinst sie plötzlich über ihr schönes Gesicht, dass es ihr ihre Mundwinkel bis zu den Ohren hinterzieht.

Vorne kommt schon wieder jemand zur Türe rein, und gleichzeitig geht die Martha zu mir her und will mich umarmen. Leider übersieht sie dabei meine Krücke, und während sie stolpert, haut sie mir auch noch die zweite Krücke weg. Ich verliere das Gleichgewicht und falle zu Boden. Aus den Augenwinkeln sehe ich noch, dass sich die Martha ihren Kopf an der Schreibtischkante anhaut, und dann landet sie unsanft auf mir.

»Martha, steh halt auf, ich krieg keine Luft mehr«, röchle ich unter ihr und rudere wie ein Insekt, das auf den Rücken gefallen ist, unbeholfen mit den Armen.

Die Martha ist wohl von ihrem Kopfsturz auf die Schreibtischkante etwas benebelt, jedenfalls holt sie ebenfalls röchelnd Luft und kommt erst langsam wieder zu sich.

»Xaver, ich glaub's nicht«, brüllt da die Eva, die plötzlich in meinem Zimmer steht, dicht gefolgt vom Oberberger.

»Mir erzählst, wie krank du bist und dass du nicht nach Hause zu mir kommen kannst! Pfui Deifel, du bist echt ein widerwärtiges Arschloch. Da brauchst dich überhaupt nicht mehr daheim blicken lassen, weil mir langt es mit dir.«

Sie kriegt noch einen Heulkrampf und drischt gleichzeitig wie von Sinnen wütend auf die Martha und mich ein. Der Oberberger steht auch nur da, und anstatt uns zu helfen, feuert er die Eva auch noch an.

»Eva, recht hast. Lass dir das von dem Saupack hier nicht länger gefallen. Die Martha hat mir vorhin erzählt, dass sie sich in mich verliebt hat«, schreit er.

Bei dem Angriff von der Eva und dem Geschrei haben wir überhaupt keine Chance, uns aufzurappeln oder irgendetwas zu erklären. Endlich lässt die Eva von uns ab, und die beiden verlassen das Polizeirevier.

»Sauber, das war also deine geliebte Eva«, presst die Martha heraus.

»Wunderbar ist die, wenn sie wütend wird«, grinse ich und schaffe es endlich, mich an meinen Krücken hochzuziehen. »Da haben die beiden irgendwie die ganze Situation falsch eingeschätzt«, bemerke ich noch, bevor mein Blick auf die Martha fällt, deren Hemd gänzlich hinüber ist.

»Hast ein Ersatzhemd für mich? Da sind ja alle Knöpfe dahin, und ich habe meine Ersatzbluse daheim.«

»Hinten im Schrank hängt noch ein Hemd von mir, des dürfte dir aber ein bisserl zu groß sein«, bemerke ich und bewundere noch kurz ihre pfundige Figur.

»Macht nix, Hauptsache, was zum Anziehen. Ich kann ja schlecht halb nackt aus dem Polizeirevier laufen. Was glaubst, wie sich da alle das Maul zerreißen.« Da hat sie wohl recht, die Martha. Inzwischen dringt der Lärm, den ich schon seit ein paar Minuten von draußen wahrnehme, in mein Bewusstsein. Also humple ich zur Eingangstüre, um zu klären, was da los ist. Meine dunkle Vorahnung wird leider grausam bestätigt. Aus meiner Wohnung, die schräg gegenüber vom Revier im ersten Stock liegt, schmeißt die Eva keifend meine Anziehsachen auf die Straße. Der Oberberger steht herunten und feuert sie auch noch an, der Depp, anstatt ihr Einhalt zu gebieten, wie es sich für einen Ordnungshüter gehört. Natürlich ist schon die halbe Nachbarschaft auf der Straße und erfreut sich an dem Schauspiel. Durch meinen Gips und die Krücken bin ich leider nur eingeschränkt handlungsfähig, ansonsten hätte ich das ganze Spektakel in null Komma nix beendet. So aber humple ich zähneknirschend über die Straße, um zumindest dem Oberberger meine Krücke über den Schädel zu ziehen, damit der wieder zur Vernunft kommt. Aber so weit komme ich gar nicht. Bevor ich ihn erreiche, fährt mit Blaulicht und Sirene der Viereck mit der Rita heran. Mit gezückter Pistole springt er aus dem Wagen, haut dem Oberberger eine aufs Maul und gibt drei Warnschüsse in die Luft ab.

»Schluss ist jetzt mit dem Theater«, brüllt er und schießt noch einmal in die Luft. Dabei trifft er zwar eine von meinen Fensterscheiben, und das Glas regnet auf die Straße, aber das ist jetzt auch schon egal. Zumindest verfehlt sein Auftritt nicht seine Wirkung. Die Eva starrt mit weit aufgerissenen Augen auf die Straße herunter, der Oberberger hält endlich sein Maul, und der schaulustige Mob verzieht sich schleunigst.

»Jetzt beruhigen wir uns erst einmal alle«, besänftigt die

Rita alle Gemüter. »Viereck, nimmst deinen Kollegen mit auf das Revier, und ich gehe zu der durchgedrehten Furie da oben hinauf und bringe sie mit.«

Oha, da bin ich ja gespannt, wie die Rita das machen will. Weil, wenn die Eva in so einem Zustand ist, dann kann niemand mit der reden, und Vernunft ist da ein Fremdwort, das die Eva dann nicht mehr kennt. Aber vielleicht weiß die Kollegin ja ein paar weibliche oder psychologische Tricks.

»Du gehst auch mit«, kommandiert der Viereck und schiebt mich zurück zum Polizeirevier.

»Ihr seids doch nicht mehr ganz sauber. So ein Auftritt am helllichten Tag, schämen würd ich mich da an eurer Stelle. Da brauchst dich nicht wundern, wenn keiner die Polizei ernst nimmt«, belehrt er mich und starrt fassungslos zur Reviereingangstüre, in der die Martha steht. Leider hat sie immer noch kein Hemd an, aber das hat vom schaulustigen Mob zum Glück keiner mehr mitbekommen. Ich weiß gar nicht, warum der sich so aufregt. Es ist noch gar nicht lange her, da hätte er so eine zünftige Szene richtig genossen, wenn er nicht sogar selbst der Auslöser gewesen wäre. Aber jetzt spielt er den Moralapostel und sammelt sogar eigenhändig meine ganzen Anziehsachen von der Straße auf, die überall verstreut liegen, bevor er auch ins Revier kommt.

Trotz aller Bemühungen hat es die Rita nicht geschafft, die Eva mit auf das Revier zu bringen. Die Martha hat inzwischen das Ersatzhemd vom Reindl an, das der Viereck aus dem seinen Zimmer geholt hat. Es passt ihr prima, weil der Reindl halt so ein Grischperl ist.

Die Martha und ich erklären die ganze Sachlage, und alle Gemüter beruhigen sich wieder. Der Oberberger entschuldigt sich bei der Martha, und dann stehen die beiden wieder verliebt im Eck rum und halten sogar Händchen. Auch der Viereck und die Rita halten sich in den Armen und grinsen dümmlich, das kann ja alles gar nicht mehr wahr sein. Und ich muss das ganze Schmalz hier ertragen, während die Eva so wütend auf mich ist, wie sie es anscheinend noch nie war.

»Also wenns ihr dann einmal fertig seids mit eurem Geturtel, kenna mia dann wieder vernünftige Polizeiarbeit machen?«, unterbreche ich das unerträgliche Getue von meinen Leuten. »Ich brauch euch ja nicht daran erinnern, dass mia noch ein paar Fälle aufklären müssen.«

»Du wieder, Dimpfelmoser«, beschwert sich der Viereck. »Anstatt dass du dich um deine Eva kümmerst, schiebst wie immer die Arbeit vor, und uns vergönnst auch keinen Moment des Glücks. Du bist echt ein Depp, wie er im Lehrbuch steht.«

Mir fällt die Klappe runter, und so stehe ich gefühlt eine halbe Ewigkeit da, ohne dass mir irgendetwas einfällt, was ich sagen oder tun könnte. Ihm eine auf sein Maul hauen ist wohl auch falsch im Moment, ausrasten und ihn zur Sau machen bringt auch nichts, arbeiten will wohl keiner, und da fällt mir auch nichts mehr ein.

»Also, ich gehe zu deiner Eva und kläre das ganze Missverständnis auf. Und ich nehm den Oberberger mit, damit sie sieht, dass ich ihr keinen Schmarrn erzähle«, erklärt die Martha, und ehe ich noch etwas erwidern kann, verschwinden die beiden.

»Und mia machen Schluss für heute. Weil nach den ganzen Beschattungen, da brauchen mia halt auch einmal ein bisserl Ruhe«, tönt der Viereck, und schon sind die zwei auch verschwunden.

Ich fasse es nicht, das grenzt ja schon an Aufstand und Rebellion. Nimmt mich eigentlich überhaupt niemand mehr ernst? Habe ich inzwischen in meinem eigenen Revier gar nichts mehr zu melden? Dann sehe ich, dass der Anrufbeantworter blinkt. Also höre ich die Ansage ab. Es ist der Reindl, der sich ebenfalls für heute abgemeldet hat, weil er sich noch mit seiner Rosalie trifft. Ich setze mich in meinen Rollstuhl und starre Löcher in die Luft. Mein Kopf ist ganz leer, und irgendwie ist für heute auch bei mir die Luft raus. Nachdem von den Kollegen keiner mehr aufgetaucht ist, lege ich mich auf mein Sofa und schlafe sofort ein. In meinen Träumen taucht immer wieder die Eva auf, die mich einfach aus meiner Wohnung schmeißt und mich nicht wieder reinlässt. Ich fühle mich völlig im Nichts verloren und so einsam wie noch nie in meinem Leben.

Kapitel 14

Samstag, 08.00 Uhr

Als ich am nächsten Morgen erwache, steht meine gesamte Mannschaft um mein Sofa herum und sieht mich erwartungsvoll an.

»Du, des finde ich aber prima, dass du wirklich heiratest und uns keinen Schmarrn erzählt hast«, erklärt der Viereck und grinst wissend in die Runde.

»Ja dann gratulieren wir alle«, sagt die Rita, und alle sind in ausgelassener Stimmung. Plötzlich holt der Reindl eine Flasche alkoholfreien Sekt hervor und schenkt ihn in Gläser ein, die sie irgendwoher gezaubert haben.

»Darauf müssen mia halt schon anstoßen, wenn auch ohne Alkohol«, erklärt der Viereck, der ja aufgrund seiner früheren Alkoholprobleme komplett abstinent lebt.

Mir wird ein Glas in die Hand gedrückt, und nachdem sich alle so freuen, verraucht auch mein erster wütender Impuls, sie gleich alle zur Sau zu machen, und so trinken wir halt den alkoholfreien Sekt. So langsam, aber sicher sehe ich tatsächlich keine Möglichkeit mehr, aus der Heiratsnummer noch mal rauszukommen.

»Hat sich die Eva wieder beruhigt?«, will ich wissen.

»So ein Gespräch von Frau zu Frau, das hilft in so einer Situation praktisch immer«, erklärt die Martha grinsend. »Weil, da seids ihr halt zu wenig einfühlsam, ihr Grobklötze.«

»Also hat sie sich wieder beruhigt?«

»Ja freilich. Sie lässt ausrichten, dass es ihr leidtut und sie sich narrisch freut, dass du sie endlich heiratest. Sie ist schon ins Seniorenheim gefahren, um mit der Oma und dem Opa die Hochzeitsdetails zu besprechen.«

Also irgendwie habe ich etwas verpasst. Wieso reden plötzlich alle von der Hochzeit, als hätte ich die öffentlich angekündigt? Und dann fällt es mir siedend heiß ein: Ich habe das gestern zur Martha gesagt, damit die nicht glaubt, ich will was von ihr. Mir wird abwechselnd heiß und kalt, wahrscheinlich weiß das inzwischen schon die halbe Stadt, so wie ich die Bewohner hier kenne. So eine Nachricht verbreitet sich hier schneller als ein Tornado, da kannst dir sicher sein.

»So, Leute, trotzdem müssten mia halt auch wieder arbeiten, wenn ich euch daran erinnern darf«, werfe ich lammfromm in die heitere Runde.

»Der Fall ist so gut wie gelöst«, erklärt der Reindl. »Ich habe gestern doch noch mit dem Leinbach geredet. Er konnte mir die Herkunft des angeblichen Schwarzgeldes genau erklären. Er hat mir die Einnahmebelege gezeigt. Es handelt sich nicht um Schwarzgeld, sondern um Einnahmen aus dem laufenden Hotelbetrieb. Da hat der Tom also auch gelogen. Und den Toten kennt er nicht, das beschwört er hoch und heilig. Und die Spurensicherung hat in der Wohnung von der toten Pflegerin tatsächlich auch die Fingerabdrücke vom Mergele gefunden. Das hat mir der Mühlbauer vorhin noch durchgegeben. Das heißt also, dass eigentlich alles wieder auf den Mergele hinausläuft. Mit fast hundert Prozent Wahrscheinlichkeit ist er der Mörder von den zwei Männern und der Pflegerin«, erklärt der Reindl.

Das Telefon läutet. Es ist der Huber, und ich stelle auf »laut«, damit alle mithören können.

»Glückwunsch, Dimpfelmoser. Haben S' also den Fall gelöst, und Sie hatten recht. Es war nicht der Tom und der Ben, wie ich vermutet hatte, sondern der Mergele. Die Ermittlungen sind damit abgeschlossen.«

»Ich versteh nicht, was da abgeschlossen sein soll. Erst wenn wir den Mergele haben und er gesteht, dann können wir die Fälle abschließen. Es spricht immer noch alles gegen den Tom und den Ben, was den ersten Mord betrifft, und für den zweiten Mord haben wir überhaupt keine Beweise, dass es einer von unseren Verdächtigen war.«

»Jetzt machen S' halt nicht wieder alles so kompliziert. Durch seine Flucht ist doch klar, dass es der Mergele war. Alles andere ergibt sich, wenn wir ihn haben«, tönt der Huber.

Also ich bin da nicht so überzeugt, aber nachdem der Fall für alle klar scheint und der Huber die Ermittlungen für abgeschlossen erklärt hat, halte ich zur Abwechslung meinen Mund und sage gar nichts.

»In einer halben Stunde ist eine Pressekonferenz im Gemeindesaal«, redet der Huber weiter. »Da werde ich unseren schönen und vor allem schnellen Erfolg vor der Presse verkünden.«

Soll er mal verkünden. Ich glaub das erst, wenn wir vom Mergele ein Geständnis haben.

»Und nachdem sich das Ihre Eva so wünscht, wie ich gehört habe, verkünde ich da auch gleich noch die Traumhochzeit des Jahres von unserem erfolgreichen Hauptkommissar.«

Ich verschlucke mich vor Schreck und bekomme einen Erstickungsanfall, der sich gewaschen hat. Ja spinnt der jetzt komplett? Der kann das doch nicht öffentlich verkünden. Ich will gerade protestieren, da spüre ich die Hand von der Martha auf meiner Schulter, die mich sanft, aber bestimmt auf meinem Stuhl hält. Sie lächelt mich an und schüttelt nur leicht den Kopf. Da fällt mir dann auch nichts mehr ein, und ich halte einfach meinen Mund. Endlich ist der Huber fertig und erklärt, dass er uns alle in einer halben Stunde drüben im Gemeindesaal erwartet.

»Und nun überlasse ich die Bühne unserem allseits geschätzten Landrat Herrn Hinterbirner und unserem erfolgreichen Hotelier, dem Herrn Leinbach«, ruft der Huber schließlich, nachdem er großspurig und ausführlich unseren Fall und den Abschluss der Ermittlungen der Presse erklärt hat.

Ich habe mich wohl verhört. Ja spinnt der Huber komplett? Was wollen die auf unserer Pressekonferenz? Plötzlich erscheinen die beiden auf der Bühne am Mikrofon und erklären die Pläne für den Ausbau des Hotels zum neuen überregionalen Wellnesstempel mit einem Luxus-Wellnessbereich, den sie in das Gebäude des jetzigen Seniorenheims bauen wollen.

»Was geschieht dann mit den Senioren im Heim?«, will der Winter, unser Lokalreporter vom ortsansässigen Käseblatt, wissen. »Haben S' dafür auch eine Lösung, oder setzen Sie die alten Leute einfach auf die Straße?«

»Ähm, natürlich nicht …«, druckst der Hinterbirner etwas verlegen herum. »Wir sind daran, an einer sozialverträglichen Lösung für alle zu arbeiten. Aber ich garantiere Ihnen, dass wir niemanden auf die Straße setzen werden.«

»Das habts ihr mir aber ganz anders angekündigt«, ertönt da die Stimme vom Mergele, der plötzlich aus der Menschenmasse auf die Bühne springt und das Mikrofon an sich reißt. »Glauben S' denen kein Wort, meine Damen und Herren«, kreischt er unter dem Blitzlichtgewitter von der Presse und den fassungslosen Blicken vom Huber, Hinterbirner und Leinbach in das Mikrofon.

»Der Leinbach hat mir fristlos gekündigt ohne jegliche Zusage für eine Hilfe für unsere Senioren. Und der Hinterbirner, die falsche Sau, der hat eine rechtlich nicht haltbare Räumungsklage erwirkt. Wenn die wie im Räumungsbefehl angekündigt umgesetzt wird, dann stehen am Montag alle Senioren ohne Wohnsitz auf der Straße, das ist die bittere Wahrheit, das können Sie schreiben.«

Dabei schwenkt er einen Zettel durch die Luft und hält ihn in die Kameras. Die Presse fotografiert fleißig die tatsächlich für Montag angekündigte Zwangsräumung ab, und alle schreien wild durcheinander. Da müssen wir wohl für Ordnung sorgen.

»Ruhe!«, brülle ich, so laut ich kann, und tatsächlich drehen sich die wild gewordenen Reporter zu mir um.

Plötzlich ist es mucksmäuschenstill im Saal. Der Oberberger und der Viereck laufen auf die Bühne, verhaften den Mergele und führen ihn ab. Nach ein paar Schrecksekunden bricht ein erneuter Tumult aus, und die Akteure auf der Bühne werden mit Fragen bombardiert.

»Stimmt das, Sie wollen die alten Leute einfach auf die Straße setzen?«

»Ist der Herr Mergele nicht der Mörder, von dem Sie vorher gesprochen haben?«

»Ruhe!«, brülle ich noch einmal, weil das hältst ja im Kopf nicht aus, wie die sich alle aufführen und durcheinanderschreien. Mir langt es jedenfalls, also humple ich auf die Bühne und greife mir das Mikrofon.

»Leute, beruhigts euch. Ich erkläre euch, wie alles in Wirklichkeit ist.«

Die drei Deppen hinter mir werfen sich nervöse Blicke zu, trauen sich aber nicht, mich zu bremsen.

»Also, es ist noch nicht bewiesen, dass der Herr Mergele wirklich der gesuchte Mörder ist«, erkläre ich den staunenden Reportern. »Es spricht vieles dafür, aber endgültige Gewissheit haben wir noch nicht.«

Und dann fällt mir der immer noch nur mit Vornamen bekannte zweite Tote ein. Den hat der Huber vorhin geflissentlich übersehen, überhaupt hat er ihn gar nicht erwähnt.

»Und ich hätte da noch ein Anliegen an die Presse«, erkläre ich deshalb und zücke das Bild von unserem zweiten Toten. »Wir müssen noch die Identität unserer zweiten Leiche klären. Und da würd ich gerne die Öffentlichkeit mit einbeziehen. Also wenn ihr das Bild veröffentlichen würdet, dann wäre uns sicherlich sehr geholfen. Gebts unsere Reviernummer mit an, dann können die Leute sich gleich an uns wenden.«

Eine Mitarbeiterin der Gemeinde kopiert das Bild vielfach und lässt es an die Presseleute verteilen.

»Und natürlich handelt es sich bei dem Räumungsbefehl nur um ein unglückliches Missverständnis«, erkläre ich inzwischen weiter den Reportern. »Mia als zuständige Vollzugsbehörde haben das schon mit den Herren da hinter mir besprochen. Selbstverständlich gibt es keine Zwangsräumung, und unser werter Herr Landrat und der Herr Leinbach haben uns zugesagt, dass sie zuerst ein gleichwertiges und vor allem besser renoviertes Objekt für das Seniorenheim zur Verfügung stellen. Erst danach, wenn sich das Seniorenheim also räumlich verbessert hat und die jetzigen Räume leer stehen, wird mit den Umbaumaßnahmen begonnen.«

Ich kann förmlich spüren, wie mir die drei hinter mir am liebsten alle ein Messer in den Rücken rammen würden, und ich kann hören, wie sie mit den Zähnen knirschen. Lächelnd drehe ich mich um und grinse die drei Deppen an.

»Das werden Ihnen unsere werten Herren hier sicherlich bestätigen, und ich muss mich jetzt leider verabschieden, weil ich den Herrn Mergele vernehmen muss.«

Beim Hinausgehen höre ich noch, dass der Leinbach und der Hinterbirner meine Aussagen bestätigen und öffentlich versprechen, dass sie schleunigst ein Ersatzgebäude zur Verfügung stellen werden. Ich bin mir zudem sicher, dass nach der Eskalation auf der Pressekonferenz niemand mehr daran denkt, meine Hochzeit mit der Eva in der Öffentlichkeit zu verkünden. Zufrieden humple ich zurück zu meinem Revier. Auf dem Weg steht plötzlich die Eva hinter mir und schaut mich verliebt an.

»Mei, Xaver, da hast ja wieder mal eine wirklich gute Tat vollbracht«, grinst sie und küsst mich, dass mir Hören und Sehen vergeht. »Ich habe den Reportern gerade auch noch unsere Hochzeit angekündigt, weil der Huber, der hätte das in der ganzen Aufregung sonst vergessen. Aber jetzt steht es morgen in allen Zeitungen, dass du und ich bald heiraten. Das wünscht sich doch eine jede Frau, dass ihr Geliebter so öffentlich dazu steht.«

Sie küsst mich noch einmal und verschwindet dann wieder.

Kapitel 15

»Mergele, wer ist denn die Jana Bolliwek? Wir haben mehrere Liebesbriefe von ihr in deiner Jackentasche gefunden. So wie die dich in den Briefen anschmachtet, da muss das doch was Ernstes sein. Wennst die Frau liebst, dann denk halt auch an sie, und mach nicht alles noch schlimmer, als es eh schon ist. Red halt einfach, und sag die Wahrheit. Leugnen hat doch keinen Zweck. Durch deine Flucht aus dem Krankenhaus hast uns doch praktisch die Bestätigung geliefert, dass du es warst.«

Bei der Erwähnung von der Jana huscht ein kurzes Lächeln über sein Gesicht, aber ansonsten lässt ihn meine Taktik völlig kalt. Wir müssen hernach unbedingt überprüfen, wer die Frau ist. Die ist bisher nirgendwo in unseren Ermittlungen aufgetaucht.

»Dimpfelmoser, ich war es aber nicht«, erklärt der Mergele zum wiederholten Mal.

»Dann sag halt, wie es wirklich war, du Depp. Bei der Beweislast kommst für Jahre ins Gefängnis, wennst uns keine andere plausible Erklärung lieferst.«

Ich wundere mich immer noch, dass der Mergele keinen

Anwalt hinzuziehen will. Er hat sich genauso wie schon der Meiereder geweigert, selbst einen Pflichtverteidiger hinzuzuziehen, und ansonsten bestreitet er alle bisherigen Anschuldigungen.

»Warum bist denn aus dem Krankenhaus abgehauen? Erklär mir halt wenigstens des, wennst sonst schon nicht redest. Wennst nichts angestellt hast, außer zu pokern, dein Geld zu verspielen und zu saufen, wo ist dann dein Problem? Und gib mir halt wenigstens die Adresse von der Jana, vielleicht kann der ihre Aussage dich entlasten.«

Er schüttelt nur immer wieder den Kopf, presst seine Lippen aufeinander und schwitzt, wie wenn wir in der Sauna sitzen würden.

»Dann sperre ich dich halt wieder ein, und du überlegst, ob du nicht doch noch mit uns redest«, herrsche ich ihn an und lasse ihn vom Oberberger zurück in die Zelle bringen.

»So ein sturer Sauschädel, da beißt dir echt die Zähne aus an dem. Und ich bin mir sicher, der war's nicht«, erkläre ich den Kollegen, die mit ratlosen Gesichtern um mich herumstehen. Der Reindl hat den Namen der Jana in den Computer eingegeben, aber nichts gefunden.

»Irgendetwas haben wir bisher übersehen«, sagt auch der Reindl. »Es ist irgendwie alles ganz klar und gleichzeitig alles so verworren. Vielleicht sollten wir alle Beziehungen und Verflechtungen der Heimbewohner, vom Meiereder, dem Antonicek, dem Mergele und dem Leinbach noch einmal überprüfen. Und wir müssen unbedingt die Identität der zweiten Leiche klären. Vielleicht hilft uns da dein Presseaufruf von vorhin weiter, und wir bekommen neue Informationen.«

»Dann an die Arbeit, Männer ... und ... äh ... Frauen«, sage ich und grinse unsere zwei Mitarbeiterinnen an. »Wir machen jetzt auch einmal so ein großes Wandgemälde, wo wir alle Verbindungen eintragen und alles vermerken, was wichtig ist. Da nehmts die leere Wand im Reindl seinem Büro und kaufts vorne im Schreibwarengeschäft so dickes Papier und Stifte, und dann an die Arbeit. Der Reindl und ich, wir fahren inzwischen noch einmal in das Seniorenheim.«

Alle machen sich an die Arbeit, und der Reindl fährt mit mir rauf zum Seniorenheim.

»Reindl, hat die Spusi eigentlich die Privatwohnung vom Mergele schon untersucht?«, frage ich den Kollegen. »Da habe ich gar nichts mitbekommen.«

»Der hat keine Privatwohnung, zumindest ist uns da nichts bekannt«, erwidert der Reindl. »Der wohnt wohl in seinem Büro im Heim, das haben uns auch etliche Heimbewohner bestätigt.«

»Ham mia in dem seinen Büro irgendwelche Privatsachen gefunden? Der muss doch zumindest Wechselwäsche und ein paar Waschsachen dahaben, wenn er da wohnt?«

»Das überprüfen wir gleich noch einmal. Ich glaube, da hat bisher überhaupt niemand darauf geschaut.«

Also fahren wir zum wiederholten Mal rauf zum Seniorenheim, um uns das Büro genauer anzuschauen. Dort steht zwar eine Couch, und in einem Schrank ist Bettzeug verstaut, aber ansonsten deutet nichts darauf hin, dass da jemand wohnt.

»Der hat irgendwo noch ein anderes Zimmer oder eine Wohnung, die müssen wir finden, Reindl.«

»Fragen wir deine Großeltern. Was man so hört, verstehen sie sich prima mit den anderen Heimbewohnern.«

Also suchen wir den Opa und die Oma. Sie sitzen im Garten und spielen mit zwei weiteren Heimbewohnern Schafkopf, ihr Lieblingskartenspiel. Vor ihnen türmen sich schon beachtliche Berge an Münzen.

»Servus, zockts wieder alle eure Mitspieler ab, wie ich sehe«, begrüße ich die Runde.

»Ja mei, der Anton und die Hildegard, die spielen halt auch so gerne Karten, aber heute haben die einfach kein Glück.«

»Läuft nicht«, lacht der Anton, und die Hildegard kündigt einen Wenz an, den sie aber verliert.

»Mia hätten eigentlich nur eine Frage. Ist euch irgendwas aufgefallen, wo der Mergele normalerweise nächtigt? Weil der hat keine Wohnung, und in dem seinen Büro, da schläft der auch nicht.«

»Ja, der hat doch meistens drüben in der Pfarrwohnung von der Schlosskapelle geschlafen«, ereifert sich die Hildegard. »Der Pfarrer Eberdinger und der Mergele, die haben sich schon besonders gut verstanden, die zwei. Wie der Mergele vor einem Jahr seine Wohnung verloren hat, da hat der sein ganzes Privatzeug in der Pfarrwohnung untergestellt, und seitdem schläft der da. Könnts euch des vorstellen, der Mergele und der Pfarrer Eberdinger? Einige spekulieren sogar, dass der Pfarrer und der Mergele was miteinander haben.«

Also da bin ich mir sicher, dass das nur ein Gerücht ist. So oft, wie ich den Pfarrer die letzten Jahre bei irgendwelchen Weibereien erwischt habe, da glaube ich nicht, dass der auf einmal schwul geworden ist. Aber man kann das natürlich nie so genau wissen.

»Und in letzter Zeit ist da auch immer noch eine junge Frau, bildhübsch, sag ich euch. Ich will mir ja nicht weiter ausmalen, was da alles so läuft«, ereifert sich die Hildegard weiter.

»Dann schauen mia uns da einmal etwas genauer um. Reindl, musst mich aber mit dem Auto die paar Meter rauffahren, weil so fit bin ich halt doch noch nicht.«

»Du bist vor allem in deinem Hirn nicht fit, Xaver«, fällt mir da die Oma in den Rücken. »In deinem Zustand aus dem Krankenhaus gehen und arbeiten, so saudumm kannst auch nur du sein.«

»Zefix, pass halt auf«, ärgert sich der Opa und schaut die Oma giftig an. »Jetzt haben mia unser Spiel verloren, weil du da die falsche Sau geschmiert hast. Entweder spielen mia gescheit, oder wir unterhalten uns, aber beides geht nicht.«

Der Opa versteht halt überhaupt keinen Spaß, wenn jemand beim Schafkopfen so grobe Fehler macht. Also lassen wir die Runde wieder alleine und fahren rauf zur Schlosskapelle. Wir läuten bei der angebauten Pfarrwohnung, und tatsächlich öffnet uns kurz darauf eine Frau, die ich nicht kenne.

»Ja wer bist jetzt du?«, frage ich sie gleich und halte ihr meinen Polizeiausweis unter die Nase.

»Ich bin die Jana Bolliwek«, erklärt die Frau, die tatsächlich gleich ganz verschüchtert ist.

Dass wir die so schnell und ganz ohne Fahndung finden, das überrascht mich schon etwas, aber wenn der Mergele was mit ihr hat, dann ist es ja nur logisch, dass die auch in dem seiner momentanen Wohnung ist.

»Lass uns rein, wir müssen mit dir reden. Hier wohnt doch der Mergele, soweit mia wissen. Und du bist dem seine Freundin?«

Die Jana lässt sich unsere Ausweise zeigen und geht dann vor uns her in das Haus. Ihr Hinterteil wackelt dabei hin und her. Auch der Reindl ist angetan von den ausladenden Bewegungen der Jana, und so dackeln wir hinter ihr her in das Esszimmer.

»Mia san hier wegen dem Mergele. Da er verdächtigt wird, drei Menschen umgebracht zu haben, müssen mia die Wohnung durchsuchen. Aber erklär uns erst einmal, was du hier machst und wie genau du zum Mergele stehst.«

Sie reißt erschrocken die Augen auf, schlägt die Hände vor ihr schönes Gesicht und fängt an zu weinen, da macht sie glatt den Niagarafällen Konkurrenz damit.

»Der Hans, der bringt doch keinen um«, schluchzt sie. »Der ist doch kein Mörder.«

»In welchem Verhältnis stehen Sie zu dem Herrn Mergele?«, fragt der Reindl und reicht ihr ein Taschentuch, das sie dankbar annimmt.

Nachdem sie sich lautstark ihre Nase geputzt hat, fängt sie sich langsam und schaut uns trotzig an.

»Der Hans, das ist mein Freund, und wir wollen heiraten«, erklärt sie. »Der hat genauso wie ich viel Mist in seinem Leben erlebt und viel Pech gehabt. Aber jetzt wollen wir beide ein neues Leben beginnen.«

»Hast du so viel Geld für ein neues Leben?«, frage ich interessiert. »Weil dein Hans, der ist ja pleite.«

»Er hätte in ein oder zwei Wochen genügend Geld gehabt, um seine Schulden zurückzuzahlen. Er hat gesagt, dass da noch genügend übrig bleibt, dass es für unsere gemeinsame Zukunft reicht. Ich selbst bin ein armes Mädchen, ich verdiene ja nicht viel als Putzfrau vom Pfarrer Eberdinger. Aber der war so nett, uns diese Wohnung zur Verfügung zu stellen. Der ist ein wirklich guter Mensch, der Herr Pfarrer. Da erkennt man gleich den christlichen Geist der Nächstenliebe.«

Wenn die den Pfarrer so gut kennen würde wie ich, dann wüsste sie, dass der gar nichts aus Nächstenliebe macht, aber das binde ich ihr nicht auf die Nase, nicht dass da ihre schöne Illusion zerplatzt und sie gleich wieder losheult.

»Wahrscheinlich ist alles nur ein Missverständnis, und Ihr Herr Mergele ist unschuldig«, besänftigt auch der Reindl die Jana. »Aber damit wir das klären, müssten wir uns trotzdem hier genauer umsehen. Vielleicht finden wir etwas, das ihn entlastet.«

Da lacht sie wieder, die Jana. Sie führt uns durch die kleine Wohnung und lässt uns dann alleine, weil sie noch zum Pfarrer runter in den Pfarrhof zum Putzen muss.

»Du, Reindl, hast du die Jana schon einmal hier gesehen? So ein Prachtarsch, der muss einem doch auffallen«, frage ich den Kollegen.

»Du wieder, Dimpfelmoser. Natürlich habe ich die Frau schon ein paarmal in der Kirche gesehen, aber dabei habe ich ihr nicht auf ihr Hinterteil geschaut.«

Jetzt tut er so, der Pharisäer, der elendige. Gerade ist ihm fast der Sabber aus seinem offenen Maul gelaufen, und gleich darauf macht er einen auf Moralapostel.

»Seit wann gehst du in die Kirche?«, frage ich ihn erstaunt.

»Nachdem die Rosalie etwas christlicher ist als ich und gerne kirchlich heiraten würde, da gehe ich halt auch ab und an mit in den Gottesdienst vom Pfarrer Eberdinger. Und da sitzt die Jana immer in der ersten Reihe. Wenn du auch am gesellschaftlichen Leben in Wörth teilnehmen und nicht immer nur beim Schorsch-Wirt rumhängen würdest, dann wüsstest du auch, wer so alles hier in der Stadt wohnt und was sonst noch so passiert. Aber du lebst ja in deiner eigenen Welt, Dimpfelmoser.«

»Halt dein Maul, Reindl!«, herrsche ich ihn an.

Was will er denn schon wieder von mir? Ich bin mit meinen sonntäglichen Ausflügen rüber zum Schorsch-Wirt und meinen bisherigen Besuchen bei der Oma und dem Opa ganz zufrieden. So ein Schmarrn von wegen gesellschaftliches Leben. Dem blöden Pfarrer seine Messe besuche ich ganz sicherlich nicht, da müsste ich ihn ja jedes Mal verhaften, wenn der wieder Liebe und Moral predigt und dann einen Lebenswandel hat, dass es einer alten Sau graust.

»Die Eva, die will auch kirchlich heiraten, Dimpfelmoser. Das hat sie mir neulich erst erzählt. Vielleicht könnten wir ja eine Doppelhochzeit machen. Das wäre doch eine wundervolle Sache, meinst nicht?«

Jetzt wird es immer besser – eine Hochzeit mit dem Reindl und der Rosalie. Aber vielleicht ist das gar keine so schlechte Idee, falls ich wirklich heiraten muss. Dann ist zumindest nicht die ganze Aufmerksamkeit auf mich und die Eva gerichtet, und die ganze Aktion könnte für mich etwas entspannter ablaufen. Über so was habe ich mir bisher überhaupt keine Gedanken gemacht. Warum auch, ich will ja gar nicht heiraten.

»Ich kann die Eva fragen, was sie davon hält, Reindl«, bemerke ich trotzdem, damit er Ruhe gibt und das Thema nicht weiter vertieft.

Wir durchsuchen die ganze Wohnung und stoßen auf diverse Schuldscheine vom Mergele, aber nichts, was uns ansonsten wirklich weiterbringen würde.

»Des gibt es nicht, Reindl. Wenn der hier tatsächlich alle persönlichen Sachen hätte, dann müssten mia doch ein paar Dokumente und Schriftstücke vom Mergele finden, aber bis auf die paar Schuldscheine ist hier überhaupt nichts. Der hat irgendwo noch ein anderes Depot, wo er seine Sachen lagert, da bin ich mir sicher.«

»Es scheint so, aber wie sollen wir das finden?«

»Fahren wir zum Eberdinger und fragen noch einmal die Jana, vielleicht weiß die, wo er seine Sachen deponiert hat.«

Also machen wir uns auf den Weg runter zum Pfarrhaus, wo wir die Jana in einem angeregten Gespräch mit dem Pfarrer in der Kirche finden. Als sie uns sehen, verstummen sie schlagartig, und es entsteht eine peinliche Stille.

»Also, ihr zwei, wo hat der Mergele seine restlichen Sachen? Da oben in der Wohnung, da fehlen alle persönlichen Unterlagen und Dokumente. Wenns ihr dem Mergele wirklich helfen wollts und der unschuldig ist, dann sagts jetzt, was ihr wisst. Der wird sonst wegen mehrfachen Mordes angeklagt, und ob er da rauskommt ohne Verurteilung, das wage ich zu bezweifeln.«

Die beiden schauen sich unsicher an, dann geht ein Ruck durch die Jana, und sie strafft sich.

»Ich sage euch, wo alles ist und warum der Hans nichts sagt. Er tut das nur, um meine Tochter zu schützen.«

»Wie, du hast eine Tochter?«, frage ich irritiert. »Wo ist die denn?«

»Die ist zu Hause in Tschechien bei meinen Eltern geblieben. Ich möchte sie hierherholen, sobald ich mit dem Hans verheiratet bin. Dann sind wir endlich eine richtige Familie.«

»Und wo ist dann das Problem?«, will ich wissen.

»Die Jana wurde massiv bedroht«, mischt sich der Pfarrer ein. »Ihr wurde gesagt, wenn sie irgendetwas ausplaudert von dem, was sie weiß, dann wird sie ihre Tochter nie wiedersehen, und mit den Leuten, mit denen wir es hier zu tun haben, ist nicht zu spaßen.«

Aha, weiß der Pfarrer also auch wieder mehr, als er bisher zugegeben hat.

»Ich kenne den toten Mann auf dem Foto, den ihr sucht«, redet die Jana weiter. »Der heißt Tadek Alesowich, und der stammt auch aus dem Dorf in Tschechien, aus dem ich komme. Und er ist es, der mir gedroht hat. Ich habe ihn sofort wiedererkannt, als ich ihm zufällig vor dem Seniorenheim begegnet bin. Seine Familie ist nicht gut, sie sind in viele kriminelle Machenschaften verwickelt, und der Tadek wird bei uns zu Hause wegen mehrfachen Mordes gesucht. Er ist damals untergetaucht und spurlos verschwunden.«

Da bin ich erst einmal sprachlos. Jetzt wissen wir endlich, wer der zweite Tote ist. Dass das ein gesuchter Mehrfachmörder ist, damit habe ich allerdings nicht gerechnet.

»Jedenfalls darf die Jana nichts sagen, deshalb hat sie sich an mich gewandt, weil ich ein Gottesmann bin und man mir eben vertrauen kann«, erklärt der Eberdinger hochnäsig mit stolzgeschwellter Brust. »Aber noch bevor wir etwas unternehmen konnten, war der Tadek schon tot. Wir wollten erst einmal abwarten, bis etwas Gras über die Sache gewachsen ist, und dann die Tochter hierherholen. Aber du mit deinen Ermittlungen wirbelst ja so viel Staub auf, da geht mein schöner Plan natürlich nicht mehr auf.«

Ich verstehe nicht ganz, was der Eberdinger mit einem guten Plan meint, weil ich da eigentlich nur Dummheit und Naivität sehe, aber überhaupt keinen Plan erkennen kann.

»Du hast mit deinem Schweigen wieder einmal meine Ermittlungen behindert, Pfarrer, das ist dir schon klar?«

»Das Beichtgeheimnis, Dimpfelmoser, das ist nun einmal höherwertiger als deine profanen Ermittlungen. Ich habe versprochen zu schweigen, und das hätte ich auch weiter getan, wenn die Jana nicht geredet hätte.«

»Ich verstehe aber immer noch nicht, was der Mergele

mit alldem zu tun hat. Das entlastet ihn ja keineswegs«, wirft der Reindl ein. »Damit wird er bei dem zweiten Mord doch auch noch zum Hauptverdächtigen.«

»Der Hans kennt den Mörder von den beiden Männern und von der Altenpflegerin«, platzt es aus der Jana heraus.

Plötzlich wird mir klar, warum der Mergele wirklich schweigt.

»Und mit diesem Wissen hätte er das Geld bekommen, das wir so dringend benötigen für unsere Zukunft«, redet die Jana weiter, ohne dass ich überhaupt nachfragen muss.

»Wie, verstehe ich das also richtig? Der Mergele kennt den Mörder und hat ihn erpresst? Meinst du das?«

»Das war doch unsere Chance«, flüstert die Jana, »aber jetzt ist wohl alles zu spät. Aber Hauptsache, der Hans kommt nicht ins Gefängnis wegen der Morde, die er nicht begangen hat.«

»Und du, Pfarrer, hast du das gewusst, dass der Mergele den Mörder erpresst und damit deckt?«

»Nun ja ... Dimpfelmoser, ... ähm ... das Beichtgeheimnis ...«

»Ich scheiße auf dein blödes Beichtgeheimnis, Eberdinger«, schreie ich ihn an, dass er fast vom Stuhl fällt. »Zu schweigen ist das eine, aber aktiv bei der ganzen Erpressung und Vertuschung mitzuhelfen, das ist etwas ganz anderes, Eberdinger.«

»Beruhige dich, Dimpfelmoser! Du kannst mir gar nichts.«

Da hat er wohl recht, der blöde Pfarrer, aber deswegen wird die ganze Sache auch nicht besser.

»Wer weiß noch außer dem Mergele, wer der Mörder ist?«, mischt sich der Reindl ein und verhindert damit einen weiteren Ausbruch von mir.

»Niemand«, schluchzt die Jana. »Nicht einmal mir hat er gesagt, wer es ist. Er hat gemeint, je weniger ich weiß, desto sicherer bin ich.«

»Gut, lassen mia des. Aber wer von euch weiß jetzt, wo der Mergele seine persönlichen Unterlagen deponiert hat? Die müssten mia einsehen, und vielleicht finden mia da irgendeinen Beweis für seine Unschuld oder für die Richtigkeit von deinen Behauptungen, Jana.«

Der Pfarrer und sie schauen sich wieder so komisch an, dann ist es der Eberdinger, der plötzlich aufsteht und mich am Arm packt.

»Komm mit, ich zeige es dir.«

Er zieht mich mit in die Sakristei und öffnet seine Geheimtüre in den Keller darunter, den ich aus dem letzten Fall vor einem Jahr noch in unguter Erinnerung habe. Er geht nach unten, und ich wackle auf meinen Krücken hinterher. In einem der Verschläge stehen ein paar Kisten.

»Da hast die Unterlagen vom Mergele«, erklärt er.

»Ich lasse des alles gleich abholen, und dann schauen mia auf dem Revier, ob was Brauchbares dabei ist. Mia brauchen immer noch Beweise für die Aussagen von der Jana. Vielleicht erzählt sie des ja nur, damit ihr Hans nicht wegen Mord angeklagt wird. Vielleicht ist des alles ja nur erfunden.«

»Ich habe ihre Angaben bereits teilweise überprüft, Dimpfelmoser«, gesteht jetzt der Pfarrer. »Ein tschechischer

Kollege, den ich von verschiedenen Treffen von früher kenne, arbeitet in der Gemeinde, in der die Familie von der Jana lebt. Mit dem habe ich telefoniert, und die Angaben zu ihrer Herkunft und zu ihrer Tochter stimmen. Er hat auch die Angaben zur Familie von dem Tadek bestätigt.«

»Und des hat dir dein Kollege auch als Beichtgeheimnis anvertraut?«, kann ich mir nicht verkneifen.

»Dimpfelmoser, lass es halt gut sein! Ich weiß, dass du mit der Kirche nichts am Hut hast, aber so sind halt einmal unsere Regeln. Und überhaupt sehen wir uns ja eh bald in meinen heiligen Hallen, gell, du Bräutigam.«

Er lacht und gluckst, und ich wundere mich schon überhaupt nicht mehr, dass der auch schon von meiner Heirat erfahren hat.

Inzwischen sind die Kollegen, die ich telefonisch informiert habe, eingetroffen und nehmen die Kisten mit ins Revier. Der Reindl und ich nehmen die Jana mit, damit sie mit dem Mergele redet. Wenn der von ihr erfährt, dass wir eh alles wissen, dann braucht er den Mörder ja nicht mehr zu decken und kann uns den Namen nennen.

»Reindl, hol du den Mergele aus der Zelle, und bring ihn in den Verhörraum. Dann reden mia zu viert, und dann können mia unseren Fall endlich lösen.«

Der Reindl verschwindet, um den Mergele zu holen. Plötzlich fällt in der Nähe ein Schuss. Ich zücke meine Waffe und humple auf den Gang raus, die Jana schiebe ich noch schnell unter meinen Schreibtisch. Am Gang herrscht heilloses Chaos.

»Scheiße, Scheiße!«, brüllt der Reindl, der in der Zelle vom Mergele steht und von oben bis unten voller Blut ist.

Der Oberberger und der Viereck laufen ebenfalls mit gezogenen Waffen zum Zellentrakt, und die Martha und die Rita sprinten vor zum Eingang und sichern die Türe. Ich humple zur Zelle, und da wird mir die ganze Sauerei erst richtig bewusst. Der Mergele liegt tot am Boden vor den Füßen vom Reindl. Der halbe Kopf vom Mergele ist zerplatzt. Die Fensterscheibe ist zertrümmert, und die Glassplitter liegen überall herum. Der Reindl hat auch ein paar Splitter abbekommen, ansonsten scheint er körperlich unversehrt zu sein. Der Viereck nimmt ihn an der Hand und führt ihn aus der Zelle nach vorne in sein Zimmer. Der Oberberger späht aus dem zerschossenen Fenster durch die Gitterstäbe nach draußen.

»Da ist keiner mehr«, stellt er nüchtern fest.

Hinter mir höre ich plötzlich unmenschliche Laute. Ich drehe mich um, und da steht die Jana mit weit aufgerissenen Augen, und aus ihrer Kehle dringt ein Wehklagen, das vergesse ich mein ganzes Leben nicht mehr. So viel Leid, wie da drin liegt, das ist fast nicht zum Aushalten. Sie stürmt an mir vorbei und wirft sich wimmernd auf den toten Mergele. Inzwischen sind auch die Rita und die Martha wieder bei uns, und die beiden ziehen die Jana mit sanfter Gewalt weg vom toten Mergele und bringen sie in ein anderes Zimmer. Ich kann es immer noch nicht fassen. Die ganze Szene wirkt so unwirklich auf mich, als wäre das alles gar nicht in echt passiert. Aber leider liegt die grausame Wahrheit direkt vor mir.

Endlich kommt wieder Leben in mich, und ich humple zum Telefon.

»Ich brauche sofort ein Großaufgebot hier in Wörth«, erkläre ich dem Diensthabenden von der Bereitschaftspolizei. Bei uns ist von draußen ein Gefangener in seiner Zelle erschossen worden. Ich brauche die Spusi und den Kreithmeier und den Kriseninterventionsdienst und einen Doktor, weil zwei Leute hier sind traumatisiert, glaube ich.«

Ich lege auf und humple zunächst weiter zum Reindl. Der sitzt auf seinem Stuhl und starrt nur leer vor sich hin. Er reagiert überhaupt nicht und sitzt stumm da, als wäre er gar nicht lebendig. Der Viereck ist bei ihm und versucht, das Blut aus seinem Gesicht zu wischen. Ich humple weiter in das nächste Zimmer. Dort liegt die Jana auf dem Boden und wimmert nur noch leise. Die zwei Kolleginnen sind bei ihr und drücken sie fest an sich. Kurz darauf höre ich schon die erste Sirene der anrückenden Kollegen. Der Oberberger öffnet vorne die Türe, der Notarzt stürmt herein, dicht gefolgt vom Kreithmeier und vom Mühlbauer. Alles läuft präzise wie ein Uhrwerk ab. Niemand redet unnötig, und jeder macht einfach seine Arbeit. Die Bereitschaftspolizei sperrt inzwischen alle Ausfallstraßen und kontrolliert jedes Auto, das aus Wörth rauswill. Ich befürchte ja, dass wir da wenig Glück haben und der Mörder vom Mergele schon längst über alle Berge ist, aber wer weiß, vielleicht täusche ich mich, und er geht uns doch noch ins Netz.

Ich humple zurück in mein Zimmer und schließe die Türe. So langsam setzt mein Hirn wieder ein, und mir wird klar, was hier gerade passiert ist. Der einzige Mensch, der anscheinend den Mörder kannte, ist gerade hingerichtet worden, und das direkt vor unseren Augen. Ich will einfach nur alles hinschmeißen und ganz weit weggehen. Am besten zusammen mit der Eva, nach der ich plötzlich eine dermaßen große Sehnsucht verspüre, wie ich sie noch nie gekannt habe. Ohne noch weiter nachzudenken, schwinge ich mich auf meine Krücken, und nachdem alle so beschäftigt sind, bekommt keiner mit, dass ich das Revier verlasse und einfach nach Hause hüpfe.

»Xaver, wie schaust denn du aus?«, fragt die Eva besorgt, dann nimmt sie mich einfach in den Arm, und so sitzen wir eine Ewigkeit da, ohne noch ein weiteres Wort zu reden. Ich wünsche mir nur, dass dieser Moment niemals zu Ende geht. Irgendwann läutet es, und der Oberberger, der Viereck, die Rita und die Martha stehen in der Wohnung.

»Der Reindl ist im Krankenhaus, und ansonsten kümmern sich die Bereitschaftspolizei und der Huber um alles. Der Huber hat es sich tatsächlich nicht nehmen lassen, sich persönlich um alles zu kümmern«, flüstert der Oberberger.

Ich nicke nur, und die Eva bietet allen an, zu bleiben.

Keiner sagt mehr ein Wort, und so sitzen wir alle nur da und schweigen, und irgendwie tut es gut, dass sie hier sind, und wir alle wissen, dass jeder für den anderen da ist.

Kapitel 16

Nachdem wir die Nacht in unserer Küche verbracht haben, habe ich am nächsten Morgen erstaunlicherweise wieder richtig Elan, und der unbedingte Wille, den Fall endlich abzuschließen und zu Ende zu bringen, ist zurückgekehrt.

»Leute, des war super, dass ihr heute Nacht alle rübergekommen seids«, erkläre ich meinen Kollegen.

»Ich mach euch allen ein gescheites Frühstück«, sagt die Eva, und so sitzen wir noch eine halbe Stunde schmatzend und kauend in der Küche, bevor wir wieder rübergehen in unser Revier. Bei mir dauert es halt mit dem Gipsfuß etwas länger.

»Sind S' schon wieder einsatzbereit?«, will der Huber wissen, der tatsächlich die ganze Nacht dageblieben ist und den Einsatz der Bereitschaftspolizei koordiniert hat.

»Ja freilich, Huber, oder glauben S', dass uns so ein Drama wie letzte Nacht gleich dienstuntauglich macht?«, frage ich ihn. »Gibt es schon Neuigkeiten, und wie geht es dem Reindl?«

»Leider gibt es nichts, aber rein gar nichts. Der Schütze ist wie vom Erdboden verschluckt, und er hat keinerlei Spuren hinterlassen. Dem Kollegen Reindl geht es so weit wieder gut. Ich habe vorhin mit dem Krankenhaus telefoniert, er weigert sich, noch länger dortzubleiben, und wird in Kürze wieder hier eintreffen.«

»Warum sind S' eigentlich persönlich gekommen, um den ganzen Einsatz zu leiten, Huber? Das macht doch normalerweise der diensthabende Beamte?«

»Ja wissen S', Dimpfelmoser, ... mein Schwiegervater ...«

»Was ist mit dem?«

»Nun ja, er ist gestern einfach verschwunden, nachdem ich ...«

Mir schwant Übles.

»Nachdem was, Huber? Reden S' halt einfach!«

»Nun ja, er hat halt mitbekommen, dass der Mergele bei Ihnen in der Zelle sitzt. Da ist er richtig wütend geworden und ist dann davongefahren. Seitdem fehlt auch von ihm jede Spur.«

Das muss ich erst einmal verdauen. Ich starre ihn ungläubig an, während mir der Unterkiefer bis zu den Kniekehlen runterrutscht.

»Und jetzt glauben S' also, dass Ihr Schwiegervater hierhergefahren ist und den Mergele erschossen hat? Des würde bedeuten, dass er unser gesuchter Mörder ist, Huber.«

»Ja, so in etwa könnte das sein, ... aber bewiesen ist da noch gar nichts.«

»Huber, so einen Zufall gibt es doch gar nicht mehr, oder glauben S' da immer noch an die Unschuld von Ihrem sauberen Schwiegervater?«

Er druckst rum und stiert zu Boden, sein Kiefer mahlt,

und er knetet nervös mit seinen Händen rum, dass du meinst, er will gerade jemanden erwürgen.

»Dimpfelmoser«, nuschelt er mir dann her, »wenn das stimmt und rauskommt, dass ich die Ermittlungen gegen meinen Schwiegervater verhindert habe ...«

»Ja des werden S' nicht vertuschen können. Da hängt ja auch noch der Staatsanwalt mit drin, der die Ermittlungen gegen ihn eingestellt hat.«

»Nun ja, Dimpfelmoser, der Staatsanwalt ist nicht das Problem. Er ist ein Freund von mir und schuldet mir noch einen Gefallen. Mit ihm habe ich schon Stillschweigen vereinbart. Das Problem ...«

Das Problem bin ich, das ist mir auch schon klar.

»Huber, soll ich Ihnen schon wieder Ihren Arsch retten, oder wie stellen S' sich des vor? Sie haben eine offensichtliche Mordermittlung verhindert und überhaupt alles dafür getan, dass Ihr Schwiegervater als Verdächtiger überhaupt nicht infrage kommt, obwohl da vieles dafür gesprochen hat. Wenn der den Mergele erschossen hat, dann werd' ich Sie diesmal nicht mehr decken, Huber. Weil dann wäre dieser Mord zumindest nicht mehr passiert, und da müssen S' dann selber die Konsequenzen tragen.«

»Aber wenn er es nicht war, dann halten S' doch Ihren Mund, Dimpfelmoser?«, heult er und sitzt wie ein Häufchen Elend auf seinem Stuhl.

»Das überlege ich mir dann, wenn mia wissen, ob er der Mörder ist oder nicht, Huber. Das kann ich Ihnen momentan noch nicht garantieren, weil eigentlich müssten S' einfach einmal Ihren Stuhl im Präsidium räumen. Sie sind untragbar für die Polizei, so wie Sie sich immer wieder verhalten, Huber.«

Er nickt nur und wirkt völlig geistesabwesend. Nachdem gerade der Reindl vorne zur Türe reinkommt, lasse ich ihn einfach sitzen und humple nach vorne.

»Reindl, was willst du hier? Du solltest im Krankenhaus bleiben und dich erholen. Mit so einem Trauma ist nicht zu spaßen.«

»Mir geht es gut«, knurrt er und funkelt mich wütend an. »Du glaubst doch nicht ernsthaft, dass nur du arbeiten kannst, obwohl du eigentlich dienstunfähig bist. Das kann ich auch, da kannst du dich darauf verlassen. Und überhaupt, nach dem Drama gestern nehme ich die ganze Sache sehr persönlich. Wenn ich den erwische, der das gemacht hat, dann ist hoffentlich noch jemand anders dabei.«

Oha, der Reindl, der ist ja fuchsteufelswild! Da muss ich wohl ein Auge auf ihn haben, nicht dass der mir völlig durchdreht.

»Du, wahrscheinlich war es der Meiereder. Nach dem lassen mia jetzt sofort fahnden, nachdem der Huber noch nichts unternommen hat.«

Ich erzähle ihm, was mir der Huber gebeichtet hat, und auch er stimmt mir zu, dass wir uns auf die Fahndung nach dem Meiereder konzentrieren sollten.

»Ich lasse gleich dem sein Handy orten, vielleicht haben wir Glück«, sagt der Reindl und schwingt sich hinter seinen Monsterbildschirm. Nach ein paar Telefonaten und zehn Minuten später heult er triumphierend auf.

»Wir haben ihn, Dimpfelmoser. Sein Handy ist tatsächlich eingeschaltet, und er befindet sich momentan ...«

»Ja, wo?«

»Ich glaube es ja nicht. Der ist in der Kirche vorne.«

»In der Kirche? Des kann ja wohl nicht dem sein Ernst sein. Bist dir sicher?«

»Ja schau halt selber. Wir können sein Handy einwandfrei orten, und da gibt es überhaupt keine Zweifel.«

»Dann umstellen mia jetzt die Kirche und holen uns den.«

»Willst da einfach so reinmarschieren und ihn verhaften, Dimpfelmoser? Das ist doch ein Gotteshaus, und da müssen wir uns zurückhalten, hast du gesagt.«

»Da ist unser mutmaßlicher Mörder drin, der uns von Anfang an verarscht hat, Reindl. Des nehm ich jetzt auch persönlich, weil wenn es der Meiereder war, dann hat der uns bisher vorgeführt wie dumme Schulbuben, die hinten und vorne keine Ahnung haben.«

Ich rufe meine Männer und Frauen zusammen, und dann geht der Einsatz los. Der Oberberger schiebt mich in meinem Rollstuhl durch die Ludwigsstraße vor zur Kirche, damit es schneller geht. Natürlich habe ich auch meine Krücken dabei, man weiß ja nie, was uns dort alles erwartet.

»Meinst nicht, wir sollten die Soko rufen, dass die den verhaften. Der steht doch total unter Druck und wird sich nicht so einfach festnehmen lassen«, wirft der Oberberger ein.

»Des machen mia selber, Oberberger. Des wäre ja gelacht, wenn mia für einen über achtzigjährigen Mann eine

Soko bräuchten. Wir reden zuerst mit dem Pfarrer, falls der anwesend ist, und setzen den fest, nicht dass der uns wieder dazwischenfunkt. Und dann gehen mia rein und holen uns den Meiereder. Des sollte kein großes Problem sein. Falls der tatsächlich in der Kirche auf uns schießt, dann hilft halt alles nix, aber wir sind da immer noch weniger brachial, als wenn der Heulerich anrückt. Der legt uns zum Schluss noch die ganze Kirche in Schutt und Asche.«

»Da hast du auch wieder recht«, gibt der Oberberger zu.

Also schiebt er mich zuerst zum angrenzenden Pfarrhaus, und wir läuten ganz brav. Tatsächlich öffnet der Pfarrer Eberdinger.

»Ja was wollts ihr schon wieder von mir?«, fragt er und schaut ganz unschuldig. »Hat man nicht einmal mehr am Sonntag seine Ruhe vor der polizeilichen Willkür? Ich muss gleich eine Messe halten, da habe ich überhaupt keine Zeit für euch.«

»Wo ist er?«, herrsche ich ihn an und fuchtle mit meiner Pistole vor ihm rum.

Er schaut irritiert und tut so, als wüsste er von nichts.

»Wer ist wo? Von was redest überhaupt, Dimpfelmoser? Du, ich habe echt keine Zeit für deinen Schmarrn. In einer Viertelstunde muss ich in der Kirche sein, da beginnt der Gottesdienst.«

Das ist natürlich richtig blöd, weil wir können ja nicht die voll besetzte Kirche stürmen und eventuell noch jemanden von den sonntäglichen Kirchenbesuchern gefährden.

»Rück den Meiereder einfach raus, dann samma gleich wieder weg, und du hast deine Ruhe. Mia reden dann später darüber, dass du einen mutmaßlichen Mörder hier versteckst.«

»Der Meiereder? Warum sollte der hier sein? Ich habe keine Ahnung, wo der steckt«, erklärt der Pfarrer, und diesmal hat er nicht seine typischen nervösen Augenzuckungen und seinen schuldbewussten Blick, an dem ich immer gleich erkenne, dass er lügt. Mein Instinkt sagt mir, dass er tatsächlich nichts davon weiß, dass der Meiereder in seiner Kirche sitzt.

»Dann halt halt deinen Gottesdienst, Eberdinger. Aber der Meiereder ist in deiner Kirche, wir haben dem sein Handy dort geortet. Er hat anscheinend heute Nacht den Mergele erschossen und ist wahrscheinlich auch für die anderen Morde verantwortlich. Der steht mächtig unter Druck, und da weißt ja nicht, ob der nicht völlig durchdreht. Wir mischen uns einfach unauffällig unter die Kirchenbesucher, und dann hoffen wir, dass nix passiert.«

Der Pfarrer wird kalkweiß, und Angst huscht über sein Gesicht.

»Das wusste ich nicht, Dimpfelmoser, das musst du mir glauben. Und ich weiß wirklich nicht, wo der Meiereder in der Kirche ist.«

Meine Leute mischen sich also unauffällig unter die Kirchenbesucher, und ich bleibe mit meinem Rollstuhl draußen. Da bin ich halt doch zu auffällig, und der Meiereder würde mich sicherlich gleich erkennen. Der Gottesdienst beginnt, und ich höre auf meiner Position neben der Seitentüre den Chor und die Gemeinde singen. Die Zeit vergeht, und nichts passiert.

»Vater unser im Himmel ...«

Irgendwie ist mir nicht ganz wohl bei der Aktion.

»Geheiligt werde dein Name ...«

Vorsichtshalber nestle ich meine Waffe aus dem Halfter, was gar nicht so einfach ist, wenn man im Rollstuhl sitzt.

»Dein Reich komme ...«

Bevor ich überhaupt kapiere, was los ist, schwingt die Türe in rasendem Tempo auf. »Dein Wille geschehe ...«

Ein Mann in einer Mönchskutte springt heraus, schnappt sich meine Pistole, noch ehe ich auf ihn zielen kann, und mit einer unglaublichen Kraft, der ich momentan nichts entgegenzusetzen habe, haut er mir eine auf meinen Kiefer, sodass der vor Überraschung weit aufklafft, und schiebt mich dann einfach davon.

»Halt dein Maul, sonst puste ich dir den Kopf weg!«, zischt der Meiereder, den ich unter der Kapuze erkenne.

Nachdem der Alte wild entschlossen wirkt und mir meine eigene Pistole mit einer Hand an den Kopf hält, während er mit der anderen geschickt den Rollstuhl schiebt, bin ich erst einmal still. Was willst da auch machen, wenn ein irrer Mörder dich so bedroht und du noch nicht einmal richtig gehen kannst. Er schiebt mich zurück in die Ludwigsstraße, vorbei am Polizeirevier und zum Haus schräg gegenüber, in dem ich wohne.

»Die Treppe rauf!«, kommandiert er.

Also mühe ich mich aus dem Rollstuhl und hüpfe mit meinen Krücken nach oben.

»Aufsperren und Maul halten!«, weist er mich an, als wir vor meiner Wohnungstüre stehen.

Da mir immer noch nichts Besseres einfällt, sperre ich halt die Türe auf, und wir stehen vor der Eva, die gerade die Wohnung verlassen wollte. Mit schreckgeweiteten Augen starrt sie uns an. Der Meiereder schubst mich von hinten einfach auf sie. Mir haut es die Krücken weg, und natürlich verliere ich mein Gleichgewicht, und ich lande mitsamt der Eva auf dem Boden, während er in aller Seelenruhe die Türe zuschiebt.

»So und jetzt ab in die Küche, und dann reden wir!«, befiehlt er.

Also schleppe ich mich auf die Eva gestützt in die Küche, und wir setzen uns an den Tisch.

»Ich war es nicht, Dimpfelmoser, das musst du mir glauben. Auch wenn alles gegen mich spricht, ich habe mit keinem der Morde etwas zu tun. Und du brauchst keine Angst haben«, wendet er sich an die Eva, die völlig starr dasitzt, »ich tue euch nichts. Ich muss mich nur vor dem echten Mörder verstecken, weil der auf der Suche nach mir ist und mich auch noch umbringen will.«

Ich verstehe gar nichts mehr. Wer ist denn jetzt der Mörder? Der Meiereder will mich wahrscheinlich nur verarschen.

»Kannst des beweisen, Meiereder, dass du nix mit den Morden zu tun hast?«

»Eben nicht. Das ist ja mein Problem. Da versucht mich wer fertigzumachen, indem er es so aussehen lässt, als wäre ich es gewesen.«

»Du bist doch gestern sofort los, nachdem du mitbekommen hast, dass die Jana ausgesagt hat und mia den Mergele befragen wollten, wer der wahre Mörder ist. Der hätte uns sicherlich die Wahrheit gesagt, weil der hatte gar nichts mehr zu verlieren. Und dann hast du mit dem Mord am Mergele dafür gesorgt, dass der uns nicht deinen Namen verrät.«

»So mag es tatsächlich ausschauen, und wahrscheinlich habe ich mich damit erst recht verdächtig gemacht. Aber ich bin nur verschwunden, um mich selbst zu schützen. Ich stehe auch auf der Todesliste von dem echten Mörder, da bin ich mir sicher. Und da habe ich schreckliche Angst bekommen, dass der mich umbringt.«

»Also weißt du auch, wer der Täter ist? Dann rück halt raus mit der Sprache!«

»Ich weiß es eben nicht. Ich dachte zunächst auch, dass es der Mergele ist, der immer mehr durchdreht. Der Mergele hat mich ja auch erpresst. Er hat mitbekommen, dass ich im großen Stil Zigaretten schmuggle und auch noch sein Sohn in den Schmuggel verwickelt ist. Da hat er mich unter Druck gesetzt und wollte von mir eine Million Euro haben für sein Schweigen. Der Mergele ist wohl schon länger hinter die ganze Sache gekommen. Jedenfalls hatte er einige Fotos, die den ganzen Schmuggel dokumentieren. Da waren leider auch Bilder dabei, auf denen ich in meinem Lager zu sehen bin. Ich hätte ihm das Geld ja gegeben, aber bevor es zu einer Übergabe gekommen ist, wurde mein Auto gestohlen und der Antonicek ermordet. Der alte Antonicek, der war an unserem Geschäft beteiligt, von dem seinen Familienclan in Tschechien stammt ja die ganze Ware.«

»Du kannst mir viel erzählen, Meiereder. Warum bist

dann nicht gleich zu uns gekommen und hast den Mergele angezeigt?«

»Dann wäre doch alles aufgeflogen. Ich wollte aus der ganzen Sache eigentlich eh aussteigen und alles dem Antonicek übergeben. In meinem Alter und mit dem vielen Geld, das ich habe, da brauche ich das alles nicht mehr. Mitnehmen kann ich nichts, wenn ich diesen Planeten verlasse, und meine Tochter, die hat auch schon genug von mir bekommen. Ich hätte sie eh enterbt, weil meinem depperten Schwiegersohn, diesem Trottel Huber, dem hätte ich keinen einzigen Cent überlassen. Ich habe meiner Tochter gesagt, dass sie sich trennen soll von dem, und das wollte sie auch tun, nachdem ich ihr gesagt habe, dass ich sie ansonsten enterbe. Aber dann haben sich die Ereignisse überschlagen, das wissen Sie ja, Dimpfelmoser.«

»Können S' des alles beweisen?«

»Kann ich nicht, aber ich brauche jetzt wirklich Polizeischutz. Der Mörder schreckt ja vor gar nichts mehr zurück, und ich bin sicherlich der Nächste. Wahrscheinlich sollten S' auch den Tom und den Ben in Gewahrsam nehmen. Nicht dass denen auch noch etwas passiert.«

Da hat er recht, der Meiereder. Er erlaubt mir, dass ich meinen Leuten Bescheid gebe, damit die die zwei in Gewahrsam nehmen, und er hat auch nichts dagegen, dass ich ihnen sage, dass er mich und die Eva als Geiseln genommen hat, aber sich jetzt in Polizeigewahrsam begeben will, damit ihm nichts passiert.

»Wennst dich eh so gut auskennst, weißt sicherlich auch, warum alle sterben mussten, Meiereder.«

»Ja, natürlich ist das völlig klar«, tut er ganz schlau, das Arschloch. »Alle bisherigen Toten haben etwas mit dem Schmuggel zu tun. Der Antonicek war mein Teilhaber. Mit dem Tadek habe ich parallel verhandelt, dass der den ganzen Laden übernimmt, wenn ich aussteige. Die Minterfing wusste auch Bescheid und hat mir schon länger in meinem Lager geholfen. Und der Mergele hat ja alles mitbekommen und mich erpresst, und er wusste anscheinend, wer da als Mörder herumläuft. Da ist doch klar, dass alle deswegen gestorben sind. Da will jemand das ganze Geschäft übernehmen, ohne etwas dafür zu bezahlen, das ist doch offensichtlich. Und deshalb schaltet er alle aus, die ihm im Weg stehen, so sehe ich das.«

Klingt absolut schlüssig, denke ich mir. Dann gibt es eine Explosion, die Fensterscheiben zerspringen, es raucht, und plötzlich ist die Hölle um uns herum los. Ein paar Sekunden später liegt der Meiereder gefesselt am Boden, und der Heulerich kniet triumphierend auf ihm.

»Da schaust, Dimpfelmoser, wie wir dir wieder deinen Arsch retten«, grinst er. »Bist froh, dass du mich siehst, das kannst du ruhig einmal zugeben.«

Die Eva und ich schauen uns entsetzt um, um das Ausmaß des angerichteten Schadens zu überblicken. Alle Fensterscheiben sind zerbrochen, von der blöden Rauchgranate ist der Teppichboden angekohlt, und der Küchenschrank liegt mitsamt dem Geschirr zertrümmert am Boden, da ist wohl einer von dem Heulerich seinen Männern dagegengeknallt, als sie sich in ihrer spektakulären Aktion durch die Fenster geschwungen haben. Ich erkenne, dass sie sich wohl vom Dach abgeseilt haben und dann durch die Scheiben reingesprungen sind.

»Deine saudumme Aktion war völlig überflüssig. Der Meiereder hat doch gesagt, dass er aufgibt, und er hat um Polizeischutz gebeten. Außerdem war's der nicht, und überhaupt, schau dich halt um, was du wieder angerichtet hast. Immer wenn du auftauchst, dann liegt hinterher alles in Trümmern«, knurre ich ihn genervt an, weil in so einer Situation ertrage ich dem sein blödes, überhebliches Gehabe einfach nicht.

»Ein Danke hätte es auch getan, Dimpfelmoser«, belehrt er mich verärgert und rückt mit seinen Leuten und dem Gefangenen ab.

Ich nehme die Eva in den Arm und erkläre ihr, dass der Staat schon für den Schaden aufkommt. Dann hüpfe ich auf meinen Krücken rüber in mein Revier, während die Eva aufräumt und den Glaser anruft, damit der den Schaden an den Fenstern schnellstmöglich behebt.

»Saugeil«, lacht der Viereck und zeigt allen das Handyvideo, das er vom Heulerich seiner Aktion aufgenommen hat.

»Wir haben sofort die Soko gerufen, nachdem uns die Jana erzählt hat, was vor der Kirche passiert ist. Sie hat zufällig deine Entführung mitbekommen.«

»Ja schön, Viereck. Aber ich habe doch vorhin angerufen. Da war die Aktion doch überflüssig, und überhaupt, mia ham schon wieder den Falschen. Da bin ich mir fast sicher, dass es der auch nicht war.«

»Geh, du stehst halt unter Schock, Dimpfelmoser«, versucht es der Viereck. »Da habe ich neulich erst was im Fernsehen gesehen, dass sich das Entführungsopfer mit dem Entführer solidarisiert und eine enge Beziehung aufbaut in so einer Situation.«

»So ein Schmarrn«, herrsche ich ihn an. »Erstens war da die Entführung viel zu kurz, und zweitens gehe ich überhaupt keine enge Beziehung ein, schon gleich gar nicht mit so einem wie dem Meiereder.«

»Da hast wohl recht, mit engen Beziehungen hast es nicht so«, merkt der Oberberger völlig überflüssigerweise an.

»Wo sind eigentlich die anderen?«

»Die verhaften wieder einmal den Tom und den Ben, so wie du es angeordnet hast.«

Kurze Zeit später sind alle wieder da und unsere Zellen wieder voll. Der Huber ist schon wieder verschwunden, wohin, das weiß keiner. Der ist einfach grußlos gegangen, berichtet die Rita.

»Ein Scheißdreck ist das alles«, erkläre ich frustriert, nachdem ich allen die Behauptungen vom Meiereder mitgeteilt habe. »Wenn das stimmt, was der erzählt, dann läuft unser Mörder weiter frei herum, und wir haben keine Ahnung, wer das ist.«

»Sollten wir nicht auch der Jana vorsichtshalber Polizeischutz geben?«, fragt die Martha. »So wie ich das sehe, ist die doch auch gefährdet. Der Mörder kann nicht sicher wissen, ob sie mehr weiß, als sie zugibt, und vielleicht will er sie sicherheitshalber auch aus dem Weg räumen.«

Da hat sie recht, also schicke ich den Oberberger und die Martha los, dass sie auch die Jana auftreiben und hierherbringen. Mit dem Einsatzleiter der Bereitschaftspolizei, die immer noch in Wörth und Umgebung alles kontrolliert, vereinbare ich, dass seine Leute unser Dienstgebäude rund um die Uhr bewachen und jeden kontrollieren, der hier reinwill oder auch nur in die Nähe kommt.

»Gibt es sonst noch jemand, der gefährdet ist?«, frage ich. »Überlegts einmal, wer noch direkt etwas mit dem Schmuggel zu tun hat. Müssen wir noch mehr Leute bewachen, oder haben wir mit der Jana alle beieinander?«

»Wie ist es mit dem Huber und seiner Frau? Nachdem der Meiereder so lange bei denen war und die miteinander verwandt sind, könnte der Mörder doch auch vermuten, dass die etwas wissen. Sollten wir die nicht auch bewachen lassen?«, fragt der Reindl.

Mir widerstrebt es zwar gänzlich, den Huber zu schützen, aber wir können natürlich auch nicht einfach zuschauen, dass ihm und seiner Frau etwas passiert. Also müssen wir uns darum auch noch kümmern. Ich schicke den Viereck mit der Rita los, dass die zum Huber heimfahren und die zwei herbringen oder ihnen zumindest klarmachen, dass sie Polizeischutz brauchen. Irgendwie habe ich so ein komisches Gefühl bei allem, was wir gerade machen. Wenn uns der Meiereder doch verarscht und er der Mörder ist, dann ist alles, was wir gerade tun, völlig sinnlos und überflüssig. Aber solange wir uns nicht sicher sind, müssen wir halt die Menschen schützen, auch wenn einer davon der Huber-Depp ist, da hilft halt alles nichts.

»Hat eigentlich schon jemand die tschechischen Kollegen informiert, dass die sich um den Schutz von dem Kind von der Jana und deren Eltern kümmern?«, frage ich den Reindl. »Wenn es stimmt, was uns die Jana erzählt hat, dann könnte sich die Familie vom Tadek doch auch an denen rächen.«

Der Reindl überlegt kurz, dann spurtet er los und informiert die tschechischen Kollegen. »Das haben wir in der ganzen Aufregung glatt vergessen«, gibt er zerknirscht zu.

Kurze Zeit später tauchen der Oberberger und die Martha wieder auf, allerdings ohne die Jana.

»Die will keinen Schutz, hat sie gesagt. Sie vertraut da mehr dem göttlichen Schutz«, erklärt der Oberberger kopfschüttelnd. »Sie hat sich in der Kirche versteckt und glaubt, dass sie da sicher ist.«

Im selben Moment meldet sich auch der Viereck.

»Dimpfelmoser, mia san gerade beim Huber. Da ist aber nur dem seine Frau, und die hat einen Nervenzusammenbruch oder so was. Jedenfalls liegt sie wimmernd und rotzend auf dem Boden. Die Rita kümmert sich um sie. Was sollen mia jetzt machen? Der Huber ist übrigens nicht daheim, und seine Frau weiß anscheinend nicht, wo er gerade ist.«

Ich überlege kurz. Eigentlich braucht die Frau einen Arzt oder muss ins Krankenhaus, so wie der Viereck der ihre Symptome schildert.

»Viereck, ruf den Notarzt, und lass die dann ins Uniklinikum bringen. Ihr zwei bleibts bei ihr und bewachts sie, bis Kollegen kommen und euch ablösen. Und mia schauen, dass mia den Huber auftreiben. Falls dem seine Frau wieder ansprechbar ist, versuchts mit ihr zu reden, damit mia den

Huber finden und ihn schützen können. Da können mia kein Risiko mehr eingehen, nicht dass noch einmal jemand ermordet wird.«

Wo steckt denn bloß der Huber wieder? Er ist nicht im Dienst, da hat er sich krankgemeldet. Zu Hause ist er nicht, und an sein blödes Handy geht er auch nicht. Ich habe irgendwie überhaupt kein gutes Gefühl. Vielleicht hat unser Massenmörder ihn schon gefunden oder umgebracht. Bei so einem, der einen nach dem anderen einfach ohne jegliche Skrupel erschießt, da kannst davon ausgehen, dass der auch vor dem Huber nicht haltmacht.

Ich rufe den Reindl, den Oberberger, die Martha und den Gassenebener, den Einsatzleiter der Bereitschaftspolizei, zu mir, damit wir die Lage weiter besprechen.

»Der Huber, der ist in letzter Zeit eh so komisch«, berichtet der Gassenebener. »Den bedrückt die ganze Angelegenheit gewaltig. Ich habe mein Büro im Präsidium ja direkt neben seinem. Und in den letzten zwei Wochen habe ich immer wieder gehört, wie der völlig durchgedreht ist. Der hat gegen die Wände getrommelt und geschrien und sogar geheult. Ich habe ihn gefragt, was los ist, aber er hat nur abgewiegelt, er hätte momentan privat mächtig Stress.«

»Ja, wenn mein Schwiegervater sich als so ein Riesenlump entpuppen würde, dann hätte ich auch einen Stress«, bemerkt der Oberberger.

»Was ich nicht verstehe«, werfe ich ein, »der hat doch laut eigenen Aussagen schon lange von den Machenschaften seines Schwiegervaters gewusst. Und er hat ihn ja auch gedeckt, zumindest hat er auch dem seine Schmuggelware geraucht. Warum flippt er dann bereits vor den ganzen Morden so aus?«

»Hat nicht der Pfarrer gesagt, dass der Meiereder aussteigen und sich selbst anzeigen wollte und deshalb sogar mit ihm geredet hat? Wahrscheinlich ist der Huber deswegen so ausgeflippt. Er musste ja damit rechnen, dass das kein gutes Licht auf ihn selbst wirft, wenn rauskommt, dass sein eigener Schwiegervater wohl seit Jahrzehnten einen florierenden Zigarettenschmuggel betreibt«, überlegt der Reindl.

Da hat er auch wieder recht. Wahrscheinlich hat sich der Huber wieder einmal mehr Gedanken um seinen Ruf gemacht, anstatt sich um Recht und Gesetz zu kümmern, aber das kennen wir ja zur Genüge von ihm.

»Die ganze Regensburger Polizei weiß Bescheid, dass wir den Huber suchen«, erklärt der Reindl weiter. »Sobald der irgendwo wieder auftaucht, wird der sofort in Gewahrsam genommen. Wir können nur hoffen, dass es noch nicht zu spät ist.«

»Des ist doch ein riesiger Scheißhaufen, was mia hier haben«, ereifert sich der Oberberger. »Wir haben inzwischen vier Tote und immer noch keine Ahnung, wer der Mörder ist. Der ist wie ein Phantom und hinterlässt nur falsche Spuren.«

»Da hast leider recht, Oberberger«, gestehe ich ein. »Da führt uns einer an der Nase herum, und mia rennen die ganze Zeit nur hinterher, ohne überhaupt irgendeinen einzigen Anhaltspunkt zu haben, wer des ist.«

»Na ja, von rennen kann bei dir zumindest ja keine Rede sein«, bemerkt die Martha spitz und stiert auf meinen Gips.

Alle grinsen und verdrücken sich das Lachen, und ich verstehe wieder einmal überhaupt nicht, was da so lustig daran ist.

»Zefix, bleibts halt auch einmal ernst«, keife ich sie alle an, was aber überhaupt niemanden interessiert.

Im Gegenteil schwenkt die Stimmung plötzlich um, und alle reißen blöde Witze. Wahrscheinlich ist das das Ventil, um den Druck abzulassen, der sich in den letzten Tagen aufgebaut hat. Also schlucke ich meinen Ärger wieder runter und hüpfe rüber zur Eva, die vorhin gekommen ist und im Nebenzimmer auf mich wartet.

»Eva, ich will, dass du so lange untertauchst, bis der Fall gelöst ist«, unterbreche ich sie sofort, als sie mir erzählen will, dass der Glaser schon da ist, um alles zu reparieren. »Ich hab überhaupt keine Ahnung mehr, wer hier noch sicher ist, aber ich will nicht, dass dir irgendwas passiert. Die Kollegen fahren dich zum Seniorenheim, und da holst die Oma und den Opa ab, und dann fahrts derweil nach Straubing, und da geht's in ein Hotel, bis alles vorbei ist.«

»Xaver, ich will aber hier bei dir bleiben«, lächelt sie unsicher.

»Eva, keiner weiß, was als Nächstes hier passiert. Wenn der Irre wieder zuschlägt, dann will ich, dass du sicher bist. Also tu einfach einmal des, was ich dir sage, ansonsten hörst ja eh nie auf mich. Ich hab einfach Angst um euch und will nicht, dass euch was passiert.«

Sie nickt nur, und ich telefoniere mit der Oma und dem

Opa, die zunächst auch protestieren, aber sich dann doch bereit erklären, mit der Eva in ein Hotel zu gehen. Dann gebe ich dem Gassenebener Bescheid, und der schickt ein unauffälliges Fahrzeug mit zwei Beamten, die die Eva mitnehmen und zum Heim fahren, um dann alle sicher nach Straubing zu bringen.

Endlich sitze ich alleine in meinem Rollstuhl und versenke mich in meine Gedanken. »Dimpfelmoser, so eine Scheiße«, stürmt der Reindl in mein Zimmer.

Da muss schon was Ungewöhnliches passiert sein, weil solche Ausdrücke nimmt der Reindl mit seinen guten Manieren normalerweise nicht in den Mund. Aber vielleicht färbt auch einfach nur unsere Art langsam auf ihn ab, denke ich mir.

»Die tschechischen Kollegen haben gerade angerufen, Dimpfelmoser. Die Antoniceks sind in einem Kleinbus und mehreren weiteren Fahrzeugen über die Grenze und wohl auf dem Weg hierher. Die Kollegen befürchten, dass sie wissen, wer der Mörder vom alten Antonicek ist und dass sie die Sache selbst in die Hand nehmen wollen. Jedenfalls haben sie ein ganzes Waffenarsenal dabei.«

»Und die lassen die einfach so fahren?«, wundere ich mich.

»Die Kollegen haben das Firmengelände beschattet, und da haben sie gesehen, dass die Maschinenpistolen eingeladen haben. Aber bevor Verstärkung eingetroffen ist, sind die schon weg gewesen. Wir wissen nur von einer Überwachungskamera an der Grenze, dass die nach Deutschland gefahren sind. Seitdem fehlt allerdings jegliche Spur von dem Kleinbus.«

»Also ist gar nicht sicher, dass die wissen, wer den Antonicek ermordet hat und ob die auf dem Weg hierher sind?«

»Leider doch. Einer der Kollegen, die die beschattet haben, hat gehört, wie sie davon gesprochen haben, dass sie nach Wörth fahren und sich rächen wollen.«

»Da sollten mia dann den Heulerich mit dazuholen«, beschließe ich, weil wenn da jetzt auch noch eine Horde rachsüchtiger Irrer hier auftaucht, dann kann es sein, dass die Lage völlig eskaliert.

»Reindl, ruf den Heulerich an, der soll so schnell wie möglich kommen. Nach den Fahrzeugen von den Antoniceks wird hoffentlich gefahndet?«

»Die Fahndung läuft, Dimpfelmoser. Sobald die irgendwo auftauchen, werden sie gestoppt und alle verhaftet.«

Bevor ich noch weiter nachdenken kann, stürmt auch noch der Gassenebener wutentbrannt herein.

»Die Lage gerät langsam außer Kontrolle, Kollegen«, erklärt er. »Ich habe gerade eben die Meldung bekommen, dass nicht nur die Antoniceks auf dem Weg hierher sind, sondern auch der Familienclan von eurem zweiten Toten, dem Tadek Alesowich. Ob die auch bewaffnet sind, wissen wir nicht. Nachdem die Familie ebenfalls observiert wurde, wissen wir nur, dass sie nach Deutschland gefahren sind. Und hier sind die auch wie vom Erdboden verschluckt.«

»Das kann doch kein Zufall mehr sein, dass sich die zeitgleich hierher auf den Weg machen«, knurre ich wütend. »Haben die sich abgesprochen?«

»Das glaube ich eher nicht«, sagt der Gassenebener. »Die zwei Clans sind seit Generationen verfeindet. Beide sind in illegale Geschäfte verwickelt, da glaube ich nicht, dass die plötzlich gemeinsame Sache machen.«

»Dann muss ihnen jemand den Namen des Mörders verraten haben, wenn unsere Vermutung stimmt, dass die hier alle herkommen, um Selbstjustiz zu verüben. Wenn die aufeinandertreffen, dann ham mia hier einen Krieg, des müssen mia unbedingt verhindern.«

»Wo ist ein Krieg?«, schreit der Heulerich und rauscht mit einer Maschinenpistole im Anschlag und in voller Kampfmontur herein. »Hast schon wieder Probleme, Dimpfelmoser, die du alleine nicht lösen kannst? Und der Gassenebener ist ja auch da und anscheinend wieder einmal hilflos und überfordert.«

»Heulerich, halt einfach dein Maul«, ereifert sich der Gassenebener.

Da kann wohl noch wer den Deppen Heulerich nicht leiden. Was muss der sich auch immer gleich so aufführen, als wäre er der Stargladiator und alle anderen zu blöd, um ihre Arbeit zu machen. Ich schildere dem Heulerich trotzdem die Situation, damit der alle nötigen Schritte einleitet.

»Ja sauber, da brauchts keine Angst haben. Weil jetzt bin ja ich da, und da werden wir die Sauhunde gleich überwältigt haben, wenn die hier auftauchen. Wen wollen die denn überhaupt umbringen, des wäre vielleicht noch wichtig, zu wissen, damit wir den auch beschützen können?«

»Heulerich, des wissen mia leider nicht. Der Mörder ist

nicht bekannt, und der Einzige, der wusste, wer es ist, der ist leider tot.«

Der Heulerich starrt mich mit seinen hässlichen Glupschaugen an, da schaut er gleich noch blöder aus.

»Wir wissen nicht, wohin die genau fahren und wer die Zielperson ist?«, fragt er entgeistert. »Ihr wisst nicht einmal, ob die überhaupt hierherkommen?«

»Die kommen sicherlich hierher, weil sich hier irgendwo der Mörder aufhält und die Antoniceks gesagt haben, dass Wörth ihr Ziel ist. Da musst halt einmal kreativ sein und dementsprechend einen Einsatzplan machen, Heulerich. Da kannst nicht einfach ein paar Scheiben mit deinem Wasserwerfer kaputt machen oder ein paar Blendgranaten werfen.«

Er schaut mich böse an, und auf seiner Stirn drückt es die Adern raus, als würden sie gleich platzen. Zum Glück zerreißt es ihm aber dann doch nicht seinen Affenschädel. Stattdessen fängt er an, überlegen zu grinsen.

»Ja da wirst schauen, was wir für wunderbare Strategien und Konzepte haben für solche Fälle. Da machen wir gleich einen sauberen Plan, und ich positioniere meine Männer so um Wörth herum, dass da keine Maus mehr rein- oder rauskommt, ohne dass ich es weiß.«

Er rauscht ab, nicht ohne mir noch gönnerhaft mit seiner Pranke auf die Schulter zu hauen, dass es mir fast die Krücken wegreißt und ich Mühe habe, nicht einfach umzufallen.

»Mach das Fenster auf, Dimpfelmoser, damit dem sein Schleimgestank abziehen kann«, bemerkt der Gassenebener trocken. »Wenn alle so wären wie der oder der Huber, dann gute Nacht. Da würde ich den Dienst quittieren, weil das ist ja einfach unerträglich.«

Ich grinse nur still in mich hinein und nehme den Kommentar wohlwollend zur Kenntnis. Dann kehre ich wieder zurück zum Fall. Es macht mich ganz narrisch, dass wir immer noch nicht wissen, wer der Mörder ist. Ich beschließe, dass ich noch einmal mit der Jana und dem Pfarrer rede. Vielleicht wissen die ja doch Bescheid und verschweigen uns nur, wer es ist. Ich instruiere meine Leute, dass die den Meiereder, den Tom und den Ben noch mal verhören, und rolle dann mit meinem Rollstuhl rüber zur Kirche. Inzwischen finde ich das Gefährt gar nicht mehr so schlecht, jedenfalls ist es bequemer, als auf den blöden Krücken rumzuhumpeln. Im Pfarrhaus höre ich den Eberdinger ganz unchristlich zu irgendeiner Marschmusik rumbrüllen. Der ist so laut, dass er noch nicht einmal seine gruselige Glocke hört, die er ganz neu installiert hat. Jedenfalls dröhnen im Gang irgendwelche römischen Domglocken in voller Lautstärke, und dazu singt ein Chor Halleluja. Nachdem auch nach mehrmaligem Chorgesang und Glockengeläut der Pfarrer immer noch brüllt und keine Anstalten macht, die Türe zu öffnen, schwinge ich mich aus meinem Rollgefährt und humple einfach in das Pfarrhaus, das nicht verschlossen ist.

Der Lärm kommt aus dem Wohnzimmer im hinteren Teil, und hier dröhnt die Stimme vom Pfarrer so laut, dass es mir fast das Trommelfell zerreißt. Irgendwas stimmt hier nicht. Ich humple also vorsichtig durch den Flur zum Wohnzimmer, und wie ich durch die Türe spähe, da bleibt mir glatt die Luft weg, und ich falle rückwärts fast wieder in den Gang zurück. Der Eberdinger steht auf einer selbst gebauten Bühne aus Holzpaletten. Er hat nur eine Unterhose an, und zwar so eine, die hintenrum nur so ein schmales Band hat, das in seiner Arschfalte verschwindet. Sein ganzer, zugegebenermaßen gut trainierter Körper trieft vor lauter Öl, mit dem er sich eingerieben hat. Die ganze Szene ist mit Scheinwerfern hell erleuchtet. Davor hat er eine Kamera aufgebaut, mit der er sich selber filmt. Er selbst wirft sich in immer wechselnde Posen, so wie Bodybuilder bei Wettbewerben. Dazu schreit und stöhnt er immer wieder, als würde ihn gerade jemand bei lebendigem Leib grillen oder anderweitig verstümmeln. Er ist so in seine Show vertieft, dass er nicht einmal mitbekommt, dass ich in der Türe stehe und ihm zuschaue. Zum Glück finde ich den Stecker von seiner Stereoanlage, den ich dann ziehe. Schlagartig verstummt die blöde Marschmusik, und der Eberdinger schaut sich irritiert um, gerade so, als würde er aus einer tiefen Trance aufwachen.

»Eberdinger, eine saubere Show legst da hin. Wechselst doch noch deinen Beruf und drehst ein Bewerbungsvideo?«

Es ist ihm noch nicht einmal peinlich, dass ich ihn so auf seiner Bühne erwischt habe. Stattdessen grinst er über sein ganzes Gesicht und wirft sich extra noch in ein paar Posen und lässt dabei seine Muskeln spielen.

»Was meinst, Dimpfelmoser? Habe ich mit diesem Körper Chancen für den Kalender der schönsten Pfarrer im Land?«, fragt er mich allen Ernstes.

»Des glaub ich nicht, Eberdinger. Du verarschst mich doch. So was gibt es nicht in der katholischen Kirche.«

»Nun ja … hm … natürlich nicht von der Kirche aus, Dimpfelmoser«, druckst er herum. »Aber mich hat da ein Pressemensch neulich angesprochen. Der will so einen Kalender machen, damit die Kirche halt auch einmal etwas lockerer rüberkommt, verstehst du. Und mit meinem Körper, was meinst? Das macht doch einen guten Eindruck, wenn die Leute sehen, dass auch ein Pfarrer Wert legt auf gutes Aussehen und sich nicht einfach gehen lässt, so wie es anscheinend bei unserer Polizei üblich ist«, bemerkt er und lässt seinen Blick geringschätzig über meinen Körper wandern.

Ich gehe ausnahmsweise gar nicht auf seine Provokation ein, dazu fehlen mir momentan einfach die Zeit und die Nerven.

»Ja wennst meinst, Eberdinger. Dann mach des halt. Aber warum filmst dich dann auch noch dazu und lässt dich nicht einfach von dem Pressefuzzi fotografieren?«

»Nun ja, ich dachte, da könnte ich doch einen kleinen Film drehen und den auf unserem nächsten Pfarrfest vorführen.«

Irgendwie spinnt der Pfarrer einfach, aber das habe ich ja schon immer gewusst. Ich glaube ja nicht, dass der Bischof da darüber lachen kann, wenn der Eberdinger sich so zur Schau stellt, aber deswegen bin ich ja eigentlich auch gar nicht hier, und es ist mir auch ziemlich egal.

»Eberdinger, zieh dir was an, ich lege keinen so großen Wert darauf, deinen nackerten Arsch anzuschauen. Ich muss mit dir reden und auch mit der Jana. Ist die irgendwo hier, oder weißt, wo die ist?«

Der Depp wackelt noch ein paarmal mit seinem Hintern vor der Kamera, dann wirft er sich endlich einen Bademantel über.

»Die ist in der Kirche drüben. Ich hoffe für dich, dass es wichtig ist, weil für ein Gespräch mit dir habe ich momentan eigentlich überhaupt keine Zeit. Du siehst ja, meine Aufnahmen haben absolute Priorität.«

Tut der nur so naiv, oder ist der wirklich so weltfremd? Der weiß doch, was gerade los ist in Wörth.

»Schau bloß, dass du die Jana holst, sonst lang ich dir eine, Pfarrer. Wir haben lauter Tote, und du hast nur deinen Körper im Kopf, ja geht's noch?«

Anscheinend sieht er das doch ein, jedenfalls verschwindet er und kommt kurz darauf mit der Jana zurück.

»So, jetzt passts einmal genau auf«, beginne ich und schaue beide so böse und drohend an, wie ich nur kann. »Der Antonicek-Clan und der Alesowich-Clan sind beide im Anmarsch hierher nach Wörth. Wenn die hier aufeinandertreffen, dann ham mia einen Krieg in Wörth. Des müssen mia unbedingt verhindern. Anscheinend wissen die, wer der Mörder ist, und die wollen sich jetzt rächen. Und da frage ich mich schon, warum die des wissen und mia nicht. Irgendwer anders muss also auch noch den Mörder kennen. Und da fallts mir zunächst einmal nur ihr beide ein, die da infrage kommen.«

Die beiden wechseln einen kurzen Blick. Der Pfarrer schüttelt unmerklich den Kopf, und die Jana senkt den Blick.

»Jana, deine Tochter ist in Sicherheit, da brauchst keine Angst mehr zu haben. Wir haben die Kollegen verständigt, deine Eltern und deine Tochter haben Polizeischutz. Denen passiert nix, auch wennst mit uns redest.«

Sie schaut noch mal den Pfarrer an, der immer noch leicht den Kopf schüttelt. Dann schaut sie direkt mich an.

»Kann ich dir trauen?«, fragt sie mich. »Ich weiß nicht genau, wer der Mörder ist. Aber der Hans hat schon so Andeutungen gemacht, wo der arbeitet. Aber das ist so brisant, da kann ich doch niemandem außer dem Pfarrer trauen. Wenn die Information in falsche Hände gerät, dann bin ich auch gleich noch tot.«

»Pfarrer, sag der Jana, dass ich vertrauenswürdig bin, Zefix. Des kann doch nicht wahr sein, wie ihr unsere Ermittlungen behinderts«, fahre ich den Pfarrer an.

Der windet sich noch etwas, dann rückt er selbst mit der Sprache raus.

»Dimpfelmoser, der Mörder ist aus deinen eigenen Reihen, das ist das Problem. Der Mergele hat gesagt, dass es sich um einen Polizisten handelt, den hier in der Stadt jeder kennt. Und da kommen ja eigentlich nur du und deine Leute in Betracht.«

Jetzt muss ich mich erst einmal hinsetzen. Ein Polizist und auch noch aus meinem Revier? Das kann überhaupt nicht sein, weil für meine Leute, da lege ich für jeden die Hand ins Feuer.

»Seids ihr euch sicher, dass der Mergele von einem Polizisten von hier geredet hat?«, frage ich völlig verunsichert.

»Ganz sicher, Dimpfelmoser«, erklärt der Pfarrer, und die Jana nickt zustimmend. »Ich war dabei, wie er es der Jana gesagt hat und wie er angedeutet hat, dass er in Lebensgefahr ist, wenn dem Mörder klar wird, dass der Mergele ihn kennt. Deshalb hat er doch mich um Hilfe gebeten, damit ich ihn unterstütze, dass er an sein Geld kommt.«

Ich fasse es nicht. Da gibt der Pfarrer tatsächlich auch noch ganz offen zu, dass er sich an der Erpressung von dem Mörder beteiligt hat.

»Eberdinger, Erpressung von einem Mörder – ja geht's noch?«

»Es war doch nur für einen guten Zweck, Dimpfelmoser. Natürlich hätten wir nach der Geldübergabe den Namen an die Polizei weitergegeben. Aber wir mussten doch zunächst schauen, dass wir die Jana und den Mergele vor dem finanziellen Ruin retten. Es ist doch meine christliche Pflicht, den armen Leuten unter die Arme zu greifen, und da hätte es ja auch keinen Unschuldigen getroffen.«

Das ist auch eine Interpretation der christlichen Nächstenliebe. Da weiß ich wieder, warum ich mit dem Pfarrer so meine Probleme habe, weil ich mit seiner eigenen Auslegung der Gesetze einfach irgendwie nicht klarkomme.

»Wir haben dich und deine Leute heimlich beobachtet und ein paar Informationen eingeholt, leider ohne jeglichen Erfolg, Dimpfelmoser. Wir wissen nicht, wer es von deinen Leuten ist, da fehlt uns einfach der Zugang zu entsprechenden Hintergrundinformationen, und die Beweise vom Mergele, die der angeblich gehabt hat, haben wir bisher auch nicht finden können«, erklärt der Pfarrer.

»Vielleicht bin ich es ja«, knurre ich und nestle so nebenbei an meiner Pistole herum.

»Du kannst es nicht sein, weil du zum Zeitpunkt des

Mordes an dem Alesowich bei dir zu Hause warst«, erklärt der Pfarrer.

»Woher willst des jetzt wissen?«, frage ich ihn.

»Ich habe der Eva ein paar unauffällige Fragen gestellt, als sie neulich da war wegen deiner Hochzeit. Du kannst es nicht gewesen sein, weil ihr zwei euch da wieder einmal gestritten habt, das wusste die Eva noch ganz genau. Sie leidet übrigens sehr darunter, dass du immer so stur bist, Dimpfelmoser. Da muss ich im Ehegespräch noch ausführlich mit dir reden. Jedenfalls hast du dich die restliche Nacht dann wieder einmal in dein Zimmer eingeschlossen und bist nicht mehr erschienen. Die Eva weiß das, weil sie vor deiner Türe eingeschlafen ist, die Arme.«

Der Pfarrer kennt also auch schon Details aus meinem Privatleben und hat anscheinend keinerlei Probleme, die vor anderen Menschen auszuposaunen. Jedenfalls weiß jetzt auch die Jana darüber Bescheid. Da muss ich mit der Eva ein ernstes Wort reden, weil das ja überhaupt nicht geht, dass der blöde Eberdinger solche intimen Details über mich erfährt.

»Eberdinger, du kennst meine Leute. Weder der Viereck noch der Oberberger oder der Reindl würden jemals einen Mord begehen. Und erpressen würden die auch niemanden, das weißt du ganz genau.«

Er wackelt mit seinem Kopf wie ein wabbeliger Wackelpudding hin und her und schaut mich zweifelnd an.

»Da denkt man immer, dass man die Menschen gut kennt, und plötzlich entpuppen sich gerade die, die einem am nächsten stehen, als Lügner und Betrüger und eben auch als Mörder, nicht wahr, Dimpfelmoser? Das solltest du doch am besten wissen. Oder glaubst, ich habe nicht mitbekommen, dass der Doktor deinen Unterschenkel zunächst nur zur Tarnung eingebunden hat? Ich habe euer Gespräch in der Praxis unbeabsichtigt mit angehört, ich war ja gleich im Nebenzimmer. Hättest ja einfach zugeben können, dass du keine Kondition hast, Dimpfelmoser. Aber da erkennt man die Verwerflichkeit und Hinterhältigkeit von Menschen, denen man es eigentlich gar nicht zutraut, nicht wahr?«

Er sitzt jetzt breitbeinig auf seiner Bank mit seinem widerlichen, überheblichen Grinsen in seiner Fresse, die ich ihm am liebsten so lange mit meiner Faust polieren würde, dass er für die nächsten zehn Jahre untauglich bleibt für jegliche Form von Kalenderbildchen. Das macht er doch nur, um von seinen eigenen kriminellen Abgründen abzulenken. Die Jana schaut uns zwei staunend an und versteht anscheinend gar nicht, um was es da gerade geht.

»Pfarrer, lassen mia die blöden Spielchen jetzt amal beiseite«, wechsle ich auf eine professionelle Ebene. »Wenn das stimmt, dann müssen mia schnellstens herauskriegen, wer es ist. Ich bin mir zwar sicher, dass es keiner von meinen Leuten ist, aber ich überprüfe in der Dienststelle sofort, was meine Männer zu den Tatzeiten gemacht haben. Da werden mia dann schnell Gewissheit haben, ob es einer von ihnen sein kann oder nicht. Und euch zwei stelle ich vorsichtshalber unter Polizeischutz. Da brauchts keine Angst haben, das sind Leute von der Bereitschaftspolizei in Regensburg. Die sind alle nicht so bekannt, dass da einer von denen infrage kommt. Nicht dass die beiden Familienclans auch irgendwie eure Namen erfahren haben und hier in der Kirche mit ihrem Rachefeldzug beginnen.«

Die beiden erklären sich einverstanden, und so werden die Kirche und das Pfarrhaus mit in die Überwachung einbezogen. Ich rolle zurück in die Dienststelle und mache mich an die Arbeit. Natürlich muss ich einer so ungeheuerlichen Behauptung nachgehen und sicherstellen, dass meine Leute nichts mit den Morden zu tun haben.

»Wir haben alle unsere Verdächtigen verhört und machen das auch weiter«, begrüßt mich der Reindl. »Aber eigentlich sind wir uns sicher, dass die nicht mehr wissen, als sie bisher zugegeben haben. Unser Mörder ist da nicht dabei und läuft immer noch frei herum.«

Ich nicke nur und ziehe mich in mein Zimmer zurück. Wenn meine bisherigen Informationen stimmen, dann ist zumindest klar, dass es sich bei allen Morden um denselben Täter handelt. Wobei das auch nicht bewiesen ist, aber in dem ganzen Fall beruht alles auf Behauptungen und seltsamen Aussagen und nur wenig auf wirklichen Beweisen. Der Mergele aber, der muss irgendwelche Beweise gehabt haben, mit denen er den Mörder erpressen konnte. Wenn es sich tatsächlich um einen von meinen Leuten hier handelt, wie der Mergele behauptet hat, was ich nicht glaube, dann muss er belastendes Material gehabt haben. Aber wo hat er das versteckt? Wir haben nirgendwo etwas gefunden, und auch die Jana weiß anscheinend nichts von einem Versteck und von Beweismaterial.

Plötzlich fällt es mir wie Schuppen von den Augen. Das Versteck in der Kapelle oben am Schlossberg, in dem auch die Pistole vom Eberdinger versteckt war, die ihm angeblich nicht gehört, das haben wir überhaupt nicht weiter beachtet. Aber der Mergele war in der Kirche, und wahrscheinlich war das auch seine Pistole.

»Reindl, fahr mich rauf zur Schlosskapelle, ich muss da was überprüfen«, rufe ich den Kollegen.

Der Reindl kommt grinsend angewackelt.

»Willst dich auf deine Hochzeit vorbereiten? Und hast eigentlich schon über unsere Doppelhochzeit nachgedacht? Die Eva jedenfalls findet die Idee super.«

Ich frage nicht nach, wann der mit der Eva darüber geredet hat. Momentan muss ich erst klären, ob irgendetwas dran ist an dem ungeheuerlichen Verdacht und einer meiner Männer ein Mörder ist. Der Reindl merkt auch gleich, dass seine Sticheleien nicht ankommen und fährt mich schweigend rauf zur Kapelle. Während er im Auto wartet, humple ich also zum Versteck der Pistole und versenke meine Pranke in dem Hohlraum von dem Sockel der Statue, in dem wir die Pistole gefunden haben. Leider ist darin nichts weiter zu finden außer ein paar Spinnweben. Enttäuscht schaue ich mich um. Hat mich mein Instinkt diesmal tatsächlich in die Irre geführt? Während mein Blick so durch die Kapelle schweift, nehme ich wahr, dass auf der anderen Seite des Altars eine Statue von der Heiligen Maria steht, und der Sockel darunter ist identisch mit dem hier. Also wackle ich rüber und versuche es noch einmal. Tatsächlich bekommt meine Hand einen kleinen Gegenstand zu fassen, der in einer Plastikfolie eingewickelt ist. Ich ziehe meine Hand wieder aus der Vertiefung, aber irgendwie bleibe ich stecken und bekomme sie nicht mehr heraus. Ich ziehe noch fester, und dabei verliere ich wieder einmal mein Gleichgewicht. Rücklings falle ich auf den Boden, und dabei reiße ich die Heilige Maria mitsamt dem Sockel um, der daraufhin zerbricht. Die Statue landet auf mir drauf, und ich liege wie ein Käfer hilflos rudernd auf dem Rücken und komme nicht mehr auf die Beine. Ich hätte nicht gedacht, dass die Statue gar so schwer ist. Endlich kann ich mich befreien und sichte meinen Fund. Es ist ein USB-Stick, den ich in der Hand halte. Ich bin mir sicher, dass darauf die Beweise sind, die wir brauchen, um endlich unseren Mörder zu fangen.

· · ·

Zurück in der Dienststelle, verziehe ich mich in mein Zimmer und sperre ab. Dann fahre ich meinen eigenen Computer hoch, um das Material zu sichten. Leider scheitere ich aber schon am Passwort, das die blöde Kiste von mir haben will. Ich habe keine Ahnung mehr, was ich da damals eingegeben habe, als ich das Teil bekommen habe. Seitdem habe ich es nicht mehr benutzt, dafür haben wir schließlich den Reindl, dass der sich um alles kümmert, was die Computertechnik und Kommunikation angeht. Ich probiere alles aus, was mir einfällt, aber weder »Eva« noch »Bier«, »Bratwürste« oder »Sauerkraut« funktioniert.

»Zefix, so ein Scheißdreck, so ein verreckter, des gibt's doch nicht!«, brülle ich los und versetze dem Bildschirm, der mir immer nur anzeigt, dass mir der Zugriff verweigert wird, einen gehörigen Faustschlag, sodass er zu Boden segelt und genau wie der Sockel in der Kirche einfach zerbricht. Irgendwie tut mir das gerade richtig gut, dass sich die ganzen Scheißteile alle auflösen und kaputtgehen. Es fühlt sich fast so an, als würden damit auch die Blockaden in meinem Gehirn verschwinden, und ich könnte endlich wieder klar und professionell denken. Ich versetze dem Teil noch einen Tritt mit meinem Gipsbein und humple dann rüber zum Reindl.

»Bring mir des hier zum Laufen, aber dalli, und dann verschwinde, des ist streng geheim«, kommandiere ich, und ohne Widerrede holt er mir die Dateien her und verlässt sein Zimmer.

Er kennt mich halt gut genug, dass er weiß, wann es wirklich besser für ihn ist, einfach den Mund zu halten.

Ich klicke auf die erste Datei und werde Zeuge des Mordes an der Altenpflegerin. Nachdem ich alle drei Dateien durchgeklickt habe und auch die Morde am Antonicek und am Alesowich gesehen habe, sitze ich fassungslos am Schreibtisch und starre ins Leere. Ich kann und will einfach nicht glauben, was ich da gerade gesehen habe. Und ich kann auch nicht nachvollziehen, wie der Mergele an die Videos gekommen ist. Spätestens nach dem ersten Mord hätte der sich doch an die Polizei wenden müssen, stattdessen beobachtet er in aller Seelenruhe drei Morde und filmt die auch noch, um den Mörder zu erpressen. Irgendwann kommt der Reindl wieder rein, und ich deute nur schweigend auf den Bildschirm. Er schaut sich die Videos ebenfalls an und ist genauso erschüttert und fassungslos wie ich.

»Der Huber ein Mörder?«, fragt er tonlos und starrt mich

mit weit aufgerissenen Augen an. »Vielleicht sind die Videos gefälscht, und da versucht einer, dem Huber die Morde in die Schuhe zu schieben. Da müsste ein IT-Profi von der Spusi das Material sichten und analysieren. Das geht heute ganz einfach, dass man so ein Video fälscht und es dann wie echt wirkt.«

»Des müssen mia so schnell wie möglich abklären, Reindl. Mia bringen den USB-Stick gleich selber nach Regensburg zum Brunner Alois. Der ist doch Spezialist für so was. Und dann fahren mia gleich weiter zum Huber und verhaften den erst einmal. Egal ob des stimmt, der Huber ist in höchster Lebensgefahr. Wahrscheinlich haben unsere Freunde von den beiden Familienclans auch die Videos bekommen und sind jetzt auf der Suche nach dem Huber.«

Ich habe zwar momentan keine Ahnung, wer denen die Videos geschickt haben soll und warum, aber das finden wir schon noch heraus.

»Ist der Huber inzwischen eigentlich wieder aufgetaucht, Dimpfelmoser?«

»Nicht dass ich wüsste, da kümmern mia uns gleich darum. Und, Reindl, dass der Huber vielleicht der Mörder ist, des behalten mia aber noch für uns. Ich will zuerst mit ihm reden, bevor mia da den ganzen Polizeiapparat aufscheuchen. Frag gleich in seiner Dienststelle nach, ob er da ist, und dann fahren mia los.«

Nachdem immer noch keiner weiß, wo der Huber ist, rufe ich im Klinikum in Regensburg an, um mit der Frau vom Huber zu sprechen. Leider ist die verschwunden, obwohl doch der Viereck und die Rita vor der Türe gesessen

sind. Anscheinend ist sie unbemerkt durch das Fenster entkommen. Also lassen wir nach der auch noch fahnden. Der
Reindl fährt dann mit mir zunächst zum Brunner, damit der
klärt, ob das Videomaterial echt ist oder eine Fälschung.

. . .

»Brunner, alter Sausack, fühlst dich immer noch wohl in deinem Loch hier?«, begrüße ich den Kollegen, der sein fens-
terloses Büro im Keller der Spusi hat und dort umgeben ist
von flimmernden Bildschirmen und einem Gewirr aus Ka-
beln und Computern.

»Ja, der Xaver, welche Ehre in meinen heiligen Hallen«,
begrüßt mich der Brunner erfreut. »Was führt dich hierher-
unter zu mir? Des hat es ja noch nie gegeben, dass du dich
hier bei mir blicken lässt.«

»Du, ich hab hier ganz brisantes Material, und ich müsst
wissen, ob des echt ist oder eine Fälschung. Aber du musst
mir versprechen, dass du den Mund hältst, auch wennst
gleich einen Schock kriegen wirst.«

»Versprochen, Xaver, und jetzt her damit. Ich hab eigentlich überhaupt keine Zeit für dich, aber nachdem du mir die
Ehre erweist, da schaue ich halt deine Bildchen einmal kurz
an.«

Er steckt den Stick ein, und dann verschlägt es auch ihm
zunächst die Sprache.

»Das ist ja der Huber«, quillt es schließlich sabbernd aus
ihm heraus.

Dann öffnet er irgendwelche Programme und Analysetools, und nach zehn Minuten schaut er uns endlich wieder fassungslos an.

»Also, entweder sind das sehr gute Fälschungen, oder die Videos sind echt. Damit ich das genau klären kann, brauche ich mehr Zeit. Meine Schnellanalyse lässt da eine fünfzigprozentige Wahrscheinlichkeit offen, aber das hilft euch auch nicht weiter, nehme ich an. Habt ihr vielleicht die Originalaufnahmen, damit könnten wir das genauer und schneller klären«, flüstert er. »Aber des kann doch gar nicht sein, der Huber …«

»Halt erst einmal noch dein Maul, mia schnappen uns den jetzt. Vielleicht ist ja doch alles ein Irrtum.«

Er nickt nur wie eine Kuh, und der Reindl und ich fahren raus zum Huber seinem Privatanwesen.

»Reindl, wir durchsuchen zunächst alles. Ich gehe ins Haus, und du schaust dich derweil unauffällig hinten im Garten um. Da stehen doch ein paar Schuppen und Nebengebäude. Vielleicht findest da irgendwas.«

Gerade will ich das Türschloss mit meiner Dienstwaffe aufschießen, da geht die Türe von innen auf.

»Ja, der Xaver, so eine Überraschung«, begrüßt mich die Babette, die Frau vom Huber.

Ich lasse mir meine Überraschung nicht anmerken, dass die einfach nach Hause gefahren ist. Und ich weiß zwar nicht, warum mich die auf einmal duzt, aber das ist mir gerade auch egal. Sie tut jedenfalls so, als würde sie sich riesig freuen, mich zu sehen, und lässt mich auch gleich rein. Wie beim letzten Besuch hat sie wieder nur einen Bademantel an. Da fragst dich schon, was die eigentlich den ganzen Tag macht. Aber da ich die Frauen eh nicht verstehe, muss ich auch die seltsamen Verhaltensweisen von der Babette nicht verstehen. Viel wichtiger ist, was sie uns zu sagen hat. Da bin ich gespannt, was die uns für Geschichten erzählt. Ich rufe noch den Reindl herein, und dann beginnt die Babette zu erzählen.

»Stellt euch vor, der Huber hat mir doch tatsächlich vor ein paar Wochen erklärt, dass er meinen Vater anzeigen und ihn zwingen will, dass er aus dem Zigarettenschmuggel aussteigt. Dabei war das doch der Lebensinhalt für meinen alten Vater. Das muss man sich einmal vorstellen, mein eigener Mann wollte ihn anzeigen. Ich war natürlich fassungslos. Aber mein Vater hat es mir ja die ganzen Jahre immer wieder gesagt, dass der Huber nicht gut genug für mich ist und nicht zu unserer Familie passt. Und im Bett, da war er eh eine Niete. Ich habe meinem Mann natürlich mitgeteilt, dass ich mich von ihm trennen und die Scheidung einreichen werde. Da kam er dann zwei Tage später an und hat behauptet, mein Vater hätte eine Krankenpflegerin getötet, die ihn ebenfalls wegen seiner Machenschaften anzeigen wollte. Er hat behauptet, er habe Beweise, und wenn ich mich scheiden ließe, dann würde er meinen Vater wegen Mordes verhaften. Und wenn sich mein Vater sofort aus dem ganzen Geschäft zurückzieht, dann würde er auch die Anzeige wegen des Zigarettenschmuggels sein lassen. Da habe ich natürlich erst einmal klein beigegeben und mich gefügt.«

In meinem Schädel dreht sich alles. Der Huber hat also den ersten Mord begangen, um ihn seinem Schwiegervater anzulasten und seine Frau zu erpressen, dass die bei ihm bleibt? Klingt irgendwie ganz plausibel. Wenn der Huber tatsächlich am Abgrund gestanden ist und geglaubt hat, seine Frau und damit ihr schönes Geld wären verloren, vielleicht ist dann bei ihm auch eine Sicherung durchgebrannt, und er ist deshalb zum Mörder geworden. Wir verschweigen zunächst noch, dass es wahrscheinlich der Huber selbst war, der die Frau ermordet hat, und gar nicht ihr Vater, wie die Babette glaubt.

»Aber wir haben ja vier Tote, war das auch dein Vater?«, frage ich also weiter.

»Mein Mann hat das zumindest behauptet und mir vor ein paar Tagen Videos gezeigt, auf denen mein Vater zu sehen ist, wie er drei Morde begeht«, erklärt sie.

»Hast du die Videos zufällig, oder hat er die dir nur gezeigt?«, falle ich ihr ins Wort.

»Ich habe die auf meinem Handy, er hat sie mir ja extra geschickt, mein sauberer Mann. Aber lass mich halt erst noch fertig erzählen, dann zeige ich sie euch gleich. Der Antonicek, der Teilhaber am Geschäft meines Vaters, wollte ja den Zigarettenschmuggel alleine weiterführen, nachdem ihm mein Vater gesagt hat, dass er aufhören wird. Aber mein Vater wollte es dann komplett in andere Hände übergeben. Da der Antonicek ihn daraufhin bedroht hat, hat er ihn wohl erschossen. Und der Alesowich, dessen Familie das ganze Geschäft übernehmen sollte und der den Mord wohl beobachtet hat, der hat daraufhin meinen Vater erpresst und wollte plötzlich nichts mehr zahlen.«

Der nächste menschliche Abgrund tut sich vor uns auf.

Die Babette hat also auch von den Morden gewusst und musste aufgrund der Videos davon ausgehen, dass ihr Vater der Täter ist. Aber anstatt zur Polizei zu gehen, hält die einfach ihren Mund. Irgendwie wäre die ganze Geschichte, die uns die Babette erzählt hat, sogar plausibel, wenn wir nicht auch die Videos hätten, die den Huber als Mörder zeigen. Aber jetzt zückt die Babette ihr Handy, und wir sehen die genau gleichen Videos, nur dass diesmal der Meiereder anstelle vom Huber die Morde begeht. Die müssen wir gleich dem Brunner schicken, damit der klärt, was echt ist und was gefälscht. Vielleicht wollte ja der Huber seinen ungeliebten Schwiegervater endgültig aus dem Weg räumen und hat deshalb die Videos gedreht oder vielleicht gefälscht? Oder war es genau andersherum, und der Meiereder wollte den Huber aus dem Weg räumen? Wir müssen einfach den Huber finden und vor allem die beiden anreisenden Familienclans stoppen, damit da nicht noch ein Massaker stattfindet. Und wir müssen noch einmal mit dem Meiereder reden und ihm die Videos vorhalten, die ihn als Mörder zeigen, vielleicht bricht er dann endlich zusammen und gesteht.

»Babette, wer hat dann den Mergele erschossen?«

»Das weiß ich nicht, dazu hat mein Mann nichts gesagt.«

»Und weißt du, wo sich dein Mann versteckt haben könnte? Wenn unsere Vermutungen stimmen, dann schwebt er in Lebensgefahr. Wir müssen ihn unbedingt finden. Warum bist eigentlich einfach aus der Klinik verschwunden? Du brauchst unbedingt Polizeischutz und solltest erst einmal von hier verschwinden. Es kann sein, dass hier in Kürze ein kleiner Bandenkrieg ausgetragen wird, und dann bist du mitten in der Schusslinie.«

Sie überlegt kurz. »Ich stand unter Schock und hatte plötzlich Panik. Deshalb habe ich mich über den Balkon aus der Klinik geschlichen. Und mein Mann, der ist in der Jagdhütte vom Landrat Hinterbirner, da bin ich mir ziemlich sicher. Er wollte die Hütte kaufen, und der Landrat hat ihm einen Schlüssel gegeben, damit er sich alles in Ruhe anschauen kann. Ich finde das ja keine gute Idee, was sollen wir mit so einer blöden Hütte mitten im Wald? Aber mein Mann findet das toll, so alleine in der Natur zu sitzen. Meins ist das gar nicht, aber das hat ihn natürlich wieder nicht interessiert. Das ist alles, was ich euch momentan berichten kann, ich hoffe, das hilft, damit nicht noch mehr passiert. Und wenn ich mich zu meiner eigenen Sicherheit verstecken muss, dann packe ich schnell ein paar Sachen und fahre nach München zu einer Freundin. Da kennt mich keiner, und da bin ich sicher.«

»Mia schicken dir einen Polizisten mit, damit ja nix passiert«, erkläre ich ihr, aber sie schüttelt nur entschlossen den Kopf.

»Ich brauche keine Eskorte. Ich kann ganz gut auf mich selber aufpassen, da kannst dir deinen Bewacher sparen und sinnvoller einsetzen.« Damit rauscht sie ab, und fünf Minuten später sitzt sie in ihrem Sportcabriolet und fährt davon. Die Adresse von ihrer Freundin und deren Telefonnummer hat sie uns aufgeschrieben, falls wir noch Fragen haben.

Der Reindl beordert inzwischen ein paar Leute zur Villa vom Huber, damit die sich hier postieren und auf die Ankunft der Tschechen warten. Gleichzeitig lässt er die Bewachung des Seniorenheims verstärken, falls die Banden dort den Meiereder suchen sollten. Ich rufe den Oberberger an, dass der mit unseren eigenen Leuten schon mal zur Hütte vom Landrat Hinterbirner rauffährt. Falls der Huber dort ist, müssen wir unbedingt verhindern, dass er entkommt. Der Reindl schickt noch schnell die neuen Videos zum Brunner, und dann fahren auch wir rauf zur Jagdhütte.

»Und wie ist die Lage?«, frage ich den Oberberger, der hinter einem Holzstoß neben der Zufahrt sitzt und mit einem Fernglas die Hütte beobachtet.

»Er ist da und fühlt sich anscheinend ziemlich sicher. Zumindest versteckt er sich nicht, sondern sitzt gerade auf der Bank vor der Eingangstüre und scheint sich zu sonnen. Jedenfalls hat er nur eine Badehose an. Nervös wirkt der überhaupt nicht.«

»Dann schnappen wir ihn uns«, befehle ich, und der Oberberger gibt die Anweisung über sein Funkgerät an die Kollegen weiter.

Der Viereck, die Martha und die Rita haben sich jeweils seitlich und von hinten an die Hütte herangeschlichen, und jetzt stürmen sie gleichzeitig mit dem Reindl und dem Oberberger das Gelände. Der Huber ist völlig überrascht und lässt sich widerstandslos festnehmen.

»Huber, Huber, da hast dich ja sauber in die Scheiße geritten«, begrüße ich ihn. »Dass du ein Sauhund bist, des ist schon lange klar, aber drei Morde, des hätte ich dir nicht zugetraut.«

Seine Hamsterbacken fallen ihm nach unten, bevor er

sie aufplustert und seine Schweinsaugen aus den Höhlen quellen. Dabei läuft er puterrot an, während er nach Luft ringt.

»Dimpfelmoser, spinnst jetzt völlig, ich habe niemanden umgebracht!«, ereifert er sich.

Der Reindl hält ihm kommentarlos sein Handy unter die Nase, auf dem er die Filme abgespeichert hat. Wie der Huber sich selbst bei den Morden sieht, da wird er leichenblass, und er beginnt zu zittern.

»Dddddaaasss ... dd ...das sind Fälschungen, ich war das nicht. Da hat jemand rummanipuliert. In den Originalfilmen ist da mein Schwiegervater, wie er die Morde begeht, das müsst ihr mir glauben.«

»Du kennst die Filme also, Huber?«, frage ich scharf. »Wenn des so ist, warum bist dann damit nicht rausgerückt und hast dafür gesorgt, dass dein Schwiegervater verhaftet wird? Du erzählst uns nur Lügen und Schmarrn bisher, und du hast den Mörder gedeckt, falls es stimmt, was du sagst.«

Jetzt bricht er zusammen und beginnt zu rotzen und zu flennen wie ein kleines Kind, der saubere Huber.

»Ich wollte doch nur meine Ehe retten«, sabbert er los. »Stellt euch bloß vor, meine Frau, die wollte sich doch von mir trennen. Und mit den Videos von ihrem Vater, da hatte ich sie in der Hand. Sie hat mir versprochen, dass sie bei mir bleibt, wenn ich ihren Vater nicht anzeige.«

»Woher hast überhaupt die Videos? Hast du die gedreht? Hast die Morde beobachtet?«

»Nein, natürlich nicht. Der Herr Mergele hat sie mir gegeben. Kurz bevor ihr den Antonicek aus dem Wasser gezogen habt, stand er vor meiner Türe, und er hat gesagt, wenn ich ihm helfe, dass er seine Schulden loswird und nicht sein Seniorenheim verliert, dann gibt er mir die Filme. Natürlich habe ich mich sofort bei meinen Freunden für ihn eingesetzt, aber dann war er auch schon tot.«

Irgendetwas stimmt da doch schon wieder nicht. Der Mergele hatte doch die Videos, auf denen der Huber als Mörder zu sehen ist, und jetzt behauptet der, dass der Mergele ihm die anderen Videos gegeben hat, auf denen der Meiereder als Mörder zu sehen ist.

»Hast Alibis für die relevanten Tatzeiten, Huber?«

Er überlegt kurz, dann strahlt er.

»Ja natürlich. In der ersten Mordnacht war ich in München auf einer Polizeikonferenz, und ab 23.00 Uhr haben meine Kollegen und ich noch ein paar einschlägige Etablissements besucht. Es ging ja um Zuhälterei, und da war es natürlich wichtig, dass wir uns vor Ort ein Bild von der Lage machen.«

Aha, der Huber treibt sich im Puff herum und tut so, als wäre das dienstlich notwendig. Wahrscheinlich hat der seine Ausgaben in der Nacht auch noch als Spesen abgerechnet.

»Also dafür gibt es genügend Zeugen, lauter Polizisten. Das sollte als Alibi genügen.«

Damit wäre bewiesen, dass zumindest das zweite Video mit ihm eine Fälschung ist. Und dann sind es die übrigen wahrscheinlich auch.

»In der zweiten Mordnacht war ich mit meiner Frau zusammen zu Hause. Sie wollte sich ja scheiden lassen, und da haben wir die ganze Nacht geredet.«

Ob die ihm dafür ein Alibi gibt, ist momentan zumindest fraglich, aber da müssen wir noch mal mit ihr reden. Leider fällt dem Huber für den dritten Mord kein Alibi ein, und wo er genau war, während der Mergele erschossen wurde, daran erinnert er sich momentan auch nicht. Bevor wir unser Verhör fortsetzen können, fallen draußen plötzlich Schüsse. Meine Kollegen stürmen ins Haus und verschanzen sich hinter den Fenstern. Die Scheiben gehen zu Bruch, und wir sind einem wahren Kugelhagel ausgesetzt. Ich spähe nach draußen und sehe überall um die Hütte herum Mündungsfeuer.

»Reindl, ruf den Heulerich an«, schrei ich. »Das ist sicherlich einer von den tschechischen Familienclans, die da auf uns schießen.«

Der Reindl fummelt hektisch an seinem Handy herum.

»Kein Empfang«, schreit er. »Wir müssen an die Funkgeräte rankommen, die liegen alle vor der Haustüre. Da können wir Kontakt aufnehmen mit der Zentrale.«

Er wirft sich auf den Boden und robbt zur Haustüre. Während wir ihm Feuerschutz geben, schafft er es tatsächlich, sich eins von den Funkgeräten zu angeln, und so können wir unseren Notruf absetzen. Zum Glück dauert es keine zehn Minuten, bis der Heulerich mit seinen Leuten vor Ort und der ganze Antonicek-Clan verhaftet ist. Ich bin selten so froh gewesen, den Heulerich zu sehen.

»Dimpfelmoser, da hast ja wieder einmal Glück gehabt,

dass du dich auf uns verlassen kannst«, erklärt er mir, und schon ist meine Freude wieder dahin.

»Die hätten mia schon auch alleine erledigt, aber so geht es halt schneller«, blaffe ich ihn an und weiß genau, dass wir keine Chance gehabt hätten, weil uns in kürzester Zeit die Munition ausgegangen wäre.

»Einmal nur möchte ich von dir ein einfaches ›Danke‹ hören, Dimpfelmoser. Ist das wirklich zu viel verlangt dafür, dass wir dir immer wieder das Leben retten?«

Ich lasse ihn einfach stehen und drehe mich zum Huber um, der immer noch halb nackt zitternd im Zimmer steht.

»Huber, ich verhafte Sie wegen Mordverdacht und wegen Vertuschung von Straftaten«, erkläre ich ihm, und er wird noch blasser, als er eh schon ist.

»Das wird Konsequenzen haben, Dimpfelmoser, das sage ich Ihnen. Ich habe niemanden ermordet«, schreit er mit überschnappender Stimme.

Irgendwie kriegt er dann plötzlich so einen völlig irren Blick und kotzt mitten in die Hütte. Der Schock, denke ich mir. Dann sackt er einfach zusammen und liegt ohnmächtig am Boden. Der Notarzt kümmert sich um ihn, und ich humple nach draußen zu meinen Leuten.

»Dimpfelmoser, der Brunner hat sich gerade gemeldet, und stell dir vor, die haben eine digitale Signatur auf allen Videos gefunden. Damit können wir eindeutig feststellen, wer die gedreht hat. Der Mann heißt Adalbert Binsler. Der Idiot ist Videokünstler und wohnt in Regensburg. Er signiert alle seine Kunstwerke mit dem Kürzel AB, und das in einer eindeutigen Form.«

»Ja dann fahren mia da hin und fragen den Adalbert, was es mit den Filmen auf sich hat.«

Kapitel 17

Eigentlich würde ich jetzt beim Schorsch-Wirt sitzen und gemütlich meine Bratwürste essen, kommt es mir in den Sinn, als ich realisiere, wie viel Uhr es inzwischen ist. Irgendwie fühlt es sich so an, als wäre das, was heute bisher passiert ist, nicht an einem halben Tag, sondern in einer ganzen Woche geschehen. Dass wir den Fall immer noch nicht gelöst haben und ich deshalb schon wieder auf meinen Besuch beim Schorsch-Wirt verzichten muss, steigert meine Wut und gleichzeitig meine Entschlossenheit, endlich Klarheit in die ganze Angelegenheit zu bekommen. Wir leihen uns vom Heulerich einen VW-Bus und fahren zur Adresse von dem Adalbert. Nachdem uns niemand öffnet, schieße ich kurzerhand das Türschloss von seiner Wohnung kaputt, und wir stürmen die Räume. Leider kommen wir schon wieder zu spät, weil der Adalbert, der hat sich an einem Balken in seinem Studio aufgehängt.

»So eine Scheiße!«, brülle ich los. »Wir kommen in diesem Scheißfall überall zu spät! Ich kann langsam keine Toten mehr sehen.«

»Da ist ein Abschiedsbrief«, ruft die Martha und deutet auf den Tisch in der Mitte des Raumes.

Alle beugen sich neugierig über den Fund.

GELIEBTE,

NACHDEM DU MICH VERLASSEN HAST, SEHE ICH KEINEN SINN MEHR ZUM WEITERLEBEN. BABETTE, DU WARST MEINE GANZ GROSSE LIEBE, UND ICH HÄTTE ALLES, WIRKLICH ALLES FÜR DICH GETAN. ABER DU HAST MICH NUR BENUTZT, WIE MIR JETZT KLAR GEWORDEN IST. DU WOLLTEST NIE MIT MIR EIN NEUES LEBEN BEGINNEN, WIE DU ES VERSPROCHEN HAST. ICH VERABSCHIEDE MICH JETZT UND HOFFE TROTZDEM, DASS DU GLÜCKLICH WIRST.

MEINE LIEBE ZU DIR IST STÄRKER ALS DER TOD

DEIN ADALBERT

»Babette? Der meint doch nicht etwa die Frau vom Huber, oder?«, fragt der Reindl betroffen.

»Das kann kein Zufall sein«, sinniere ich. »Wir müssen unbedingt noch einmal mit der Babette reden, um das zu klären. Reindl, die hat uns doch die Adresse und Telefonnummer von ihrer Freundin gegeben, wo sie hinwollte. Ruf gleich dort an, und schicke Kollegen vor Ort hin, damit die die Babette mitnehmen und zu uns bringen.«

Während wir auf die Spusi und den Pathologen warten, rufe ich auf dem Handy von der Babette an, aber es ist ausgeschaltet. Mich überkommt eine böse Vorahnung, die prompt bestätigt wird.

»Du, die Adresse existiert gar nicht, und die Telefonnummer, die uns die Babette gegeben hat, gibt es auch nicht«, erklärt der Reindl. »Die hat uns anscheinend nach Strich und Faden belogen.«

»Gib die Fahndung nach ihr raus«, sage ich müde.

Inzwischen ist die Spusi da, und wir rücken wieder ab. Kurze Zeit später meldet sich der Brunner und schickt uns die Originalvideos, die auf der Festplatte vom toten Adalbert gefunden wurden. Uns fallen fast die Augen aus dem Kopf, so ungeheuerlich ist das, was wir da zu sehen bekommen. Auf allen drei Videos ist die Babette zu sehen, wie sie unsere Toten erschießt. Schweigend stehen wir alle da, und keiner will ein Wort sagen. Da haben wir uns tatsächlich von vorne bis hinten verarschen lassen und sind lauter falschen Spuren gefolgt. Mit den Videos, deren Echtheit diesmal außer Frage steht, sind alle Morde außer dem Tod vom Mergele zweifelsfrei geklärt. Die Babette ist unsere Mörderin. Und damit ist wahrscheinlich alles, was uns die Babette an Geschichten aufgetischt hat, auch erfunden.

Inzwischen kommt die Meldung rein, dass die Bereitschaftspolizei den Alesowich-Clan auf der Zufahrtsstraße nach Wörth gestoppt und verhaftet hat. Hier droht also keine weitere Gefahr mehr. Wir müssen nur noch klären, ob die Babette auch den Mergele erschossen hat und auf ihre Verhaftung warten. Dass die sich absetzen will, ist völlig klar. Deshalb wird jetzt deutschlandweit nach ihr gefahndet, und ich bin mir sicher, dass es nur eine Frage der Zeit ist, bis sie gefasst wird.

»Mit dem Wissen, des wir inzwischen haben, vernehmen wir noch einmal alle unsere bisherigen Verdächtigen.

Vielleicht hat ja doch einer von ihnen den Mergele erschossen. Falls es der Meiereder ist und wenn wir ihn mit den Videos konfrontieren, knickt er vielleicht ein und gesteht. Dann hätten wir unsere Fälle alle gelöst. Falls nicht, können wir nur hoffen, dass die Babette den Mord gesteht, ansonsten müssen wir weiterermitteln, bis wir den Mörder vom Mergele überführt haben«, erkläre ich den Kollegen, die immer noch fassungslos auf die Videos starren.

Wir beziehen diesmal auch Beamte von der Bereitschaftspolizei ein und bilden insgesamt fünf Verhörteams, die gleichzeitig unsere Gefangenen vernehmen. Der Reindl und ich, der Viereck und die Martha, der Oberberger und die Rita und noch zwei weitere Teams mit Spezialisten von der Bereitschaftspolizei. Der Reindl und ich nehmen uns zunächst den Huber vor, während die anderen parallel den Meiereder, den Tom und den Ben und die Jana verhören. Ich bin mir zwar sicher, dass die Jana niemanden ermordet hat, aber vielleicht kann sie uns trotzdem beim Mord am Mergele weiterhelfen, und ihr fällt noch etwas Wichtiges ein.

»Ich sage gar nichts, solange der Rohrstopfer nicht da ist«, erklärt der Huber trotzig.

»Dann bleiben S' halt so lange da sitzen, Huber«, erkläre ich ihm zum wiederholten Male. »Der Rechtsanwalt Rohrstopfer kommt in frühestens einer halben Stunde. Wenn S' inzwischen einfach erzählen, was Sie wissen ... Dass die Videos mit Ihnen als Mörder Fälschungen sind, des wissen mia schon.«

Er schaut mich lauernd an, dann entspannt er sich merklich.

»Was wollen S' dann eigentlich noch von mir, Dimpfelmoser. Ich bin unschuldig, da können S' mich einfach gehen lassen, und wir vergessen die ganze Angelegenheit. Dann leite ich auch kein Disziplinarverfahren gegen Sie ein.«

Ja spinnt der völlig? Meint der das ernst? Ihm ist wohl immer noch nicht klar, dass sein Verhalten das Ende seiner Karriere bedeutet und ihn da auch der Rohrstopfer nicht mehr raushauen kann.

»Vertuschung der Morde, jahrelange Duldung und Vertuschung von Zigarettenschmuggel, Vortäuschung von Straftaten, Erpressung, Amtsmissbrauch, reicht Ihnen des, Huber? Des war's für Sie als Polizist, und da kommen S' sicherlich ein paar Jahre ins Gefängnis.«

Er schüttelt nur seinen Kopf und stiert weiter schweigend vor sich hin. Plötzlich kommt mir eine Idee.

»Huber, dass Ihre Babette mit diesem Videokünstler ins Bett gegangen ist, ist Ihnen des eigentlich egal? Und dass Sie gerade auf dem Weg ins Ausland ist und sie es war, die Sie verraten hat, macht Ihnen das auch nichts aus? Und dass der Mergele Sie mit gefälschten Videos erpresst hat, die er auch noch von Ihrer Frau bekommen hat ...«

Es ist ihm anzusehen, dass ihm das mit dem Adalbert schwer zu schaffen macht. Jedenfalls springt er plötzlich auf und geht mir an die Gurgel. Ich kann gerade noch zurückweichen und ihn mit einem gezielten Schlag mit meiner Krücke stoppen. Er fällt zu Boden und bleibt dort schwer atmend liegen.

»Ich habe den Mergele erschossen«, brüllt er dann los. »Dieses miese Schwein hat mich erpresst, des müssen Sie sich einmal vorstellen. Dass die Videos gefälscht waren, das war ja klar, weil ich es nicht war. Aber ich habe Nachforschungen angestellt und bin meiner Frau auf die Schliche gekommen. Wenn das alles rausgekommen wäre, dann wäre meine Ehe ja wirklich dahin gewesen. So aber hatte ich ein prima Druckmittel in der Hand. Nachdem ich bei ihrem Liebhaber eingebrochen bin und die Originalfilme gesehen habe, konnte ich sie doch prima erpressen. Stellen Sie sich vor, damit hatte ich sie völlig in der Hand. Für mein Schweigen wäre sie für immer an mich gebunden gewesen. Aber der Mergele hat dann angekündigt, dass er zu Ihnen geht und die Wahrheit sagt, und dann wäre doch alles aufgeflogen. Da musste ich ihn doch beseitigen, den einfältigen Schwätzer. Der hätte sicherlich nicht lange dichtgehalten, wenn Sie ihn etwas unter Druck gesetzt hätten, da bin ich mir sicher.«

Der Reindl und ich schauen uns sprachlos an. Der Huber ist also auch noch zum Mörder geworden.

»Dann brauchen mia auf den Rohrstopfer nicht weiter zu warten«, beschließe ich.

Wir lassen ihn wieder in seine Zelle bringen und warten, bis auch die anderen mit ihren Verhören so weit durch sind, bevor wir uns zu einer Besprechung treffen.

»Also, anscheinend stimmt alles, was mia von denen wissen«, erkläre ich, nachdem wir noch einmal alle Aussagen gemeinsam durchgegangen sind. »Der Tom und der Ben, die haben außer den Kurierfahrten und ihrer Kifferei und dem Pokern nichts weiter mit dem ganzen Drama zu tun. Und der Meiereder scheint uns auch die Wahrheit zu sagen.« Eigentlich ist alles klar, und unsere Arbeit ist getan. Die Babette hat die drei Morde begangen, und der Huber hat den Mergele erschossen. Warum die Babette das getan hat, das muss wohl ein Psychologe klären. Ich vermute, dass sie auch so ein Trauma hat und irgendwie plötzlich die Chance gesehen hat, sich von all ihrem Leid zu befreien, wenn sie ihren Vater und den Huber loswird. Die Babette zu fangen, das ist jetzt nicht mehr unser Job und liegt nicht mehr in unserer Hand. Da ist die ganze Polizei in Deutschland drauf angesetzt. Also beschließe ich, meine Leute erst einmal nach Hause zu schicken. Der Heulerich ist eh schon abgerückt, und die Bereitschaftspolizei brauchen wir auch nicht mehr.

Endlich kehrt Ruhe ein, und ich humple rüber zum Schorsch-Wirt, der brechend voll ist. Inzwischen ist es ja schon Sonntag Abend, und ich ärgere mich immer noch, dass ich heute Mittag schon wieder meinen obligatorischen Besuch im Wirtshaus ausfallen hab lassen. Aber was willst machen, die Ermittlungen haben halt Vorrang. Das einzige Gesprächsthema an allen Tischen sind die Ereignisse der letzten Tage und Stunden, und alle schauen mich erwartungsvoll an. Ich habe aber überhaupt keine Lust, hier schon wieder über alles zu reden. Deshalb gehe ich nach hinten an meinen Tisch im Eck, der zum Glück leer ist.

»Dimpfelmoser, da bist ja endlich wieder«, begrüßt mich die Amira und lacht mich an. »Ich hab schon geglaubt, dass du gar nicht mehr kommst. Willst eine Halbe und Bratwürste mit Kraut?«

»Gib mir gleich eine Maß, die hab ich mir verdient«, sage ich und lausche den Gesprächen und Spekulationen an den Nebentischen. Kurze Zeit später steht die Maß vor mir, und ich verschlinge mein Essen, als hätte ich seit Wochen nichts mehr in meinen Magen bekommen. Die Maß ist auch in zehn Minuten getrunken. Ich lasse noch einen Rülpser los, dass die Tischlampe wackelt, dann humple ich rüber in meine Wohnung. Mir fällt ein, dass die Eva mit der Oma und dem Opa immer noch in Straubing im Hotel sitzt. Also rufe ich sie auf ihrem Handy an, um ihr zu sagen, dass sie wieder zurückkommen können.

»Xaver, endlich, ich dachte schon, du meldest dich nicht mehr«, begrüßt mich die Babette.

Mir bleibt vor Schreck das Herz stehen, und ich kann nicht mehr atmen.

»Xaver, hör mir genau zu«, erklärt mir die Babette ganz ruhig. »Ich sitze hier im Hotel mit deiner Eva und deinen Großeltern. Als ich gesagt habe, dass ich nach München fahre, wollte ich eigentlich sofort zu deiner Eva, um sie zu beseitigen. Warum soll es dir gut gehen, wenn du mein Leben zerstörst? Ich habe sie angerufen und ihr einen schönen Gruß von dir ausgerichtet. Die dumme Kuh hat mir sofort geglaubt, dass du mich auch verstecken willst. Sie hat mir gleich erzählt, wo sie momentan ist. Also bin ich auch hierhergefahren. Wir haben uns schon gut unterhalten, und natürlich sehen hier alle ein, dass ich dir dein Glück nicht gönnen kann, wenn du meines zerstörst. Komm also sofort her, wenn dir irgendetwas am Leben von deiner Eva und deinen Großeltern liegt.«

Inzwischen bekomme ich wieder Luft, und mein Herz schlägt auch wieder, allerdings in rasendem Tempo, sodass ich schon befürchte, dass ich gleich an einem Herzinfarkt sterben werde. Die Babette hat die Eva und meine Großeltern also als Geiseln genommen, ich glaube es ja nicht. Der ihre Stimme hört sich so komisch an. Wahrscheinlich hat es ihr inzwischen ihre restlichen Hirnsicherungen rausgehauen, und sie ist völlig verrückt geworden. Da sucht die ganze Polizei in Deutschland nach der, und die sitzt seelenruhig bei den Menschen im Hotel, die mir am allerwichtigsten sind, und erklärt mir, dass sie mir mein Glück nicht vergönnt.

»Babette, ich bin gleich da«, stöhne ich hektisch, und dann wird mir bewusst, dass ich ja immer noch einen Gips am Bein habe. Aber das ist mir jetzt auch egal, also humple ich rüber zum verlassenen Revier und schwinge mich in den Polizeiwagen, der auf dem Parkplatz steht. Irgendwie schaffe ich es, das Auto in Bewegung zu setzen.

Mit Blaulicht und Sirene jage ich mit Höchstgeschwindigkeit über die Autobahn nach Straubing zum Hotel, in dem die Eva und meine Großeltern untergekommen sind. Unterwegs informiere ich per Funk die Einsatzzentrale in Regensburg, die sofort die Kollegen in Straubing und die Bereitschaftspolizei informiert. Aber auf die kann und will ich nicht warten. Das muss ich jetzt alleine klären, denn wenn meinen Liebsten etwas passiert, weil ich nicht rechtzeitig auftauche, dann kann ich mir das nie verzeihen.

Ich lasse das Blaulicht und die Sirene einfach an und humple in das Hotel.

»In welchem Zimmer sind die Dimpfelmosers und die Eva untergebracht?«, frage ich den völlig verstörten Nachtportier am Tresen, dem ich meinen Polizeiausweis unter die Nase halte.

Er schaut in seinen Unterlagen nach.

»Im zweiten Stock, Zimmer 207«, erklärt er nach einer gefühlten Ewigkeit.

Ich nehme den Aufzug und humple, ohne anzuklopfen, in das Zimmer. Die Eva ist an das Bett gefesselt und geknebelt, die Oma und der Opa sind aneinandergebunden und an die Heizung gefesselt. Die Babette sitzt seelenruhig auf einem Stuhl mit einer Pistole in der Hand. So wie ich das sehe, ist es eine Polizeiwaffe, wahrscheinlich hat sie die ihrem Mann gestohlen.

»Das ging schnell, Xaver.«

Ihr Blick ist völlig irr, wahrscheinlich hat sie inzwischen tatsächlich gänzlich den Verstand verloren. Plötzlich bin ich innerlich vollkommen ruhig, und erstaunt stelle ich fest, dass ich mich irgendwie selber beobachte, wie ich völlig souverän im Raum stehe und die Babette anlächle. Und plötzlich weiß ich auch, was zu tun ist.

»Babette, ich weiß genau, wie du dich fühlst«, erkläre ich ihr. »Mir geht es doch genauso. Bei mir waren es halt zuerst meine Eltern und dann meine Großeltern, die mich gequält und eingesperrt haben. Und jetzt will mich die Eva in ein Gefängnis sperren. Du glaubst gar nicht, wie froh ich bin, dass du mir gezeigt hast, wie man solche Probleme ganz einfach löst.«

Der Eva quellen ihre panisch dreinblickenden Augen aus den Höhlen, und sie zieht wie verrückt an ihren Fesseln.

Der Oma laufen ein paar Tränen runter, und der Opa schaut mich nur fassungslos an.

»Gib mir die Pistole, damit ich das Pack erledigen kann. Und dann töten wir gemeinsam den Huber und deinen Vater. Ich sorge dafür, dass uns niemand stört, und danach verschwinden wir beide in die Freiheit.«

Sie zögert nur ganz kurz, aber anscheinend ist mein Auftritt so überzeugend, dass sie mir die Waffe gibt.

»Knall sie ab, Xaver!«, lacht sie erwartungsvoll. »Und dann will ich endlich meinen Mann und meinen Vater erschießen. Das wird eine wahre Freude, wenn die endlich erledigt sind.«

In aller Seelenruhe haue ich ihr den Knauf der Waffe auf den Kopf. Mit ungläubigem Blick sackt sie zusammen und liegt bewusstlos vor mir auf dem Boden. Wie ferngesteuert richte ich die Waffe auf sie, und wenn ich nicht den Blick von der Eva aufgefangen hätte – ich bin mir nicht sicher, ob ich nicht einfach abgedrückt hätte. Plötzlich ist es vorbei mit der Ruhe, und meine Gefühle übermannen mich. Ich beginne hemmungslos zu weinen, während ich zunächst mit zitternden Händen versuche, die Fesseln von der Eva zu lösen. Aber mein Körper gehorcht mir überhaupt nicht mehr, und so sacke ich einfach neben ihr zusammen. Mein ganzer Leib zuckt und zittert, und ich verliere komplett die Kontrolle.

Die Türe wird aufgerissen, und das Zimmer ist in kürzester Zeit von lauter Polizisten bevölkert. Der Reindl bindet die Eva los, und aus den Augenwinkeln nehme ich wahr, dass der Oberberger bei meinen Großeltern ist. Plötzlich bin ich wieder ganz ruhig, als mir klar wird, dass es vorbei ist und die immer noch ohnmächtige Babette in Handschellen aus dem Zimmer getragen wird. Ich nehme die Eva in den Arm und beschließe, dass ich sie tatsächlich heiraten werde – nicht weil das alle von mir erwarten, sondern weil ich es will. Noch nie habe ich mir etwas mehr gewünscht, als die Eva zu heiraten. Die Eva und meine Großeltern drücken sich an mich, und ich weiß, dass ich zu Hause angekommen bin.

»Dimpfelmoser, alles klar bei dir?«, fragt mich der Reindl. »Brauchst einen Doktor oder den Kriseninterventionsdienst, oder kann ich dir irgendwie helfen? Du wirkst ziemlich weggetreten.«

»Reindl, danke, aber mir geht es gut. Ich brauche einfach nur meine Ruhe für heute. Erledigts ihr alles Weitere, ich fahre mit meiner Familie zurück nach Wörth, und dann sehen mia uns morgen im Revier.«

Nachdem ich eigentlich gar nicht mehr weiß, wie ich es überhaupt geschafft habe, mit meinem Gips unfallfrei bis hierher zu fahren, fährt uns die Eva vorschriftswidrig mit dem Polizeiwagen zurück nach Wörth, aber da sieht momentan jeder darüber weg. Keiner redet ein Wort, und trotzdem spüre ich ganz deutlich, dass die Ereignisse der letzten Tage und Stunden uns noch mehr zusammengeschweißt haben. Wehmütig denke ich an die Marianne, meine Schwester, die seit ihrem Drogenentzug, den sie so hoffnungsvoll vor einem Jahr begonnen hat, plötzlich aus der Klinik verschwunden ist und von der seitdem jede Spur fehlt. Ich hoffe nur, dass auch sie ihr Glück gefunden hat und nicht irgendwann mit einer Nadel im Arm und einer Überdosis Heroin im Blut tot aufgefunden wird.

Kapitel 18

Montag, 09.00 Uhr

Die Eva, die Oma, der Opa und ich, wir haben die ganze Nacht zusammen bei uns in Wörth in der Wohnung verbracht, deren Fenster noch nicht repariert, aber vom Glaser provisorisch mit Brettern abgedichtet wurden. Nach einem ausgiebigen Frühstück, das die Eva und die Oma mir auf den Tisch stellen, humple ich gut gelaunt rüber in mein Revier. Der Fall ist so gut wie abgeschlossen, und unsere zwei Mörder sind gefasst. Die Babette und der Huber sind in zwei Zellen eingesperrt, und heute will ich die Babette noch befragen. Vielleicht rückt sie nach den gestrigen Ereignissen mit der ganzen Wahrheit heraus, sodass sich mir endlich alle Zusammenhänge erschließen. Einige Details fehlen mir noch, damit ich zumindest irgendwie nachvollziehen kann, was eigentlich das ganze Drama ausgelöst hat und warum so viele Menschen sterben mussten.

»Oberberger, bring die Babette in einen Verhörraum, ich will gleich einmal mit ihr reden«, befehle ich dem Kollegen.

Kurze Zeit später sitzt sie mir gegenüber. Heute wirkt sie relativ klar und ist ganz ruhig.

»Babette, magst mir erklären, wie es zu den ganzen Ereignissen gekommen ist und warum du auch noch die beiden Familienclans aus Tschechien aufgehetzt hast? Wir haben dein Telefon überprüfen lassen. Du warst es, die mit dem Jarusek Antonicek telefoniert hat und ihm gesagt hat, wo er den Huber findet. Und du hast in den letzten Tagen diese Nummer mehrmals angerufen. Der Jarusek hat ausgesagt, dass du behauptet hast, dass der Huber ihren Verwandten erschossen hat und alles vertuscht wird, weil der ja bei der Polizei ist. Deshalb sind sie hierhergekommen, um sich selber zu rächen. Und du hast auch die Nummer von den Alesowichs angerufen. Auch da haben mia inzwischen eine Aussage. Du hast behauptet, dass dein Vater den Alesowich umgebracht hat, und auch da hast du ihnen weisgemacht, dass keine Ermittlungen stattfinden werden, weil dein Mann bei der Polizei ist und deshalb nicht ermittelt wird. Du hast also beide Familienclans belogen.«

Sie stiert mich lange an und schüttelt ihre Mähne hin und her.

»Da habe ich wohl einen Fehler gemacht, Xaver«, flüstert sie. »Schade eigentlich, ich hätte es mir so schön vorgestellt, dass die einen den Huber und die anderen meinen Vater lynchen. Ich war mir ja nicht mehr sicher, ob mein Plan mit den Videos aufgeht, da wollte ich halt auf Nummer sicher gehen, dass die zwei keinesfalls lebend oder ohne lebenslange Haftstrafe aus der Sache rauskommen. Du kennst meinen Mann ja zur Genüge, wahrscheinlich wäre dem wieder was eingefallen, dass er noch nicht einmal angeklagt wird.«

»Das verstehe ich auch nicht, Babette. Warum hast du die Videos so fälschen lassen, dass einmal dein Vater und dann dein Mann als Mörder erscheint? Es muss dir doch klar gewesen sein, dass mia da Verdacht schöpfen, wenn mia beide Versionen in die Hände bekommen.«

»Da habe ich nicht daran gedacht, Xaver. Ich wollte sie nur beide bestrafen, die elenden Drecksäcke. Aber ich will dir alles erklären, Xaver, damit du mich verstehst«, verspricht sie.

»Dann erzähl, Babette! Und wenn's geht, diesmal die ganze Wahrheit. Ich kann einfach keine weiteren Lügen mehr ertragen«, erkläre ich ihr und lehne mich gespannt auf das Kommende zurück.

»Mit meinem Mann, da läuft es ja schon seit Beginn an nicht so gut, musst du wissen. Der Huber hat sich in den letzten Jahren zu Hause immer mehr zu einem mürrischen Arschloch mit herrischen Tendenzen entwickelt. Wenn er betrunken ist, dann rastet er manchmal komplett aus und demütigt und schlägt mich. Er hat mich in letzter Zeit auch mehrmals vergewaltigt. Deshalb habe ich mir überlegt, wie ich ihn loswerden kann. Als ich ihm vor ein paar Wochen gesagt habe, dass ich mich scheiden lassen will, da hat er mir gedroht, dass er mich umbringt, wenn ich das tue. Er hat mich dazu windelweich geprügelt. Das hat er wie immer so gemacht, dass er mein Gesicht und meine Arme ausgelassen hat, damit es niemand merkt. Da war er richtig gut darin, seine eigenen Sauereien so zu vertuschen, dass niemand etwas mitbekommt, aber das kennst du ja selbst zur Genüge von ihm.«

Innerlich rumort es gewaltig in mir. Dass der Huber sogar seine Frau schlägt und missbraucht, hätte ich ihm nicht zugetraut. Aber ich halte meinen Mund und höre der Babette weiter zu, ohne ihren Redefluss zu unterbrechen.

»Und dann kam mein Vater zu mir und hat mir erzählt, dass die Altenpflegerin ihn zusammen mit ihrem Freund, dem Alesowich, erpresst. Er hat schon den Huber um Hilfe gebeten, aber der hat ihn nur ausgelacht und ihm gesagt, dass er selber schauen soll, wie er da wieder rauskommt. Mein Vater wollte ja eh aussteigen und den ganzen Laden an den Alesowich-Clan übergeben. Er hat mit dem Alesowich ausgehandelt, dass die ihm eine Million Euro zahlen und er dafür alles an sie übergibt. Aber dann wollten die plötzlich nichts mehr wissen von der Vereinbarung und den ganzen Laden einfach so übernehmen, ohne etwas zu bezahlen. Leider hat auch der Antonicek von den Plänen meines Vaters erfahren und ist völlig ausgerastet.«

»Er war doch der Teilhaber von deinem Vater. War der nicht eingeweiht in die Pläne?«

»Nein, natürlich nicht. Mein Vater hatte ja zunächst dem Antonicek angeboten, dass der das Geschäft alleine weiterführt. Aber der wollte ihm nichts zahlen. Und da kam gerade die Altenpflegerin mit dem Alesowich daher, den mein Vater von früheren Geschäften kannte. Er wusste, dass dem seine Familie auch Zigaretten schmuggelt, und hat ihm deshalb den Deal vorgeschlagen. Als der Antonicek das erfahren hat, da ist er völlig ausgeflippt. Es kam zu mehreren Streitigkeiten und Handgreiflichkeiten zwischen dem Antonicek, dem Alesowich und meinem Vater. Das hat der Mergele mitbekommen, wusste aber natürlich nicht, um was es wirklich ging. Dann hat mich mein Vater gebeten, dass ich

275

mit der Altenpflegerin rede und sie zur Vernunft bringe. Also bin ich zu ihr und damit sie hinterher nicht lügen kann, habe ich den Adalbert mitgenommen, damit der unser Treffen heimlich filmt. Den Adalbert kenne ich schon länger. Er hat mich vor über einem Jahr angesprochen, als ich wieder einmal weinend vor meinem Mann geflüchtet und an der Donau gesessen bin. Er hat sich einfach zu mir gesetzt, mir zugehört und mich getröstet. Der war halt ganz anders als mein gewalttätiger Mann. Er hätte mir die Welt zu Füßen gelegt, der gutmütige Trottel. Der Tod von der Altenpflegerin war dann ja nur ein bedauerlicher Unfall. Ich wollte nur mit ihr reden und ihr Angst machen. Aber die ist auf mich losgegangen und hat mich angegriffen, wie ich mit der Pistole vor ihr gestanden bin. Und als ich abgedrückt habe, da war das ja reine Notwehr. Wie die so tot auf dem Boden lag, da sind dann in mir die Mauern gefallen, die meine Kindheitstraumata bisher sicher vor mir versteckt hatten. Plötzlich wusste ich wieder, dass ich als kleines Kind beobachtet habe, wie mein Vater meine Mutter erschossen hat. Mein sauberer Vater hat mich anschließend andauernd gedemütigt und geschlagen und mir so lange eingeredet, dass es ein Unfall war und jemand anders geschossen hat, bis ich es selbst geglaubt und irgendwann komplett verdrängt habe. Gegen meinen Vater wurde ja auch nie ermittelt, und so glaubte ich tatsächlich, dass er nichts damit zu tun hatte. Ein Jahr nach dem Tod meiner Mutter hat er mich ins Internat gesteckt, nachdem er sicher war, dass ich mich an nichts mehr erinnern konnte. Und als das Bild meiner toten Mutter plötzlich wieder in mir aufgetaucht ist, da hab ich so einen glühenden

Hass gespürt und wollte meinem Vater so richtig wehtun. Und da hat sich doch auch die Gelegenheit geboten, gleich noch meinen Mann loszuwerden.

Mein Vater wusste ja nicht, dass ich mich plötzlich wieder an den Mord an meiner Mutter erinnern konnte. Da habe ich diesen schönen Plan mit den gefälschten Videos geschmiedet. Ich habe dann also den Antonicek und den Alesowich erschossen, und der Adalbert hat wieder alles gefilmt. Dann haben wir das Auto mit dem Toten in der Donau versenkt und dabei das Handy vom Tom gefunden. Der Adalbert Binsler war es, der dann dein Auto auf dich zurollen hat lassen und den Drohanruf getätigt hat. Ich war mir sicher, dass du das persönlich nimmst und dich so in die Ermittlungen reinkniest, dass du zumindest meinen Vater verhaftest. Und dann habe ich dem Mergele zunächst die Videos zukommen lassen, die meinen Mann als Mörder zeigen. Ich dachte, der geht zur Polizei damit. Stattdessen erpresst der meinen Mann, der Depp. Da habe ich ihm halt auch noch die anderen Videos mit meinem Vater zugespielt, und tatsächlich hat er den dann auch noch erpresst. Dem Mergele muss klar gewesen sein, dass irgendwelche von den Videos gefälscht sind, aber das war ihm wohl ziemlich egal.«

Was für ein perfider Plan, den die Babette sich da in ihrem kranken Hirn zurechtgebastelt hat. Sie hätte ja auch einfach ihren Mann und ihren Vater anzeigen können. Oder sie hätte zumindest die beiden erschießen und dann verschwinden können. Anstatt die zu ermorden, die die Täter sind, müssen drum herum Menschen sterben, damit die Männer, auf die ihr glühender Hass gerichtet ist, so richtig leiden.

»Der Adalbert Binsler hat also die drei Originalfilme für dich gedreht? Er hat einfach zugeschaut, wie du Menschen ermordet hast, ohne einzuschreiten oder dich davon abzuhalten? Und dann hat er die Filme manipuliert und einmal deinen Vater und dann den Huber als Hauptakteur eingebaut? Bloß dumm, dass ihm der Fehler mit dem Kürzel passiert ist. Ansonsten wären wir wohl nie auf ihn gestoßen.«

»Ja er war mir halt völlig verfallen, der Idiot. Er hat wirklich geglaubt, dass ich ihn liebe. Am Anfang war das auch so, aber natürlich hat sich das bald geändert. Er war mir auch sexuell hörig und hätte einfach alles für mich getan. Er hat sogar angeboten, die Morde am Antonicek und am Alesowich selbst auszuführen, aber nachdem der so ein Weichei ist, wusste ich ja nicht, ob ich mich auf ihn verlassen kann, wenn es im entscheidenden Moment darauf ankommt. Der Adalbert war für alles ein nützlicher Helfer, nicht mehr und nicht weniger.«

Wie sie so ihre Beichte runterspult, wird mir abwechselnd heiß und kalt. Sie erzählt ihre Geschichte ohne jede Emotion, und ihr Blick wirkt abwesend nach innen gerichtet. Da sehe ich schon das zähe Ringen der Gutachter, die die Schuldfähigkeit von der Babette prüfen müssen, aber das ist zum Glück nicht meine Aufgabe.

»Aber dir muss doch klar gewesen sein, dass mia die Echtheit der Videos anzweifeln, wenn mia die identischen Filme mit zwei unterschiedlichen Mördern sehen werden, das verstehe ich einfach nicht.«

»Es war doch nicht geplant, dass die Polizei beide Versionen findet, ich bin doch nicht blöd«, entrüstet sie sich.

»Ich habe meinem Mann die Videos zugespielt, auf denen mein Vater bei den Morden zu sehen ist. Er hätte ihn doch nur verhaften müssen, aber stattdessen kommt er zu mir und will mich damit erpressen, dass er meinen Vater verhaftet und einsperrt, wenn ich mich von ihm trenne. Und dann ist er auch noch zu meinem Vater und wollte den auch noch erpressen. Noch blöder geht es doch nicht mehr. Aber ich habe dann auch noch das eine Video an den Alesowich-Clan geschickt und das andere den Antoniceks zukommen lassen. Da habe ich sozusagen doppelt vorgebaut, dass jeder seine gerechte Strafe bekommt. Dass die sich rächen werden, das war ja abzusehen, nachdem ich ihnen telefonisch die Namen der vermeintlichen Mörder genannt habe.«

Ich verstehe immer noch nicht ganz, warum die Babette so einen komplizierten Plan ausgeheckt hat. Dass da einiges schiefgehen konnte, das ist doch offensichtlich, aber für sie scheint ihre Vorgehensweise absolut logisch zu sein. Da braucht es wahrscheinlich wirklich einen guten Psychologen, der sich in ihre kranken Hirnwindungen hineinversetzt, um all das nachvollziehen zu können. Zumindest kenne ich jetzt den genauen Hergang der Morde und die Hintergründe der Geschehnisse drum herum. Das Ergebnis ist und bleibt trotzdem erschreckend und macht mich immer noch fassungslos. Vier Menschen mussten sterben, und zwei tschechische Familien sitzen bei uns im Gefängnis wegen versuchten Mordes. Und alle Beteiligten in dem Fall haben irgendwie Dreck am Stecken und nur an ihren eigenen Vorteil gedacht, anstatt sich einfach an die Polizei zu wenden. Wenn alle so handeln würden, dann könnten wir unseren Laden bald zusperren, und alle würden sich gegenseitig umbringen.

»Babette, ich gehe jetzt, und dich erwartet eine lange Zeit im Gefängnis, befürchte ich. Aber des ist dir ja sicherlich auch klar, dass du dich da für alles verantworten musst.«

Sie grinst mich zum Abschied nur blöde an, und ich verlasse das Vernehmungszimmer.

»Kollege Dimpfelmoser, meine Gratulation«, werde ich vom Eugen Richter empfangen. Der Eugen ist der bisherige Stellvertreter vom Huber im Regensburger Polizeipräsidium.

»Nachdem ja der Kollege Huber verhindert ist, übernehme ich kommissarisch die Leitung in Regensburg. Und da wollte ich mich persönlich bei dir bedanken für deine hervorragende Arbeit, Dimpfelmoser. Und nachdem das ganze Wochenende die Presse von ganz Deutschland bei uns anruft, habe ich in einer Stunde eine Pressekonferenz vorne im Gemeindesaal einberufen. Da kannst dich auf einen Medienrummel gefasst machen, da sind aus halb Deutschland die Presse und Fernsehteams angereist. Nachdem durchgesickert ist, dass ein ranghoher Polizist an den Morden beteiligt ist, ist das Interesse entsprechend groß.«

Im Gegensatz zum Huber, der immer so mediengeil war, wirkt der Eugen ganz ruhig und gelassen, und ich erkläre ihm alle Zusammenhänge und Details der Geschehnisse der letzten Tage. Im Revier sind alle damit beschäftigt, Berichte zu schreiben, die Überstellung der Mörder nach Regensburg ins Gefängnis zu organisieren und mit dem Staatsanwalt zu klären, ob wir den Meiereder, den Tom und den Ben wieder freilassen sollen. Nach einem eher ruhigen Vormittag ist es endlich so weit, und wir müssen vor zur Pressekonferenz.

»Dann lasst uns das hinter uns bringen, Kollegen. Mir reicht es nämlich, und ich will endlich meine Ruhe von dem ganzen Irrsinn haben«, erkläre ich und dann gehe beziehungsweise humple ich mit meinen Leuten in den Gemeindesaal, in dem wir mit einem Blitzlichtgewitter empfangen werden. Im Gegensatz zu den letzten großen Pressekonferenzen, die der Huber immer am Ende eines Falles abgehalten hat, ist diesmal niemand dabei, der große Reden schwingt. Die Stimmung unter den anwesenden Polizisten und dem Staatsanwalt ist eher nachdenklich, während uns die Presseheinis mit ihren Fragen bestürmen. Ich werde vom Eugen Richter belobigt und für meine hervorragende Arbeit ausgezeichnet, wobei ich auch diesmal explizit mein Team in den Vordergrund stelle, das sich jetzt um zwei weibliche Mitarbeiterinnen erweitert hat. Der Eugen hat jedenfalls gerade öffentlich angekündigt, dass wir die Rita und die Martha in unserer Dienststelle behalten dürfen, womit die offenen Planstellen, für die sich seit Jahren niemand interessiert hat, jetzt wieder besetzt sind. Irgendwann sind auch die letzten Fragen beantwortet, der ganze Rummel ist vorbei, und ich nehme die Eva an die Hand, und wir begeben uns zusammen nach Hause.

»Xaver, ich freu mich schon so auf unsere Hochzeit. Aber damit du nicht noch mehr Panik kriegst, als du eh schon hast, können mia uns da ruhig Zeit lassen. Wenn es der Reindl ganz eilig hat, dann machen mia halt doch keine Doppelhochzeit. Die Oma und der Opa, die warten ja auch erst einmal ab, wie es mit dem Seniorenheim weitergeht. Die Oma hat mir gestern noch erzählt, dass sie zunächst wieder bei sich wohnen wollen. Aber es ist trotzdem ihr voller Ernst, dass sie uns das Anwesen überschreiben und bald in ein Seniorenheim gehen werden. Falls es also mit dem Heim hier nicht weitergeht, dann suchen sie sich woanders einen Platz. Und mia zwei, mia nehmen uns so viel Zeit, wie mia brauchen, damit das auch wirklich funktioniert, nicht dass du mia am Schluss noch davonläufst oder sonst einen Schmarrn machst, gell.«

Ich habe es irgendwie die ganze Zeit gewusst, dass die Eva am Ende keinen Druck macht und mir die Zeit gibt, die ich brauche. Ich drücke lächelnd ihre Hand und habe dabei das Gefühl, angekommen zu sein. Bei mir selber, bei der Eva, im Leben, was auch immer. Jedenfalls könnte ich gerade platzen vor Glück, und in mir breitet sich gleichzeitig ein tiefes Gefühl von Zufriedenheit aus, so wie ich es noch nie in meinem Leben gespürt habe.

Epilog

Der Huber ist vom Dienst suspendiert und sitzt wegen Fluchtgefahr immer noch im Gefängnis. Er hat jetzt mehrere Anklagen am Hals wegen des Mordes am Mergele, der Vertuschung der anderen Morde, der jahrelangen Duldung des Zigarettenschmuggels, wegen Vortäuschung von Straftaten, wegen Erpressung, wegen Gewalt gegen seine Ehefrau und wegen Amtsmissbrauch. Wenn ich an den denke, dann bin ich immer noch erschüttert. Dass der Huber ein Arschloch ist, das weiß ich schon lange, aber dass der so weit gehen würde, das kann ich immer noch nicht fassen.

Der Meiereder hat einen Herzinfarkt erlitten, nachdem ihm klar geworden ist, dass seine eigene Tochter die Mörderin ist und sie auch ihn loswerden wollte. Seitdem liegt er im Krankenhaus, und es ist nicht klar, ob er es lebend verlassen wird. Sollte er wider Erwarten tatsächlich so weit wiederhergestellt werden, dann erwartet auch ihn ein Prozess wegen des langjährigen Zigarettenschmuggels. Den Mord an seiner Frau wird ihm wohl keiner mehr nachweisen können.

Die Babette sitzt seit der Verhaftung im Gefängnis und muss sich in Kürze wegen dreifachen Mordes vor Gericht verantworten. Seit ihrer Verhaftung spricht sie allerdings kein Wort mehr und ist völlig in sich versunken. Ich glaube ja, dass das nur eine Masche von ihr ist und sie jetzt versucht, so zu tun, als wäre sie unzurechnungsfähig. In einer schriftlichen Erklärung, die sie über ihren Anwalt abgegeben hat, behauptet sie, dass alles die Schuld von ihrem Vater und vom Huber ist. Durch die Demütigungen, die Gewalt und durch den Mord ihres Vaters an ihrer Mutter hätte ihre Psyche einen Schaden genommen.

Der Reindl wartet mit seiner Hochzeit, bis ich so weit bin. Wann das ist, weiß ich auch nicht, jedenfalls freunde ich mich von Tag zu Tag mehr mit dem Gedanken an, mit der Eva richtig zusammen zu sein.

Der Viereck und die Rita und auch der Oberberger und die Martha sind immer noch zusammen. Wir Männer reden nicht über unsere Beziehungen, aber ich habe schon den Eindruck, dass alle vier glücklich sind.

Die Oma und der Opa sind in die neuen Gebäude des Seniorenheims gezogen. Der Hinterbirner und der Leinbach haben sich tatsächlich an ihre Zusage gehalten und in kürzester Zeit eine große Villa mit parkähnlichem Garten und Nebengebäuden aus dem Privatbesitz vom Leinbach zur Verfügung gestellt. Das Heim leitet jetzt die Frau Leinbach zusammen mit ihrem Sohn, dem Tom, und dessen Freund Ben und der Jana, die sie mit ins Boot geholt haben. Die Jungs machen sich prächtig, nachdem sie endlich eine richtige Aufgabe haben.

Die Jana hat ihre Eltern und ihre Tochter nach Wörth geholt, und alle zusammen leben jetzt in einem kleinen Haus neben dem Seniorenheim.

Die Eva und ich sind immer noch in unserer Wohnung in Wörth und planen die Renovierung und den Umbau des Wohnhauses vom Anwesen meiner Großeltern. Wir haben vereinbart, dass wir noch etwas warten mit dem Beginn des Umbaus, bis klar ist, dass die Oma und der Opa nicht doch noch zurückmöchten. Danach sieht es allerdings nicht aus, so gut, wie es denen in ihrem Seniorenheim gefällt.

Der Pfarrer Eberdinger ist stocksauer, dass die Jana nicht mehr für ihn putzt, und ruft jeden Tag bei mir an, wann wir endlich unser Wettrennen veranstalten. Das ist mir aber völlig egal, weil ich mich auf so blöde Spielchen mit ihm nicht mehr einlasse. Ansonsten genieße ich mein Polizistenleben und meine neue, tiefe Verbindung zur Eva, und beim Schorsch-Wirt, da trinke ich wieder eine Maß zu meinen Bratwürsten, weil wir sind ja schließlich in Bayern.

Nachwort des Autors

Wie schon in den ersten beiden Bänden »Mordswatschn« und »Die Maß ist voll« spielt die Haupthandlung des Buches in der Stadt Wörth an der Donau. Falls Sie, liebe Leser, diese in der angegebenen geografischen Lage suchen sollten, die gibt es wirklich. Allerdings sind einige Örtlichkeiten verändert oder frei dazuerfunden. Auch alle Personen sind frei erfunden. Eine etwaige Ähnlichkeit mit realen Personen ist reiner Zufall und weder gewollt noch beabsichtigt.

Ich hoffe, die Geschichte vom Hauptkommissar Dimpfelmoser hat Ihnen gefallen, und Sie haben sich gut unterhalten.

Wenn Sie mehr über die Hintergründe des Hauptkommissars und des Autors wissen wollen, dann besuchen Sie doch einfach meine Homepage www.stefanlimmer.de.

Herzliche Grüße
Stefan Limmer und Hauptkommissar Dimpfelmoser

Stefan Limmer

Mordswatschn

Kriminalroman.
Taschenbuch.
Auch als E-Book erhältlich.
www.ullstein-buchverlage.de

Es ist nicht alles Wurst ...

Was für ein Stress – und das am heiligen Sonntag! Erst wird Kommissar Dimpfelmoser im Wirtshaus bei seinen geliebten Bratwürstl gestört. Dann nervt ihn seine Haushälterin Eva. Und schließlich wird auch noch eine Leiche gefunden. Welcher Verrückte kommt auf die Idee, seinem Opfer das Blut aus den Adern zu lassen? Während der raubeinige Kommissar ermittelt, wird eine zweite Leiche gefunden – ausgerechnet auf dem Gelände des spirituellen Begegnungszentrums. In der Kleinstadt im Bayerischen Wald rumort es, der Pfarrer macht mobil gegen das »teuflische Zentrum«. Mit zwei Leichen und einem Bürgerstreit im Nacken muss Dimpfelmoser nun Himmel und Hölle in Bewegung setzen, damit die Situation nicht eskaliert ...

Da schaust her – Kommissar Dimpfelmoser ermittelt!